O aprendiz de alquimista

Dave Duncan

O aprendiz de alquimista

Aventura e suspense envolvendo Nostradamus

TRADUÇÃO
MARCOS SANTARRITA

Título original: *The Alchemist's Apprentice*
Copyright © 2007 by Dave Duncan

Todos os direitos reservados. Nenhuma parte desta obra pode ser reproduzida ou transmitida por qualquer forma ou meio eletrônico ou mecânico, inclusive fotocópia, gravação ou sistema de armazenagem e recuperação de informação, sem a permissão escrita do editor.

Direção editorial
Soraia Luana Reis

Editora
Luciana Paixão

Editora assistente
Deborah Quintal

Assistente editorial
Elisa Martins

Preparação de texto
Denise Katchuian Dognini

Revisão
Rosamaria Gaspar Affonso
Rebecca Villas-Bôas Cavalcanti

Criação e produção gráfica
Thiago Sousa

Assistentes de criação
Marcos Gubiotti
Juliana Ida (projeto de capa)

Imagem de capa: © Massimo Listri/CORBIS/Corbis (DC)/Latinstock

CIP-Brasil. Catalogação na fonte
Sindicato Nacional dos Editores de Livros, RJ

D932a   Duncan, Dave, 1933-
           O aprendiz de alquimista / Dave Duncan; tradução Marcos Santarrita. - São Paulo: Prumo, 2010.

           Tradução de: The alchemist's apprentice
           ISBN 978-85-7927-068-0

           1. Nostradamus, 1503-1566 - Ficção. 2. Alquimistas - Ficção. 3. Ficção americana. I. Santarrita, Marcos, 1941-. II. Título.

10-0322.   CDD: 813
                                                       CDU: 821.111(73)-3

Direitos de edição para o Brasil: Editora Prumo Ltda.
Rua Júlio Diniz, 56 – 5º andar – São Paulo/SP – CEP: 04547-090
Tel.: (11) 3729-0244 – Fax: (11) 3045-4100
E-mail: contato@editoraprumo.com.br
Site: www.editoraprumo.com.br

1

Foi o dia mais chuvoso desde a Arca de Noé. Por acaso, também o dia de São Valentino, dos Namorados, mas eu não estava em clima romântico. O próprio santo haveria amaldiçoado o tempo.

Mestre Nostradamus andara ainda mais rabugento que de hábito a manhã toda. Depois, no meio da tarde, sacudiu uma lista de reagentes de que precisava de para a experiência e ordenou-me que saísse a procurá-los. Queixei-me, argumentei que ele já tinha estoque nas prateleiras acima da bancada de alquimista. Não, precisava de mais e logo. Pior, como Giorgio, nosso gondoleiro, tivera o dia de folga para ir ao casamento de um sobrinho, eu teria de ir a pé.

Voltei quando as lojas fecharam as portas, duas horas após o pôr do sol. Vinha molhado, com frio, cansado e atrasado para a sopa. Encontrei o Mestre na poltrona favorita de veludo vermelho, o nariz enfiado em um livro. Como sempre, usava o jaleco branco de físico, ou médico; os cabelos desgrenhados sob o chapéu brilhavam como prata à luz da vela.

— Azinhavre — expliquei, pondo os pacotes em fila no meu lado da mesa. — Aristolóquia, heléboro, realgar, acônito, noz-vômica e estribina em pó. Dois ducados, cinco soldos. Contei o troco.

— Não tinha luva de virgem seca?

— Nem um cisco na cidade. O velho Gerolamo diz que não a tem há dez anos. Sim — acrescentei para não deixá-lo perguntar. — Verifiquei cada herborista em Veneza, e cada boticário. Tentei até o Ghetto Nuovo.

Ele grunhiu.

— Pagou demais.

— Foi o realgar. É um bom preço. Dá um belo pingente para o pescoço de uma dama.

Pus as moedas em uma gaveta secreta onde guardamos o dinheiro miúdo.

Meu amo bufou de desaprovação. Via-se que não melhorara de disposição enquanto eu andara fora.

— Vá se secar. Tem trabalho a fazer hoje à noite.

Respondi com educação:

— Sim, Mestre — e encaminhei-me para o quarto. Quando me enxuguei e me vesti, a família Angeli já retornara das bodas: Giorgio, Mama e a atual ninhada. Comi na cozinha, onde a tagarelice excitada das crianças e dois pratos do excelente *tardonne a la greca* de Mama Angeli logo me restauraram o bom humor normal. Voltei pelo ateliê para saber o que o patrão desejava, e imaginei se conseguiria dormir.

Alguém julga que um aprendiz de alquimista se acostuma a ficar acordado a noite toda apontando quadrantes e sextantes para as estrelas? Engano, pois se exercita a ciência

O APRENDIZ DE ALQUIMISTA

celeste durante o dia, com pena e papel em uma escrivaninha, no cálculo dos ascendentes das efemérides. Admito que às vezes tenho de desperdiçar valioso sono trepado no telhado para gravar as observações do Mestre sobre cometas e outros fenômenos meteóricos, mas não muitas vezes. Além disso, nessa noite a chuva nos haveria cegado.

Não pretendo dizer que ele jamais me mantém acordado até horas profanas. Como quase não parece ter necessidade de sono, perde a noção do tempo. Pode passar toda uma noite instruindo-me sobre o folclore arcano até deixar-me vesgo, e, quando todos os homens de juízo já foram para a cama, decide ditar longuíssimas cartas a correspondentes em toda a Europa. Quando isso acontece, é bem capaz de continuar até o amanhecer. Eu, por outro lado, gosto de dormir. Quando fico acordado a noite inteira por opção, trata-se de prazer, não de negócios.

Fiquei surpreso ao encontrar a grande sala deserta e escura, o fogo reduzido a brasas. O Mestre dissera ter trabalho para mim, mas não encontrei instruções escritas na mesa. Acabara de ir à privada, porque ele apagara todas as lâmpadas, menos uma vela, mas esta estava na mesa com tampo de ardósia que continha o grande globo de cristal usado nas profecias. O velho envolvera-o na habitual capa de veludo quando eu estivera lá mais cedo, mas agora a removera, revelando quatro linhas de texto rabiscadas na própria ardósia.

Eu já entendia aquele humor azedo. A clarividência exaure e cansa. Ele não tivera tempo de entrar em transe enquanto eu trocava de roupa e comia, por isso o fizera em minha ausência. Imaginei se me mandara naquela jornada louca e encharcada pelas lojas dos boticários apenas para me afastar, mas isso parecia uma grosseria desnecessária mesmo para meu senhor.

Um dos meus muitos deveres é copiar as previsões feitas em uma letra legível, pois a letra dele é horrível quando faz previsões. Peguei duas lâmpadas, os instrumentos de escrita e o grande livro de profecias. A transcrição revelou-se de incomum facilidade, o que significava que os fatos previstos estavam próximos. Eu sabia que ele já escrevera de forma muito pior que esta, e confiava em estar lendo certo. Ainda assim, quando cobri a mesa, deixei o texto no lugar para a aprovação da leitura pela manhã.

Quando a Morte põe a Morte em uma missão inútil,
O Sereno move-se e não é movido;
A Sabedoria partiu e o Silêncio ficou deserto,
Portanto o bravo Adivinho deve guardar o tesouro.

O Mestre sempre reveste as profecias de uma linguagem imprecisa, mas não se trata de truque — muitas vezes ele fica tão confuso quanto os demais, pois não se lembra de havê-las escrito ou do que previu. Passamos dias para decifrar a algaravia. Em comparação, essa quadrinha parecia decididamente lúcida, e, claro, ele pretendia que eu chegasse à mesma conclusão, pelo menos em relação ao último verso.

Quando fui criado na paróquia de San Barnabà, os colegas de brincadeiras, na maioria, eram filhos de nobres empobrecidos. Como não tinham riqueza, gabavam-se de antigas linhagens. Veneza fora república durante novecentos anos, e

O APRENDIZ DE ALQUIMISTA

alguns meninos diziam-se descendentes dos primeiríssimos doges. Eu sempre encerrava tais discussões, pois meu nome de família é Zeno. Os de Veneza produziram um doge e muitos heróis, mas eu me dizia descendente do filósofo Zeno de Elea, do século V a.C., conhecido pelos enigmas. Então todos se empilhavam em cima de mim. A discussão acabava, como afirmei, mas de nada me adiantava, além de vez por outra me ensinar a manter a boca fechada. Existem outros Zeno na cidade, mas não nos falamos. Sou o guardião do Mestre. Sou o *Adivinho*.

Eu pretendia tampar e rotular os reagentes que comprara à tarde, mas a advertência da quadrinha parecia mais urgente. Em busca de uma segunda opinião, tranquei o ateliê e voltei ao quarto. Ali, desembalei o tarô e fiz uma leitura das cartas expostas em cima da colcha. Quase fiquei de cabelos em pé.

Gosto do cruzamento de cinco figuras do baralho, técnica que o Mestre despreza como simplista, mas que em geral me dá boa orientação a curto prazo. Começa com uma virada para cima, que representa a pergunta, o presente, ou o tema. Se a primeira nada produz de importante, pode-se tentar uma ou duas vezes, mas no caso de uma terceira negação há o risco de dessensibilização do maço. O meu era muito bem arrumado e logo me deu o valete de copas que sempre me designa, o aprendiz de alquimista. Distribuí três cartas em torno dele, viradas para baixo, formando a cruz.

A de baixo representa o passado, problema ou perigo, e aí revirei a Justiça invertida. A da esquerda — à direita do jogador, sem dúvida — denota o ajudante ou caminho, e aí encontrei o Imperador, também invertido. A de cima da cruz prediz o futuro, o objetivo ou a solução, e era a Morte, mais uma vez invertida. O quarto braço da cruz é a armadilha a ser evitada, nesse caso o quatro de espadas. A presença de três dos maiores arcanos significava uma leitura muito forte e não havia dúvida da advertência, sobretudo a inversão da Justiça. Admito não ter entendido o conselho que me ofereciam. Decerto faltava o Mestre, e a inversão de todos os três trunfos não sugeria uma solução clara. O quatro de espadas constituía motivo de preocupação, embora não tão assustador quanto seria qualquer uma das três ou as dez juntas.

Sem dúvida, o tarô tem limitações, mas a indicação geral de perigo pessoal era óbvia. Dei um beijo de agradecimento no maço, tornei a embrulhá-lo no lenço de seda e enfiei-o embaixo do travesseiro. Depois peguei o florete e a adaga no topo do guarda-roupa.

Silêncio na casa. Fechei a porta da frente e subi correndo a escada para encontrar o velho Luigi, o desdentado vigia noturno dos Barbolano. Ele seria menos útil que um tornozelo quebrado em algum tipo de luta, e também era um notório mexeriqueiro.

— Algum dia — perguntei-lhe —, em seu longo e distinto serviço, você soube de alguém que tentasse abrir caminho à força para dentro da Casa Barbolano?

Embora eu seja um otimista natural, os quatro espadachins do tarô pareciam possibilidades negativas excessivas, mesmo para mim.

Um cão de guarda deve ter dentes, mas quando Luigi sorri mostra, acima de tudo, as gengivas.

O APRENDIZ DE ALQUIMISTA

— Nunca! Nossa amada República não é o lugar mais amante da paz em todo o mundo?
Nem notara que eu estava armado. Deu uma risadinha do meu sarcasmo. Os *Signori di Notte* são nobres jovens eleitos para chefiar a polícia, cuja incompetência os torna um pouco menos perigosos que os criminosos que devem apanhar.

— Espero um visitante — informei. — Se quiser ficar de olho na porta dos fundos, eu fico com o portão de acesso à água.

Fazemos esse mesmo acordo muitas vezes. Ele sempre supõe que espero uma dama. Por azar meu, quase nunca tem razão, e o visitante é algum cliente nervoso com uma consulta clandestina marcada com o Mestre. Luigi saiu feliz da vida a arrastar os pés até o canil nos fundos, onde sem dúvida desfrutaria algumas horas de sono ilícito. A entrada de criados ali conduz ao pátio murado, que por sua vez dá para uma *calle* estreita e tortuosa, que nos leva ao *campo*, com a igreja, campanário e o poço da paróquia, mas trancam os portões à noite. Nenhum visitante importante bate à porta do lado de terra mesmo.

O portão de acesso à água é uma *loggia* de três arcos, com o piso pouco acima da superfície do rio San Remo na maré alta. Nessa noite estava baixa e expunha um escorregadio tapete de algas nos degraus. Enchi uma lanterna com bastante azeite e pendurei-a no arco central. Depois voltei e corri todos os ferrolhos das grandes portas.

A Casa Barbolano não chega a ser o maior dos grandes palácios da família, mas tampouco é o menor. Mantive a vigília em especial das janelas do mezanino, acima do portão da água, mas às vezes esticava as pernas em um passeio pelo *androne*, o único e extenso corredor que vai de uma porta a outra. Suas altas paredes prestavam um tributo a séculos de comércio marítimo executado pelos ancestrais dos Barbolano — estandartes cobertos de teia e lanternas de bronze de galerias antigas, conjuntos de espadas, balestras e cimitarras. Depósitos alinhavam-se dos dois lados, mas o fulgor de minha lâmpada fez tremeluzirem os outros objetos amontoados no chão: fardos, caixas e barris, misturados com remos e colchões das gôndolas do lado de fora, trazidos por segurança para dentro.

No canal, o vento e a chuva continuavam a selvagem dança. Às vezes, o aguaceiro tornava-se tão forte que mal me permitia distinguir as lanternas das gôndolas que passavam. A luz de nossa porta brilhava forte, e também a do número 96, a casa ao lado, mas mesmo esta atraía poucos negócios com aquele tempo. Uma ou duas vezes vi uma luz passar pelo prédio logo em frente, mas não soube se levada por um vigia consciencioso ou pelos ladrões que ele deveria deter. Partiram os últimos clientes do 96. As janelas escureceram, e por fim um criado baixou a lanterna e levou-a para dentro, deixando o mundo todo só para mim.

Nada aconteceu por mais uma hora. Quase cheguei a acreditar que entendera mal as instruções quando vi uma luz se aproximar. Não conseguia nem distinguir quantos homens o barco trazia, mas o vi parar nos degraus submersos. Desci às pressas, a lâmpada lançando loucas sombras nas paredes.

O APRENDIZ DE ALQUIMISTA

Antes de baterem com a aldrava e despertarem Luigi, abri a portinhola.
— Quem vem lá?
A noite rosnou:
— Visitantes do doutor Nostradamus.
O que falara parou com o rosto nas sombras. Tinha uma voz conhecida.
— Não está em casa. *A sabedoria partiu.*
— Abra essa porta, Zeno!
— Tenho ordens de não admitir ninguém. Terei o prazer de chamar qualquer outra pessoa com a qual queira falar. Mas o Mestre saiu.
O falante recuou para mostrar o rosto na luz.
— Abra em nome da República! — ordenou Raffaino Sciara.
A noite tornava-se muito fria. Teoricamente, eu podia ter pedido para ver o mandato, mas se o atrasasse mais ele poderia pôr os homens a bater com a grande aldrava de bronze, e a última coisa que o Mestre iria querer seria um clamor para despertar a família e informar os Barbolano de que ele tinha problemas com o governo.
— Abra logo, *lustrissimo*!
Embora eu já corresse os ferrolhos, não conseguia conter meus pensamentos e perguntava-me o que poderia ter provocado aquela invasão. Tão logo abri uma portinhola, tornei a pegar a lâmpada e recuei. Dei um sorriso de boas-vindas aos *fanti* quando entraram — quatro, como me avisara o tarô. Eles não usam armaduras, mas trazem espadas ocultas nas capas.

Foi o homem que vinha atrás que me deu calafrios. Raffaino Sciara, alto, curvo e cadavérico, tem todo o aspecto gentil de uma serpente. Mostra uma fantástica semelhança com a imagem da Morte no maço de cartas. Usa a capa azul do cargo, mas fora isso anda com uma foice na mão, como se estivesse fantasiado para o carnaval como a Triste Ceifadora. É o *Circospetto*, primeiro-secretário do Conselho dos Dez, que atua na mesa de crimes capitais.

Fiz uma graciosa mesura.

— Bem-vindo à Casa Barbolano, *lustrissimo*.

A caveira me inspecionou com um sorriso de escárnio que coalharia água da fonte.

— Onde está seu amo, rapaz?

— Não está aqui.

— Isso eu vejo, Alfeo.

— Posso ajudá-lo na ausência dele? Ler sua mão? Fazer seu horóscopo?

O Mestre poderia ter-me acusado de infantil tagarelice para esconder o medo, e uma vez na vida eu teria concordado. O Conselho dos Dez veneziano tem a melhor rede internacional de espionagem na Europa, mas também sabe tudo sobre todos dentro da própria República. Seus membros vêm e vão, mas os secretários permanecem para sempre, e na memória de Sciara flutuam mais segredos do que os pombos na praça San Marco. Quaisquer esperanças ou motivos que tenha escondem-se atrás de uma máscara de absoluta lealdade ao Estado. Desconfio que tenha sido desumanizado pelas incontáveis sentenças de morte e confissões forçadas que registrou.

O APRENDIZ DE ALQUIMISTA

— Ele jamais deixa esta casa.
— *Jamais* não, senhor. Apenas raras vezes. Tem as pernas...
— Saiu de barco ou por terra, Alfeo?
— Francamente, não sei. — Esperava que a inocência me fulgisse no rosto. — Lamento muitíssimo que o senhor tenha perdido a viagem em uma noite tão horrível...
— Por onde anda esse homem?
— *Lustrissimo*, não faço a mínima ideia. — Adoro falar a verdade, por exigir muito pouco esforço. — Esperava pegar o maior clarividente do mundo desprevenido. Ele previu que visitantes viriam procurá-lo esta noite e instruiu-me a providenciar para que nada fosse roubado enquanto estivesse ausente.
— Ha! — Sciara tinha a voz tão azeda quanto o rosto. — Dou-lhe duas opções, Zeno. Pode me levar imediatamente a seu amo ou vir comigo.

Eu ficaria surpreso se o Conselho dos Dez emitisse um mandato para revistar a casa de um nobre, pois se o fizesse não o mandaria pelo *Circospetto*, e sim por *Messier Grande*, o chefe de polícia. Por outro lado, Sciara e os quatro sequazes sem dúvida podiam levar-me para interrogatório, e essa talvez fosse a mais desagradável das experiências.

— Juro que não sei aonde ele foi, *lustrissimo*.

O *Circospetto* mostrou os dentes em um sorriso de caveira.

— Mostre-me. — Fez um aceno de cabeça ao *fanti* com o mais fantasioso escudo de prata no cinto. — Guarde a porta e tente não roubar nada.

Eu disse:
— Por aqui, então.

E dirigi-me à escada.

Sim, sentia-me abalado. Oficialmente, os Dez investigam grandes crimes contra o Estado, mas se metem em tudo que lhes dá na telha. Devo confiar em que meu amo tenha agido com base em sua própria advertência e partido. Sei que não seria encontrado se não quisesse. Embora fosse aprendiz havia anos, eu ainda não conhecia os limites dos poderes do homem.

O primeiro lance de escada conduziu-nos ao patamar do mezanino onde eu passara a maior parte da noite. As portas ali levavam a dois aposentos ocupados pelos irmãos Marciana, parceiros comerciais de *sier* Alvise Barbolano. Ergui a lanterna ao passar...

— É uma pena o senhor não ter vindo à luz do dia, *lustríssimo*. *Sier* Alvise acabou de adquirir este quadro, *São Marco abençoando os barcos de pesca*. Uma grande raridade. De Sebastiano del Piombo.

O policial não deu sequer uma olhada. Filisteu!

Outro lance levou-nos ao *piano nobile*, a casa dos próprios Barbolano. Ali, as portas têm o dobro da minha altura e abrem-se o suficiente para deixar passar toda uma galé. Fechadas agora, por certo. Não chamei a atenção de nosso visitante para o Tintoretto na parede. O permanente silêncio dele não parecia fruto da falta de fôlego, e o velho esqueleto não tinha problema para me acompanhar, embora eu levasse uns quarenta anos de vantagem.

Os últimos dois lances conduziram-nos ao último andar, que o nobre Alvise Barbolano põe à disposição do famoso Mestre Filippo Nostradamus. Destranquei a porta e pus-me de lado para deixar entrar meu companheiro, com passos de

O aprendiz de alquimista

um cavaleiro apeado do Apocalipse. As duas lanternas pouco fizeram para eliminar a escuridão, pois o *salone* percorre toda a extensão do prédio, com um teto de seis metros de altura; é preciso muita chama para iluminá-lo. As estátuas reluziam como espectros, e estrelas faiscavam nas cornijas douradas e nas molduras de quadros, com a luz do cristal de Murano.
Sciara não se impressionou.
— É o quarto dele?
Fui na frente até a porta certa. O amo profetizara que não estaria ali, e eu acreditara.
— Abra!
— Não há armadilhas explosivas, *lustrissimo*. De vez em quando eu equilibro um balde d'água em cima só para fazê-lo rir, mas...
— Eu mandei abrir.
Abri-a com toda a delicadeza e ergui a lâmpada. Depois entrei.
O Mestre ganha muito mais dinheiro do que admite, mas não poderia pagar sequer o aprovisionamento da sala de vassouras da Casa Barbolano. Só o quarto dele é coisa de rei, mas tudo lá dentro — móveis, quadros, tapeçarias, candelabros, estatuária — pertence a *sier* Alvise. A cama, sobre colunas douradas, exibia intocados lençóis de seda e renda. O amo talvez se escondesse em uma das arcas de marchetaria, mas o investigador pareceu considerar essa possibilidade tão improvável quanto eu.
— Onde dorme o cavalo dele?
— Cavalo, *lustrissimo*? Que eu saiba, não há.
— Sabe a que me refiro! O mudo.

— Ah!

Segui na frente até um quarto menor — relativamente humilde, embora alguns dos mais ricos homens da República tivessem dormido em lugares piores. Entrei marchando, sem me preocupar com o silêncio, pois Bruno nascera surdo como uma porta. Estendido de atravessado em duas camas juntas, o gigante roncava alto o suficiente para levantar ondas na laguna. Quase nu, constituía uma visão impressionante.

— Há mais coisas dele — observei —, mas mantemos o resto no depósito.

Não queria chamar a atenção do *Circospetto* para a Virgem de Veronese na parede. É apenas um quadro pequeno, mas Bruno gosta.

— Sua língua ainda vai estrangulá-lo, Zeno. Mostre-me o estúdio.

De novo fui na frente, um pouco mais devagar para pensar no que dizer. Até então, tudo bem — o Mestre se fora e deixara o mudo para trás. *A Sabedoria partiu e o Silêncio ficou deserto.* Mas, embora Sciara tivesse visitado o ateliê antes, jamais tivera a oportunidade de fuçá-lo à vontade. Agora, o bravo Adivinho devia guardar os tesouros. Meu primeiro problema é que não apenas protegera a porta, mas também a escorara, como faço à noite. Na única vez em que me esqueci de desarmar aquela maldição, ela me lançou até a metade do *salone* e amarrou-me em uma agonia de cãibras. O que incapacitava um jovem mais saudável poderia matar um homem da idade do policial.

Destranquei a porta, mas então enfiei a chave no cinto e voltei-me para ele, braços cruzados.

— Primeiro tem de me dar sua palavra de que não vai retirar nada.
— Afaste-se.
Eu disse:
— Com todo o prazer. — E o fiz. — Mas aviso-o, *lustrissimo*, que se tocar naquela maçaneta pode ter uma surpresa bastante desagradável.
A luz da lanterna transformou o sorriso ossificado em um sinete de sombras tortas.
— Está me ameaçando com violência, *messer*? Trata-se de um sério crime.
— Apenas o aviso sobre o perigo.
— Abra a porta, senão vai voltar comigo para explicar a recusa aos magistrados.
— Espero que o *sier* apresente uma queixa ao Conselho.
— O que o nobre prefira fazer não é da sua conta. Abra a porta ou pegue a capa.
De qualquer modo, estava perdido. A recusa podia ser toda a desculpa de que o Conselho precisaria para emitir um mandado formal de busca. Eram do meu conhecimento provas ali que podiam ser usadas para enforcar o Mestre e eu juntos. Entre os documentos havia profecias, cartas cifradas de pessoas de toda a Europa, horóscopos de altos membros do governo e muitos outros documentos que poderiam ser encarados como prova de traição ou heresia.
Furioso, dei as costas ao intruso para esconder as mãos. Fiz os passes e murmurei a fórmula mágica necessária para eliminar os encantamentos. Depois entrei na frente.

Encontramos o quarto escuro e desocupado, mas os venenos que eu trouxera na noite anterior achavam-se em plena vista. Tanto o herbalista Gerolamo quanto o boticário Danielle me haviam advertido para ter cuidado com aquilo. Sciara fez um metódico circuito do aposento, a começar pela bancada de alquimista com os almofarizes e alambiques, e demorou-se a olhar as dezenas de jarros nas prateleiras acima.

Permaneci muito próximo, preparado para tomar qualquer coisa que ele tentasse embolsar.

O homem demorou-se ainda mais na parede de livros, erguendo a lanterna para vasculhar os títulos — livros e mais livros, todos encadernados em couro e com letras gravadas em folha de ouro. A República é o maior centro de impressão do continente, por isso a coleção do Mestre está longe de ser a maior da cidade, mas contém muitas raridades — manuscritos e fragmentos seculares. Mais importante, nenhuma biblioteca europeia tem mais obras sobre o arcano: cabala, demonologia, alquimia, gnosticismo e outras heresias banidas pela Igreja. Veneza dá muito menos atenção ao *Index Librorum Prohibitorum* que o resto da Europa católica, mas apenas o fato de uma lei ser poucas vezes aplicada não significa que nunca o seja, por isso jamais se exibem as obras proibidas. Algumas foram reencadernadas e receberam títulos incorretos. Outras se acham escondidas dentro de outras, escavadas para isso, algumas trancadas em compartimentos secretos atrás das paredes, atrás dos volumes. Os livros quase nunca constituem provas de traição, mas podem sugerir heresia ou bruxaria. Sciara olhava indícios suficientes para mandar o amo à fogueira, se quisesse. Teria de encontrá-los primeiro, mas dispunha de todo o tempo do mundo e ilimitados recursos.

O investigador ignorou o tecido de veludo sobre a bola de cristal, como a sugerir que não se deixaria desviar por imposturas. Passou pela lareira e chegou à grande mesa dupla perto das janelas, coberta de livros do lado do amo, e do meu com os pacotes de reagentes deixados por mim, além da carta em que trabalhava quando recebi ordens de fazer compras. O *Circospetto* estendeu a mão para o papel.

— Devo adverti-lo, *lustrissimo*, de que se trata de um documento confidencial endereçado ao papa.

Ele o leu mesmo assim, depois voltou o esquelético sorriso para mim.

— Este é seu lado da mesa, letra sua.

Notara o tinteiro de ouro e o de bronze, a localização das janelas e o fato de que eu trazia uma espada do lado direito. Chegara à conclusão correta.

— Sou a única pessoa que lê a letra do Mestre.

— Ele ditou para você ou você tem a presunção de dar conselhos ao santo padre sobre assuntos médicos?

— Os médicos do santo padre escreveram para consultá-lo. Ele me mandou recomendar seu tratamento-padrão.

Que eu sabia de cor, pois as hemorroidas papais se assemelhavam muito às de qualquer humilde pecador.

Sciara ergueu o olhar para a grande esfera armilar, o globo terrestre de Gerardus Mercator, tido como de Nicolaus Copérnico, mas certamente não — o equatorium, sextantes, e assim por diante —, mas não se deu o trabalho de chegar mais perto.

— Onde está Filippo Nostradamus?
— Não sei, *lustrissimo*.
— Jura?
Ele poderia ter-se escondido no aposento. Talvez em outra parte da casa, e levaria dias para revistá-la. Talvez houvesse saído, embora não pudesse ir longe, a não ser nos ombros de Bruno ou com o emprego de métodos que não ouso mencionar. Eu não sabia.
— Juro pela Virgem e todos os santos.
— Que lhe deem força nos próximos dias. Pegue a capa, rapaz.
Falava sério. Eu caíra em gélidos canais demasiadas vezes e reconheci a sensação.
— Sob qual acusação?
O investigador torceu o lábio.
— Bruxaria ao abrir a porta.
— Bobagem! Apenas tentei blefar com o senhor.
— O que importa é o que o Conselho acredita. Capa ou não, vai ter de vir comigo.

2

Ao encontrar a porta do ateliê aberta, o Mestre soube que eu não deixara por vontade própria o aposento; repeti a mensagem deixando a espada e a adaga em plena vista sobre a cama. A capa continuava molhada, mas um simples aprendiz tem sorte apenas de possuir uma, e a minha é da melhor pele de cabrito, presente de uma admiradora. Quando desci a escada com o miserável guia, pedi para acordar Luigi, para que ele não trancasse tudo após sairmos. Em vez disso, o secretário mandou um dos sequazes. A forma de minha partida devia ser tão secreta quanto possível.

Os dois barqueiros abrigavam-se dentro da *loggia*. Desci os escorregadios degraus submersos atrás de Sciara e juntei-me a ele no banco acolchoado do *felze*, deixando os remadores e os *fanti* na chuva. Dediquei um caridoso pensamento aos condenados sentenciados às galés, acorrentados aos remos e expostos dia e noite ao tempo. Em Veneza, jamais estamos a mais que alguns palmos da água do mar, mas um banco de galé seria perto demais.

A cidade dormia. A chuva rugia sobre a *felze* e pintava auréolas douradas em torno da lanterna na proa e das luzinhas protegidas que assinalam os quatro cantos dos canais. Não passamos por outros barcos, e as únicas janelas iluminadas eram de pessoas doentes, ou agonizantes, ou em trabalho de parto. Os remos rangiam, as ondas espadanavam às vezes, e um dos guardas tinha uma tosse preocupante, mas fora isso eu podia meditar sem ser perturbado.

A vida como escravo de galé continua a ser vida, ao passo que o castigo por bruxaria é a morte na fogueira. Apesar do tempo nessa noite, eu não desejava torrar-me acorrentado a um poste entre as colunas da Piazzetta.

Como o famoso tio, o falecido Michel de Nostredame, o Mestre é astrólogo e médico. Trata-se de profissões honrosas — o próprio cardeal patriarca emprega um astrólogo, e o papa, vários. O fato de meu senhor mexer com alquimia e outros saberes arcanos é que oscila à beira do proibido. Muitas vezes o importunaram com acusações de feitiçaria e fraude, que não podiam ser verdadeiras, por certo, mas até agora muitos clientes na nobreza sempre o defenderam e jamais levaram a sério qualquer dos difamadores. Se os Dez haviam decidido acusá-lo de magia ou demonologia, mandariam *Missier Grande* para prendê-lo, não um glorificado funcionário como Sciara.

De qualquer modo, era o que eu continuava a dizer-me.

Isso não explicava por que me sequestravam. O investigador recusara de pronto responder às minhas perguntas. O Conselho dos Dez é famoso por fazer segredo. Não se pode recorrer dos julgamentos. Eu não tinha direito a

O APRENDIZ DE ALQUIMISTA

advogado, nem mesmo a saber quem me acusava do quê. Só podia esperar a tortura. Em um caso famoso, o filho de um doge fora torturado para confessar um crime que, como se revelou mais tarde, não cometera.

O Conselho dos Dez tem esse nome apesar de ser composto por dezessete homens, a não ser quando o aumentam para trinta e dois. Típico da mistura de comitês mal nomeados e entrelaçados que governam a República. Todos os membros são nobres, os que têm nomes inscritos no Livro de Ouro. Os plebeus não podem ser eleitos para cargos, mas os cidadãos mais velhos, com nomes registrados naquele livro, são elegíveis para nomeação a postos burocráticos. Sciara é um deles.

Como otimista fanático, tentei convencer-me de que tudo podia ser pior. Como ser preso pelos Três, os inquisidores do Estado. "Os Dez o mandam para a prisão, e os Três para a cova", diz o provérbio. Mas os Dez podem queimar-nos ou enterrar-nos com a mesma facilidade, e, pelo que me constava, os Três *me haviam* intimado. Só podia esperar para ver.

Chegamos por fim ao Rio di Palazzo, o estreito desfiladeiro entre as altas muralhas do Palácio dos Doges. As novas prisões ainda não tinham entrado em uso, por isso só se viam as luzes que marcavam o portão da água do palácio. Haviam notado nossa aproximação, e, quando o barco encostou no amplo arco duplo, dois guardas noturnos armados nos ajudaram a subir a escada escorregadia. Sciara foi na frente e eu o segui, ajudado por uma mão forte e calosa. Os *fanti* do barco juntaram-se a nós com um ruído de botas.

O Palácio dos Doges é uma das maravilhas do mundo, imenso prédio que mistura o mais sublime com o espartano mais completo. Embora não houvéssemos chegado à parte sublime, pelo menos saíramos da chuva, parados em um corredor amplo e ladeado por colunas, que passava do canal ao pátio central. À esquerda, a luz derramava-se da porta da sala da guarda, e não duvidei de que haveria um braseiro e outros confortos lá dentro. Sabia que uma porta na parede defronte levava à parte mais espartana de todas.

Outro capacete fantasioso saudou o *Circospetto* e perguntou o que podia fazer para ajudá-lo. Junto à espada trazia uma pistola de pederneira, arma útil quando se quer matar alguém a cacetadas.

— Este — disse o investigador — é Alfeo Zeno, aprendiz do filósofo Filippo Nostradamus. Você deve enfiá-lo em algum lugar seguro onde possamos tornar a encontrá-lo quando precisarmos. No devido tempo faremos uma folha de acusação.

O capitão encarou-me com pouco interesse.

— Nos Poços, *lustrissimo*?

O secretário fingiu pensar, olhando-me com ar divertido, o rosto mais sepulcral do que nunca.

— Bem, apesar do traje humilde, ele é o *NH* Alfeo Zeno, por isso você deve encontrar-lhe alguma coisa mais adequada à sua categoria. Pelo que lembro, os Chumbos já foram honrados com tal presença antes.

Ignorei a zombaria. É verdade que não tenho direito a pôr as letras NH antes do nome; querem dizer *nobile homo* e significam que tenho o nascimento registrado no Livro de

Ouro, o que ele não tem. Talvez isso o irritasse, mas pelo menos ele não me acusara de bruxaria em público. O oficial fez sinal com a cabeça a um dos homens, que entrou na casa da guarda e voltou com uma lanterna e um barulhento molho de chaves. Atravessou o corredor e abriu a porta dos Poços.

— Se *messer* tiver a bondade de seguir-me. — E o comandante foi na frente.

Dá-se um uso mundano ao piso debaixo do palácio. Ali ficam os estábulos, as casas da guarda e dois grupos de celas. Os Poços são, de longe, a pior das prisões, pequenos canis de pedra sem janelas, sem ventilação, úmidos e escuros. Exalam o mais horrível fedor.

A ala oriental é muito antiga, e os corredores que levam dos Poços até o alto do palácio são íngremes, estreitos e curiosamente perigosos, como se os houvessem reorganizado muitas vezes no correr dos séculos. Não se destinam a impressionar, pois jamais alguém os vê, a não ser os *fanti* e os prisioneiros. Serpenteando para dentro e fora da escuridão, tive de concentrar-me em onde punha os pés e logo perdi a conta do andar em que estava.

A burocracia ocupa, sobretudo, o segundo piso — o Alto Chanceler e a equipe de secretários e notários. Mantêm-se ali, por exemplo, os Livros de Ouro e de Prata, e outro departamento emite as permissões necessárias para qualquer coisa além de respirar. O terceiro pertence ao governo, pois congrega os aposentos do doge e salas de reunião dos magistrados e muitos conselhos, incluindo as cortes de apelação e o próprio Grande Conselho. No quarto se reúnem o *Collegio* e o Senado, e também o Conselho dos Dez.

Acima desses pisos ficam sótãos que contêm as celas de prisão conhecidas como os Chumbos, por estarem exatamente sob as grandes folhas de chumbo que cobrem o telhado. Não é verdade, porém, que os presos são assados no verão e congelam no inverno. Usam-se essas celas para prisioneiros cavalheiros, em especial criminosos políticos, e não são desconfortáveis no que se refere a prisões. A sala aonde me conduziram tinha bastante espaço, apesar da nudez absoluta. Vasculhei-a às pressas à luz das lanternas dos guardas. As paredes exibiam pesadas tábuas, e os únicos móveis, se assim se podia chamá-los, eram um balde em um canto e um crucifixo pendurado na parede defronte à porta. Uma janelinha gradeada admitia o barulho da chuva. Retiraram as luzes, a porta bateu, a fechadura chocalhou, e vi-me sozinho no escuro.

A maioria dos internos ficaria aterrorizada nesse ponto. Fiquei apenas furioso. O tarô advertira-me sobre a Justiça invertida. Após decidir que o chão seria o melhor lugar para sentar-me, pois não tinha outra escolha, amontoei-me em um canto, tão pequeno quanto possível. Detestava sujar a capa, mas tremia demais para pensar em tirá-la. Por piedade, haviam desaparecido os insetos que enxameavam no verão.

A decisão exigia mais pensamento. Restavam-me duas opções: esperar ali na cela até me levarem para o tribunal embaixo, com o risco de me mandarem direto aos torturadores — se assim fosse, talvez as experiências seguintes fossem desagradáveis e longas, pois eu não fazia ideia aonde fora o Mestre, e confessar que o ajudava nas artes negras seria suicídio.

O APRENDIZ DE ALQUIMISTA

Ou podia sair.

Aqui devo fazer uma digressão para relacionar as três leis da demonologia, com pedidos de desculpas àqueles que já as conhecem. Primeiro, convoca-se e orienta-se um demônio quando o conhece pelo nome, e tomam-se algumas precauções simples. Segundo, por ser o mal encarnado, ele fará qualquer coisa para derrotar nosso objetivo; sempre se esforçará para nos enganar e trair. E, terceiro, aceitar favores de um diabo enfraquecerá nosso domínio sobre ele e ele ganhará poder sobre nós. Foi assim que Fausto se danou. A única defesa contra a possessão é ter um propósito puro.

Após chegar a essas conclusões, meu amo me revelou o nome de um demônio menor. Não vou repeti-lo aqui — é desagradável dizer, deixa um gosto ruim, e anotá-lo pode fazer o papel pegar fogo. Vou chamá-lo de Pútrido. Não se trata de um diabo com poder especial no que se refere a isso. Eu podia ordenar-lhe que me levasse a qualquer parte da República, dentro da cidade ou nos territórios que ela controla no continente, ou mesmo a Estados estrangeiros além das fronteiras. Ali, teria de formar uma vida nova. Qualquer uma, vinda de Pútrido, seria perversa e brutal. Entendem?

Nas atuais circunstâncias, havia ainda mais problemas. O Mestre talvez tivesse convocado ajuda demoníaca para fugir da Casa Barbolano; e ele sabe o nome de muitos mais poderosos que Pútrido. Só me restava esperar que tivesse empregado alguma outra técnica de feitiço, que não pusesse em risco sua alma imortal, pois ainda não me explicara muitas artes.

Eu só dispunha de Pútrido, porém. Não tinha como desenhar um pentagrama, uma precaução sensata, embora nem essencial nem à prova de erro. O crucifixo na parede tornaria difícil, na melhor das hipóteses, ou talvez impossível, a convocação. Concluí ser melhor deixar meu diabo como último recurso por enquanto. Encostei a cabeça no canto e dormi.

O campanário de San Marco fica bem em frente ao palácio, do outro lado da Piazzetta, e fui sacudido ao amanhecer pelo clangor do grande *Marangona*, que anunciava o início de um novo dia. A primeira luz de uma madrugada de inverno entrava rastejante pela janela de barras. Alguns minutos depois, a fechadura chocalhou e a porta rangeu. O mesmo aconteceu com meu pescoço.

— Você foi convocado! — anunciou o guarda.

— Que tal o desjejum? — resmunguei.

— Talvez reste alguma coisa quando voltar, se ainda tiver fome.

Tomei novamente os corredores escuros e contorcidos, aos tropeços, atrás da solitária lanterna do meu guia. Antes de chegarmos longe, ele escancarou a porta e vi-me ofuscado pelo fogaréu da luminosidade do dia. Ali, em uma ótima sala de reuniões de cujas paredes forradas de couro pendiam magníficos quadros, e outros brilhavam em painéis dourados no teto, sentava-se um homem em um dos bancos, obviamente à minha espera. Ergueu-se para cumprimentar-me, depois inclinou de leve a cabeça e encarou-me com desgosto.

— Houve um engano — disse com altivez. — Eu esperava o *sier* Alfeo Zeno.
— Suas preces foram atendidas — respondi.
Em Veneza, definem-se as pessoas pelos trajes. Um comerciante não se veste como um balconista, nem uma cortesã como uma dama. Importava que eu estivesse com a barba por fazer, descabelado e amarfanhado, porém, mais ainda, vestido como aprendiz de alquimista, não um nobre. Ele, de sua parte, parecia ao mesmo tempo esplêndido e ridículo, pois tinha a barba raiada de branco e o ar de pelo menos cinquenta anos, mas em trajes de jovem. Meias de seda inteiriças envolviam-lhe as panturrilhas magérrimas, a túnica vistosa e a sobrecasaca mal chegavam-lhe às coxas, e chapéu se estufava quase tão alto quanto o meu. Ostentava até uma gola de rufos. Muito justo — usava a libré dos palafreneiros do doge, em geral jovens de casas nobres. Não tinha culpa se o príncipe nomeara um velho para manter os demais na linha. Mas, ainda assim, parecia ridículo. Eu conhecia de vista a maioria dos dezesseis palafreneiros, porém não aquele.
— É o homem certo, *clarissimo* — respondeu o guarda.
O cavalariço deu de ombros.
— Bem, Sua Sereníssima falou algo a respeito de um astrólogo. É óbvio que a astrologia não paga bem.
Dava um sorriso de escárnio. Após uma imerecida noite no cárcere, ressenti-me disso.
— E, óbvio, deve ter lutado em Famagusta.
Na mosca! O palafreneiro levou um susto.
— Como sabe disso?
— Pelos astros. Vamos deixar o doge esperar?

Ele disparou um olhar preocupado ao guarda e persignou-se.
— Se tiver a bondade, *sier* Alfeo...
Indicou a porta com um gesto, quase com uma mesura. Eu fiz a minha.
— Por favor, vá na frente, *messer* palafreneiro.

Um truque barato, sim, mas, como diz meu amo: *Às vezes, um truque barato é só o que nos resta.* Decerto que fora sorte. Não me lembro de meus avós, mas, encontrei amigos suficientes deles para ouvir um vestígio de Chipre no sotaque *veneziano* do cavalariço, e a maneira como inclinava a cabeça ao me olhar lembrou-me um dos clientes do Mestre que sofrera de um ferimento no olho. O doge distinguira-se no desastroso sítio de Famagusta, portanto era razoável supor que apenas dera uma sinecura no palácio que servira sob seu comando naquele tempo, e desde então, também provável, caíra em tempos ruins.

Segui o humilde guia por outra grandiosa sala de reuniões e atravessamos o patamar do terceiro andar da Escada de Ouro. Chegávamos agora a uma das áreas destinadas a impressionar os visitantes, e me senti muito mais animado. A prisão fora um absurdo nada ortodoxo, não me haviam acusado como devido, nem me registrado como prisioneiro, e agora o príncipe mandara um graduado palafreneiro me encontrar em um horário tão sombrio que não havia possibilidade de cruzarmos alguém no caminho. O Doge Pietro Moro tinha fama de ser impaciente com as regras.

A entrada dos aposentos pessoais dele se faz pelo salão dos palafreneiros, larga e imponente, mobiliada com bancos, sofás e algumas mesas. Eu passara muitas horas ali, à

O APRENDIZ DE ALQUIMISTA

espera de Sua Sereníssima. Haviam mudado os quadros desde minha última visita, mas não me cabia muito o direito de pedir tempo para inspecioná-los. Sentados junto à lareira, dois internos — muito mais jovens que meu guarda — jogavam tarô. Olharam para um lado e outro e franziram o cenho diante da esquálida companhia que era ajudada pelo colega. Sorri com educação ao passarmos.

— *Sier* Alfeo Zeno, senhor.

Chegáramos a nosso destino. Contornei o palafreneiro e entrei em um quarto de vestir onde um criado cortava o cabelo do doge. Tirei o chapéu e fiz uma profunda curvatura. Nós, republicanos, não nos ajoelhamos diante do chefe de Estado.

— Obrigado, Aldo.

A porta fechou-se.

Nosso sereníssimo príncipe, Pietro Moro, é grisalho; sofre de reumatismo nas costas, tem temperamento sanguíneo, segundo a definição do imortal Galeno, e ao mesmo tempo beira os oitenta anos. É raro elegerem doge um homem muito mais jovem — os venezianos preferem um rápido rodízio no supremo cargo do Estado. No outro lado do quarto, via-se uma fila de manequins envoltos em diferentes versões dos trajes oficiais, um dos quais escovado com vigor por um segundo valete. O príncipe anda vestido de branco, arminho e tecido dourado; usa um chapéu de brocado chamado *corno*, por erguer-se atrás como um chifre. Essa protuberância tem acentuada semelhança com um nariz grande, por isso é lamentável que o atual ocupante do cargo tenha sido conhecido toda a vida como *Nasone*, Narigão.

Com a cabeça imóvel sob a tesoura, ele estreitou um dos olhos para mim.

— Parece que se meteu em encrenca de novo, rapaz.

— Era o que eu desconfiava, Vossa Sereníssima. Não sei por quê.

— Um velho amigo meu morreu ontem.

Não via aonde levava aquilo.

— Ofereço minhas humildes condolências. Ouvi o dobrar dos sinos ontem e me informaram que um procurador entrou na graça.

O boticário Danielle me contara.

Há nove procuradores em San Marco. São tutores do Estado, administram verbas, cuidam de viúvas e órfãos, supervisionam fundos. O cargo não é pago, mas traz tal honra e precedência que se reconhecem os procuradores como os "grandes anciãos" da República, únicas autoridades, além do príncipe, eleitas para toda a vida e membros permanentes do Senado. Quando um doge morre, o colégio eleitoral quase sempre escolhe um dos nove para sucedê-lo. Eu não sabia por que a morte de um deles me poria em perigo.

— Bertucci Orseolo.

— Lembro-me do nome, senhor.

Um dos pacientes do Mestre, e também cliente. Eu lembrava que transcrevera o horóscopo do homem uns dois anos atrás. Também lembrava a dificuldade que tive para arrancar-lhe o pagamento.

Silêncio, a não ser pelo tinido da tesoura. Seria ainda minha vez?

— Eu jamais soube uma má palavra sobre ele.

O APRENDIZ DE ALQUIMISTA

Além de algumas ditas por mim mesmo, quer dizer.
— Eu sim. — O doge deu uma risadinha. — Muitas. Mas foi um grande combatente na juventude. E um ótimo servidor do Estado, um crédito para uma das mais antigas famílias da República. Mais até que a sua.
Eu jamais soube se Pietro Moro ficava chocado ou divertido pelo fato de o ajudante de seu médico ser relacionado no Livro de Ouro.
— Orgulho-me de descender do quadragésimo quinto doge, Vossa Sereníssima, mas meu ramo explodiu a árvore da família há muito tempo. Fico a catorze gerações do Doge Renier Zeno. Embora tenha parentes ricos, jamais foram próximos, e todos se tornaram mais ou menos distantes depois que os turcos roubaram Chipre da República e arruinaram meu avô.
O príncipe disse:
— Hum!
Não precisava resposta.
Riqueza não é o mesmo que nobreza. A maior parte da aristocracia europeia descende de barões guerreiros, mas os ancestrais da nobreza veneziana eram todos príncipes mercantes — marinheiros e comerciantes, não combatentes. Trezentos anos atrás, a família governante fechou o Livro de Ouro aos recém-chegados, e então muitas famílias, distintas, caíram na pobreza, do mesmo modo como outras, de fora, obtiveram uma riqueza imensa. E no entanto, desde que seja de nascimento legítimo e não descendente de trabalhador braçal, um homem pode reter a designação de *nobile homo* e escrever NH antes do nome. Os nobres pobres são conhecidos como *barnabotti*, da paróquia de São Barnabà,

onde vive a maioria, e são numerosos. Em teoria, quando alcançar os vinte e cinco anos, serei elegível para tomar assento no Grande Conselho e começar uma carreira na política, mas um homem sem fortuna ou família não pode esperar eleger-se para o cargo sem intermináveis bajulações aos superiores. A perspectiva não oferecia atrativos. Melhor um senhor maluco que duzentos.

O doge disse:

— Quase acabou minha pomada.

Sofria de dores nas costas, sobretudo no tempo úmido.

— Fiz uma anotação no calendário para preparar mais e entregá-la a Vossa Sereníssima na próxima semana. Devo fazê-lo antes?

— Não. Tem coisas mais importantes a cuidar. Seu amo possui uma cópia do *Apolegeticus Archeteles*, não?

— Bem...

Não estávamos sós. Um ou os dois criados talvez fossem espiões dos Três. Pietro Moro partilhava a paixão do Mestre por livros antigos, mas ninguém, a não ser as altas autoridades da Igreja, podia ler obras do notório herege protestante Ulrich Zwingli. Tentava o velho me montar uma armadilha? Ou testar-me? Se apenas fizesse jogos, malabarismos com sabres, seria mais seguro. Contudo, só os mais obstinados políticos chegam um dia a usar o *corno*. Apesar de mal-humorado e emproado, o Doge Moro é tão obstinado quanto possível, e deve ter algum motivo para essa perigosa pergunta.

É complicado demais analisar tais problemas de estômago vazio.

O APRENDIZ DE ALQUIMISTA

— Não me lembro de nenhum com este nome, senhor. Vou procurar quando chegar em casa. — *Se chegar em casa.* — Ele fica sempre feliz e honrado em emprestar a Vossa Sereníssima obras de sua coleção.

O valete enfiava a mão sob o enorme nariz ducal para aparar miúdos tufos de cabelo, o que encerrou a conversa por poucos instantes. Senti-me feliz com a espera. Assistir ao levantar-se da cama de um chefe de Estado era mais agradável do que apodrecer no cárcere.

Guardada a tesoura e passado o pente pelas barbas do príncipe, ele podia voltar a armar-me a carranca. Ergueu a perna para um criado ajoelhado dar uma alisada nas varizes.

— O procurador Orseolo adoeceu de repente em uma festa particular na festa de Valentino.

Doce Senhora, defendei-me! Orseolo? Minha memória apresentou-se ao serviço afinal.

— E cerca, bem, de dois anos atrás, creio, o Mestre fez o horóscopo de Sua Excelência... — Sou eu que os escrevo todos, na verdade. E também faço muitos deles, embora o amo o fizesse para um procurador. — Se me lembro bem, havia uma conjunção de Vênus e Saturno em Aquário, signo dele. As palavras exatas do Mestre foram que Sua Excelência devia "ter cuidado com a vinda da amante, senhor".

Sua Sereníssima bufou.

— Você está sendo desperdiçado com aquela velha fraude. Devia servir à República. Sabe que há meios de pôr um homem de sua idade no Conselho.

— Vossa Sereníssima me faz grande honra.

Era o mesmo que pedir um emprego como cavalheiro arqueiro em uma galeria, o que sem dúvida seria mais agradável e na certa mais seguro que o vale-tudo dos jogos políticos da aristocracia veneziana.

— Bertucci morreu ontem.

O doge enfiou um enorme braço na camisa oferecida pelo valete.

Dia de São Valentino.

— Meu amo ficará magoado por saber que sua advertência não mereceu atenção.

Constava-me que também sentiria prazer pelo fato de a profecia ter uma realização tão espetacular e pública, embora, por certo, não o dissesse, nem a mim.

— Oh, ele sabe! Foi um dos convidados da Casa Imer.

— *Convidado*, senhor?

Não se convidavam simples médicos às farras da nobreza, nem mesmo os de fama internacional. Ainda que fosse, todos excluiriam o Mestre, que tinha os talentos sociais de uma porpentina e ou insultva as pessoas ou as entediava até a morte.

O príncipe ergueu o queixo para que o serviçal lhe abotoasse a camisa.

— Pelo menos compareceu. Você não sabia?

— Não, senhor.

Eu fora à aula semanal de esgrima e depois acompanhara certa dama ao carnaval no Lido. O Mestre não me dissera que também saíra, porque detesta dar informação pessoal a qualquer um. Confia em mim apenas por princípio. Bruno não contaria porque não fala.

O APRENDIZ DE ALQUIMISTA

— Claro — disse *Nasone* —, quando o procurador adoeceu, o doutor Nostradamus o assistiu. Aconselhou a levarem logo o paciente para casa e chamarem o médico dele.
— Arriscou um diagnóstico?
— Não, mas os demais arriscaram. Eu dormira muito pouco nas duas últimas noites, única desculpa para mostrar-me tão obtuso nessa manhã. Esse comentário afinal explodiu o nevoeiro mental.
— Deus tenha piedade!
— Amém!
— Vossa Sereníssima não acredita que...
— Não. Não, eu, não — disse o príncipe, mal-humorado, e levantou-se. — Tampouco creio nessa conversa de estrelas e signos de nascimento. Creio que seu amo é o melhor médico da República, mas também um revoltante charlatão, com aqueles almanaques e horóscopos... tolice do princípio ao fim; bombásticos, vagos, informes, ambíguos, sem sentido. Tenho certeza de que ele tapeou o velho e querido Bertucci por uma escandalosa quantidade de ouro em troca de um pedaço de pergaminho que só tinha como valor a demonstração de sua excelente caligrafia, *sier* Alfeo Zeno. Mas não creio que Filippo Nostradamus envenenasse um homem para ver uma daquelas profecias de lixo se realizar.

Os valetes haviam voltado as costas para esconder os sorrisos. Nosso amado doge é um cético feroz, tão ruim quanto qualquer protestante ou maçom. Não limitava as dúvidas à astrologia, mas a todos os assuntos sobrenaturais, talvez mesmo ao espiritual, embora nem ele ousasse admiti-lo.

Eu podia dizer qualquer coisa, menos:
— Também não acredito.
— Mas começaram os boatos.

O chefe de Estado mexeu os ombros para ajustar o peso dos enormes trajes de brocado que os criados acabavam de pendurar-lhe.

— Creio que consigo conter os mastins por três dias. Não mais. Vocês devem poder fugir em segurança nesse tempo, os dois.

— Ele não irá — respondi como um autômato.

O amo estava velho, aleijado e teimoso além de qualquer medida. Eu simplesmente não o imaginava em fuga de uma insensata e atamancada acusação de assassinato. A *Sabedoria partiu*, mas me parecia certo que ele jamais o faria. Sabia que não, e jamais fugiria de Veneza.

O doge franzia o cenho.

— Então é melhor ir sem ele, rapaz, pois o envenenamento é classificado como bruxaria. Se ele arder, você também arderá.

— Como sabe que foi envenenamento, senhor, e não apenas apoplexia? Mesmo que fosse assassinato, havia outras pessoas lá. Não será preciso provar que foi meu Mestre?

O velho balançou a cabeça com desdém.

— É óbvio, porque era o único alquimista presente. Não, não creio que isso importe, mas às pessoas, sim, e os Três sem dúvida vão investigar qualquer insinuação de que assassinaram um procurador. Assumo até mesmo um risco ao dizer-lhe isso. Você tem muito pouco tempo. Ponha seu amo do outro lado no continente e cruze a fronteira em segurança. — Ele deu um passo ágil à frente e piscou um olho. — Sim, eu agradeceria por um jarro de pomada como presente de despedida.

Fiz uma mesura.

— Hoje mesmo, senhor.

O príncipe balançou a cabeça e deu mais dois passos.

— Dê-lhe uma lira, Jacopo. — Falou sem pensar, pois tratava-se da gorjeta habitual, e soltou uma risadinha. — Não, que seja um ducado desta vez. Sciara foi um pouco zeloso demais.

Antes que eu pudesse expressar a magnitude de minha gratidão, ele se virara e armava-me uma carranca.

— Mas quero meu *Apologeticus Archeteles* de volta. É meu. Emprestei-o há três meses.

— Foi mesmo? — perguntei com amargor.

Não era o que o velho patife me contara para catalogá-lo.

— Então vou procurá-lo e devolvê-lo, Sereníssima.

3

Corri pela *loggia*, desci a escada gigante até o pátio e saí pela Porta della Carta, o portão principal. A chuva parara, mas um vento frio ainda soprava na Praça San Marco. Funcionários apressavam o passo rumo ao trabalho, os mendigos já a postos, e ambulantes com cestas na cabeça apregoavam produtos. Era ainda muito cedo no dia e no ano para os basbaques estrangeiros que em geral ali abundam. Normalmente eu teria gostado de caminhar até em casa pelos tortuosos becos e inúmeras pontes, saboreando o melhor do grande coração da cidade, mas nesse dia a situação se tornara crítica — teria o Mestre de fato fugido por traição? Parecia algo além de toda crença. Os Dez tomariam como uma confissão de culpa. Entregar-me-iam aos torturadores em um piscar de olhos, e *sier* Alvise jogaria tudo que meu amo possuía no canal, para limpar a casa da mácula de assassinato.

Atravessei a Piazzetta em direção ao Molo. As gôndolas públicas custam caro. Não posso dar-me ao luxo de usá-las, e o Mestre não quer, pois já tem uma própria e emprega

O APRENDIZ DE ALQUIMISTA

um homem de vez em quando. Nesse dia, a despesa parecia bem justificada.

Além disso, eu ficara mais rico um ducado. O Mestre proporciona-me cama e mesa — muito suntuosas, admito —, mas é contido, até mesmo unha de fome, quando se trata da verba para a roupa. Quase todo o meu dinheiro vem das gorjetas que os clientes e pacientes me dão por tarefas árduas — abrir e fechar portas, por exemplo, e fazer-lhes mesuras. Por isso não exibo o "NH". Algumas pessoas têm vergonha de dar um ou dois *soldos* a um nobre de nascença, ou consideram a condição uma desculpa para não fazê-lo. Seria de pensar que me recompensariam mais, não menos.

Os acontecimentos de ontem agora fazem perfeito sentido. Os sinos tocam em Veneza o tempo todo, mas meu amo, já preocupado, deve ter reconhecido o dobre pelo procurador Orseolo e sabido que o perigo aumentara. Mandou-me em uma missão dispensável enquanto consultava o cristal. E fora uma bela profecia — a *Morte* fazendo a *morte* da sentença de morte revelar-se, mas para ir atrás do suspeito errado. Veneza, como *a República Seseníssima*, é feminina. O *Sereno*, no masculino, seria Sua Sereníssima, o doge, que se *movera* para mandar o aviso e permanecera *imóvel* diante de meus protestos. O *sábio* Mestre partira, e deixara atrás o *mudo* Bruno. Muito sucinto!

No Molo, dezenas de gôndolas amarradas. Escolhi um homem com braços que pareciam de um macaco da Barbária, pus-me a regatear e aceitei a segunda proposta com a condição de que ele cantasse para mim o dia todo.

Umas poucas remadas lançaram-nos na picada e cinzenta Bacia de San Marco, um deserto em fevereiro. Em outras estações, fervilha de grandes navios que balouçam ancorados e mais bem vistos, faiscantes, na enevoada luz matinal. Ali se reúnem os comboios para viagens a terras distantes — Sevilha, Egito, Constantinopla ou a distante Inglaterra e Flandres —, centenas de galés, todas idênticas, todas construídas pelo Estado, remadas sobretudo por homens livres, não criminosos, e cada uma capitaneada por um nobre veneziano. Ali retornam com especiarias exóticas, enxofre, vinho, azeite de oliva, passas, corantes, madeira e dezenas de outras cargas. Quando criança, eu sonhava ser o capitão de um navio daqueles e velejar para tais lugares. Um dia ainda o farei.

Lamentavelmente, nessa manhã quase não havia navios, meu gondoleiro tinha a garganta de um macaco da Barbária, e esqueci das preocupações com os Dez. Não me convencera de que o doge podia contê-los, como dissera, e não via possibilidade de persuadir o Mestre a fugir da cidade. Tampouco me imaginava algum dia desertando e escapando. O homem tem de prezar o respeito próprio. Vi-me apanhado nas presas de um dilema.

A quadrinha cumprira-se de uma forma magnífica, até onde eu via, cada verso, mas não oferecia orientação sobre o que ocorreria a seguir.

Quando paguei ao gondoleiro na Casa Barbolano, encontrei abertas as grandes portas, e o exército da família Marciana ocupado em carregar um barco. Esgueirei-me com algumas saudações alegres na ala. Jacopo e Angelo Marciana são irmãos da classe cidadã, e sócios do NH Alvise Barbolano em

O APRENDIZ DE ALQUIMISTA

um tipo de acordo muito comum na República: *sier* Alvise oferece espaço no palácio a eles e aos negócios, além de alguns direitos comerciais hereditários reservados para si pela nobreza séculos atrás. Os plebeus fazem o serviço e entram com o capital. Os Marciana, juntos, também fornecem o poder da força de uma dezena de filhos. Dividem os lucros.

Subi correndo a escada e mais uma vez dei sorte, pois não dei de cara com o próprio Alvise, sempre à minha espera quando deseja uma consulta médica com o Mestre, conselho celestial sobre transações comerciais, algo para envenenar os ratos, ou apenas qualquer coisa. Devo ter o melhor comportamento com nosso senhorio.

A única pessoa que encontrei antes de chegar à nossa porta foi Bruno, que descia com aquele habitual sorriso tipo "ame todo mundo" estampado na cara. Raras vezes vi algo tão acolhedor como esse sorriso. Se o Mestre, por algum mistério, tivesse desaparecido, o mudo estaria louco de preocupação.

Pela poeira no ombro, eu soube que ele transportava lenha, da qual vários feixes repousavam no cais. Já o vi subir toda a escada com uma carga que eu mal poderia mover. Como disse antes, deu um sorriso ainda mais largo e fez a habitual brincadeira de Alfeo, que se constitui em levantar-me e beijar-me a testa. Qualquer resistência é inútil. Raras vezes vi Bruno em outra condição que não alegre, mas quando irritado agita-se como as forças primitivas da natureza. Meu amo inventou uma linguagem de sinais e um equivalente escrito, de modo que ele pode conversar conosco e deixar-nos simples recados. Em consequência, tem absoluta adoração pelo Mestre e sente prazer em carregá-lo aonde queira ir.

Quando me pôs no chão, o mudo fez os sinais para dizer: *Feliz... por vê-lo... aqui.*
Respondi com *Feliz... por estar de volta.* Separamo-nos com outra troca de palavras, ele subiu e eu desci, mas entristeceu-me pensar que aquilo era tudo que Bruno um dia saberia de minha aventura à meia-noite.

Ao chegar ao apartamento, encontrei Giorgio lavando o chão com a ajuda de dois dos filhos. É nosso gondoleiro, mas tem muitos outros talentos, incluindo uma extraordinária fecundidade. Perdi a conta de quantos são seus filhos e não ficaria surpreso se soubesse que também ele perdeu. Alguns já fazem netos no mundo, e, no entanto, outros continuam a aparecer com regularidade. Após dar-me boas-vindas com um aceno de cabeça, o silêncio em que caiu de algum modo transmitia alívio por ver-me em segurança.

Quanto aos assistentes — Corrado e Christoforo Angeli, gêmeos, embora não idênticos —, no momento empenhavam-se em uma furiosa corrida para ver quem apresentava primeiro um verdadeiro bigode. Jamais se dirigiram tantos escárnios a tão poucos. Ter de ajudar nas tarefas domésticas é mais baixo que ser esfolado vivo, por certo.

Corrado exibiu um sorrisinho libidinoso e perguntou:

— Teve uma boa noite, Alfeo?

E baixou a cabeça com tal habilidade que a mão do pai passou assobiando, inútil, pelo espaço ocupado um momento atrás pela orelha esquerda do rapaz.

— Bastante memorável — respondi. — Quer dizer ao Mestre que voltei, por favor?

— E corra! — ordenou o velho.

O APRENDIZ DE ALQUIMISTA

Enfiei a cabeça na cozinha. Noemi, um membro mais jovem da ninhada Angeli, ergueu o olhar da massa que sovava e ficou radiante ao ver-me. O atualmente mais jovem, Matteo, chupava um osso embaixo da mesa. A mãe berrou uma prece de agradecimento e aproximou-se com um ensanguentado machado que andara usando para cortar uma vitela em fatias. Retribuí o abraço e curvei-me para aguentar o beijo. Mama tem a largura de Bruno, e apenas metade da altura. Muito breve ia produzir mais um Angeli.

— Você se salvou! Luigi disse que os guardas noturnos vieram. Encontramos sua espada na cama. Ficamos tão preocupados!

— Não precisava. Mas preciso me lavar e me barbear.

— Já comeu o desjejum?

Decerto que não, e comida é a cura da boa senhora para qualquer coisa. Respondi:

— O que é que tem pronto?

Na mesma hora, ela chocalhou uma dezena de opções, enquanto Noemi enchia uma jarra de água quente na bancada. Mama sempre foi muito eficiente; é ela quem mantém a casa de Nostradamus deslizando tão suave quanto uma gôndola. Sabe-se que produziu jantar, gêmeos e sopa na mesma tarde. Após decidir-me por uma *pequena* xícara de sopa, dirigi-me ao quarto para fazer-me respeitável.

Mal tirara a camisa quando ouvi uma conhecida batida e o Mestre entrou capengando, e brandia o cajado. Ele evita todo movimento desnecessário, por isso me comoveu ver que fizera o esforço de vir perguntar pelo meu bem-estar.

— Quem saqueou meu ateliê?

A voz dele tende a tornar-se aguda sob tensão. Acerbo, brilhante, brigão, dúplice e enciclopédico, Filippo Nostradamus tem grande fama e cabeça enorme, mas o bom Deus esqueceu-se do resto. Baixo e magrela são palavras que o resumem, e ele usa um tolo cavanhaque, o qual tinge. Os joelhos e tornozelos causam-lhe muita dor, por isso seria melhor apoiar-se em duas bengalas, mas o homem prefere um cajado de carvalho mais alto que ele, com sinais cabalísticos incrustados em prata e encimado por um grande cristal. Impressiona algumas pessoas.

Dei um suspiro.

— Ninguém saqueou nada. Raffaino Sciara leu a carta em cima da escrivaninha e deu uma rápida olhada nas prateleiras de livros. Poderia receitar uma pomada curativa para as marcas de chicote em minhas costas e as queimaduras debaixo das unhas?

— Por que o deixou entrar?

— Porque ele ameaçou me prender se não deixasse.

— E depois prendeu mesmo assim? Estava blefando.

— Quatro espadachins não são blefe.

— Prender gente é trabalho de *Missier Grande*. O que queria Sciara?

— Dizer uma coisa ao senhor. Isso pode esperar.

Dei as costas e peguei o estojo de barbear. O cajado de carvalho bateu algumas vezes no terraço e a porta fechou-se com uma explosão.

Fiz uma rápida toalete e lavei-me o melhor possível, enquanto pensava no que ia usar. Entre a chuva desse dia e o cárcere do anterior, ficara sem roupas limpas. Decidi pôr pomada na autoestima ferida experimentando meu novo traje.

Veneza é a mais bela cidade do mundo, uma terra de fadas formada por ilhas e canais em uma laguna opalina; ostenta cem grandes palácios e outras tantas igrejas gloriosas, todas constituem tesouros de arte incomparável. Não é curioso as pessoas vestirem-se sobretudo de preto? Advogados, médicos e viúvas o vestem, como as hordas de padres, freiras, monges e frades. O nobre usa traje negro, chapéu negro e uma faixa de tecido negro, a palatina, no ombro esquerdo. Reconhece-se que os que ocupam altos cargos florescem em vermelhos e roxos, e todos se fantasiam para o carnaval. Os jovens, porém, constituem a única verdadeira exceção à monotonia predominante.

Não posso vestir as sedas e os cetins dos verdadeiros aristocratas, mas saí do quarto resplandecente em umas bragas vermelhas até os joelhos, meias brancas, camisa de linho com modestos rufos, mangas bufantes e punhos de renda, um gibão que chegava à cintura, listrado de azul e branco, enfeitado com botões em forma de castanhas, encimado por uma capa debruada com pele de esquilo, e um chapéu que parecia uma gigantesca bola de fumaça azul. Ao voltar à cozinha, tive de passar por um bando de escravos que brandiam escovões e notei o brilho nos olhos de Corrado quando me aproximei. Tão logo passei, e como era de prever, ele murmurou alguma coisa sobre pãezinhos, e depois ganiu quando estalei as costas da mão na sua orelha. Christoforo guinchou de rir.

Até Giorgio riu.

— Que isso lhe ensine a não brincar com um espadachim — disse.

Todos ficaram impressionados pelo fato de um simples aprendiz de alquimista tomar aulas de esgrima, mas é o Mestre quem as paga por ser fisicamente muito vulnerável e trabalhar em um ofício perigoso. Sei que já aconselhou esposas a se separarem dos maridos como proteção, por exemplo — uma excelente forma de fazer inimigos.

Como esperado, Mama providenciara uma tigela do tamanho de uma banheira com sopa de *pidocchi* e uma bala de canhão de queijo mozarela, meu favorito. Quando entrei no ateliê, meu amo sentava-se à escrivaninha e olhava um livro. Outros três empilhavam-se ao alcance, e reconheci-os como herbários. Ele franziu o cenho quando depus a bandeja. Interessa-se tão pouco por comida que acompanho suas refeições, para assegurar que pelo menos coma.

— Posso levá-la para a sala de jantar, se o incomoda — eu disse —, mas, pensando melhor, acho que tenho notícias urgentes.

O velho se amuou.

— Sente-se então. — Amuou-se ainda mais ao examinar minha aparência. — Presente de sua amiga?

— Decerto que não! — Fiz uma pirueta, para aumentar o prazer dele. — A maior parte da renda do ano passado e metade da deste ano. Um aprendiz que não despreza as leis suntuárias tem mal reflexo sobre o Mestre. — Sentei-me e amarrei um guardanapo no pescoço para proteger os rufos recém-engomados.

O APRENDIZ DE ALQUIMISTA

A grande mesa dupla funciona bem para nós. Podemos passar rápido documentos de um lado para outro. Ele é canhoto, eu destro, e assim os dois temos luz das janelas no trabalho. Ao notar que os remédios comprados no dia anterior haviam desaparecido, iniciei o delicioso *pidocchi*, feito de piolho-marinho, não tão ruim quanto soa, pois se trata de um tipo de marisco. A sopa é um alimento mais fácil de ingerir quando estamos conversando — a não ser que esteja escaldante, e Mama não faz pratos quentes.

— Então, qual é a mensagem? — perguntou meu senhor.

— Paguei cinco *soldi* ao gondoleiro.

Os olhos dele faiscaram.

— Privilégio seu, se é preguiçoso demais para caminhar.

— Verdade. Mas de outra forma não poderia chegar aqui em vinte minutos.

Tomava a sopa e estalava os lábios para enfeitar o silêncio. Nunca sei muito bem quando a rabugice do amo é autêntica ou quando não passa da encenação de um ataque de raiva, para nossa mútua diversão.

Desta vez, vi-o admitir a argumentação.

— Anote no livro-caixa, então.

— Oh, obrigado, amo! Muita generosidade sua. Como previu, tivemos uma importante visita por volta de meia--noite e meia. Parabenizo-o pela quadrinha. Admiráveis a personificação, a atanaclase e a metonímia. — Engoli em seco com um estremecimento e tratei de tomar a sopa, pensando nos acontecimentos da noite, enquanto o Mestre não desviava seus olhos dos meus. Manteve o livro aberto e o dedo no lugar.

— Um enigma, por certo — concluí. — O doge é o único membro permanente dos Dez, e Sciara é *Circospetto* há anos, logo devem saber trabalhar juntos. Querem lhe dar uma oportunidade de escapar antes de se verem forçados a abrir uma investigação formal. O secretário ficou furioso pelo fato de o senhor não estar aqui para ele intimidá-lo. Só isso.

— Se você acredita, é ainda mais ingênuo do que parece.

Meu amo sorriu, ou seja, juntou as bochechas e arreganhou os lábios para os lados, sem mostrar os dentes.

Com santa paciência, respondi:

— Se o senhor estivesse em casa ontem à noite, Sciara lhe haveria entregado a mensagem e partido, e levaria os guardas consigo. Não estava, por isso ele mostrou o que pretendia, com o máximo vigor, quase me deixando meio morto de medo. Mas o doge insiste: o senhor deve fugir!

Eu imaginava o que ia sair do cavanhaque.

— Não, estou velho demais para recomeçar em alguma outra parte. Eis a minha riqueza... — Indicou as prateleiras de livros. — Você os levará para mim? E onde vou encontrar uma nova clientela, um novo palácio onde morar, novos impressores para meus almanaques?

Solidarizei-me. Tampouco queria fugir, ser um errante sem lar. Mas o risco apavorava.

— Pode provar que o procurador Orseolo morreu de apoplexia, hemorragia ou qualquer outra coisa que não veneno?

O Mestre tirou o dedo do livro e o fechou.

— Por certo que não. Assim que o examinei, vi que foi envenenado.

Mordi a língua e despejei:

O APRENDIZ DE ALQUIMISTA

— O senhor disse isso?
— Só agora.
— Não foi você, espero...
— Não, não foi.
Até o fato de responder à pergunta mostrava que ele se preocupava. Via sua situação; rejeitava apenas a solução. Cortei uma fatia de pão e outra de mozarela. Como precisava de tempo para mastigar, disse:
— Se o senhor não o envenenou, quem foi?
— Não sei. — O velho pareceu encolher-se de leve, não acostumado a admitir ignorância. — Ottone Imer é um advogado de classe cidadã e bibliófilo com mais bom gosto que dinheiro. Alexius Karagounis, um livreiro de Atenas. Tinha uns raros volumes a oferecer... saqueados de algum mosteiro macedônio, sem dúvida. Imer convidou alguns dos cidadãos mais proeminentes da cidade para visitá-los na casa dele. Neste caso, *proeminentes* significava *ricos*. O grego enfrentaria problemas de impostos ou licenciamento se tentasse vender o livro às claras na República. O advogado atuava como anfitrião oficial em troca de comissão, e soubera que haviam contratado o doutor Nostradamus como consultor para atestar a autenticidade das obras. Era um proeminente colecionador também. Tudo agora fazia sentido.
— Ele tinha alguma coisa de valor?
— Três ou quatro peças menores.
O amo deu um suspiro de pesar.
— Um quase completo Livro Dez da *Eneida* em letra uncial que só pode ser anterior ao século VIII. Condição incrível, mas autenticidade inequívoca. Talvez a mais antiga

cópia conhecida. Depois havia uma coisa que só podia ser uma das peças perdidas de Eurípides.

Engoli o bocado para perguntar:

— Digna de alguém matar por ela?

Outro suspiro.

— Se autêntica, alcançaria milhares de ducados.

— Por isso, até eu mataria.

Nostradamus ignorou a observação.

— Cheguei cedo — continuou — para poder ver os livros. Encontrei Imer e Karagounis, que me mostraram os manuscritos, todos expostos em uma comprida mesa. Inspecionei-os e concordei que todos pareciam bastante autênticos. Fiquei na poltrona... e o grego comigo, como se achasse que eu podia pegar os tesouros dele e fugir. Ressenti-me dessa supervisão na hora, mas agora a agradeço, pois não posso ser acusado de ter mexido no vinho. Jamais me aproximei do vinho! Quando chegaram os convidados, introduziram a maioria no *salotto*. Os potenciais compradores entraram na sala de jantar para inspecionar os livros já de copo na mão. Por fim, o anfitrião percebeu que não me haviam oferecido bebida e ordenou ao criado que me trouxesse o vinho de minha escolha.

— Então leiloaram os livros?

— Nada tão grosseiro. As discretas negociações se fariam mais tarde na mesma noite. Depois que todos manifestaram admiração, juntamo-nos às damas e a outros cavalheiros no *salotto*, para que os criados servissem a sopa na sala de jantar. Acabamos por retornar lá, mas nem havíamos começado o antepasto quando o procurador teve o ataque e todos voltamos para casa. — Mais uma vez, ele suspirou e ficou com os olhos nublados. — O grego ainda é dono dos livros. Mas é estrangeiro. Todos vão suspeitar dele.

Meu Senhor esquecia, por conveniência, que ele próprio nascera no exterior, embora lhe houvessem concedido cidadania plena como suborno para fixar residência na cidade, muitos anos atrás. A República é famosa por atrair todos os melhores médicos na Itália a ir viver em Veneza.

Eu disse:

— O grego não é alquimista, e o senhor, sim. A morte súbita sempre provoca rumores de veneno, e a maioria das pessoas não distingue envenenamento de bruxaria. Por isso o senhor estava tão mal-humorado ontem. E também porque me mandou comprar metade dos venenos nas farmácias... noz-vômica, heléboro... Planeja testar cada um para descobrir qual deles causa os mesmos sintomas? Devo pedir a Giorgio que traga os filhos?

— Idiota! Não sei por que o aguento. Eu soube na hora. — O velho apoiou-se nos cotovelos e juntou os dedos, um sinal certo de que ia me dar uma aula. Tem as mãos delicadas de uma mulher. — O paciente era um ancião de temperamento colérico. Capengava um pouco da perna direita e tinha antigas cicatrizes na mão direita, com certa perda de mobilidade. Talvez se relacionassem à fama de ex-herói de guerra. Detectei pequenos lampejos de irascibilidade e sinais de dispepsia, que diagnostiquei como início de *dementia senilis*. Não seriam tão óbvios ao leigo. A família na certa apenas o encarava como mal-humorado. Começou a mostrar sinais de aflição à mesa da ceia... suor e salivação profusos. Não fiquei nem um pouco surpreso quando se desculpou e se levantou da cadeira.

— Náusea? Urina? Por certo o grupo perdoaria a necessidade de um velho visitar o banheiro?
— Mas ele tropeçou ao voltar. Um criado agarrou-o e, naturalmente, fui ajudar. Detectei um batimento cardíaco extremamente rápido e irregular, e também um pouco de vômito. O paciente demonstrava confusão, não me reconheceu, apesar de termos falado apenas alguns minutos antes. Perguntou-me várias vezes por que eu ficara azul.
O sorriso de gatinho do Mestre significava que chegara minha hora de dar uma interpretação.
— Envenenamento por loendro.
Ele assentiu de mau humor.
— Hipótese bem razoável. Muitos médicos cometeriam o mesmo engano. Mas o loendro só inclui toxicidade retinal em casos crônicos.
Então a ilusão do azul deve ser significativa, mas para mim constituía um novo sintoma. Sacudi o cérebro para despejar o que sabia de diuréticos e expectorantes. Nada de importante surgiu, mas o herbalista Gerolamo falara de um laxativo que talvez servisse. Dei um palpite.
— Luva de virgem?
O aceno de aprovação do velho destinava-se a disfarçar o aborrecimento. Ele recolheu as mãos ao colo.
— Muito bem! Continue.
— Também conhecida como dedal de fada, luva de bruxa, luva de raposa ou dedaleira. No famoso *De Historia Stirpium Commentarii*, o doutor Leonard Fuchs a chamou de *digitalis*.
— Era este o que agora tinha na coleção dele, logo, por que me mandara comprar mais, e sob outro nome? — Pelo

que lembro, os usos médicos da dedaleira, as folhas frescas, quando amassadas, são eficazes no tratamento de feridas, e emprega-se o sumo para aliviar a escrófula. Pode-se tomá-la como laxativo, mas é imprevisível e tem perigosa toxicidade. Qual tratamento o senhor propôs?

Meu amo se amuou.

— Sugeri que chamassem logo o médico dele, pois teria mais conhecimento do regime do procurador.

O primeiro tratamento para suspeita de envenenamento é induzir o vômito, mas o paciente vomitava de forma espontânea sem expelir matéria. O pulso rápido sugeriria que deviam sangrá-lo, mas tratava-se de um velho e talvez tivesse males desconhecidos. Até gotas d'água poderiam ser perigosas. O Mestre diagnosticara assassinato e via o perigo que corria; qualquer conselho que desse o tornaria suspeito. Eu não o censurava por haver tomado o caminho da cautela nesse caso.

— Tem uma estimativa de quando o paciente ingeriu o veneno?

Ele encolheu os ombros.

— Era óbvio que comera pouco tempo atrás.

— Quer dizer que deve ter sido envenenado depois de chegar?

— Uma hipótese óbvia. E, qualquer que fosse a toxina, devia ter um poder extremo para ocultar-se em uma taça de vinho. O doutor Paracelso escreveu que tudo em dosagem suficiente envenena.

Cada vez pior.

— Então não há esperança de pôr a culpa em uma comida suspeita na própria casa do homem?

— Não, e com certeza ele não andara mastigando uma salada de loendro. Pode-se receitar a folha seca e pulverizada de dedaleira para uso interno, como laxativo, e diz o rumor que alivia o coração furioso. Talvez o falecido tenha tomado por acidente uma dose excessiva, caso em que não precisamos recear uma acusação de assassinato. Deve-se interrogar o médico do sujeito.

Eu disse:

— Na certa é judeu, e, se for, é provável já o terem prendido. Se eu fosse um dos inquisidores do Estado, estaria agora interrogando os criados de Imer, em especial o que serviu o vinho.

— Mas não é.

— Então, por que não oferece um enorme suborno a um dos criados para fugir e levar consigo a suspeita?

O velho balançou a cabeça, ainda zangado.

— Não, podemos deixar o criado para lá, logo...

— Por quê?

O Mestre juntou de novo os dedos para outra aula.

— Por que desejaria o criado de um advogado assassinar um procurador? Só se subornado para fazê-lo por alguém de alta classe, e se for tolo o suficiente para permanecer na cidade, os Dez podem pegá-lo e arrancar-lhe a verdade sob tortura. O doge não me avisaria para fugir se esperasse que isso acontecesse. Mas mesmo os Três não interrogarão com rigor a nobreza sem um bom motivo, e por certo não com tortura. Talvez as cortesãs não se saiam tão bem quanto a nobreza, mas mesmo elas...

— Cortesãs?

O APRENDIZ DE ALQUIMISTA

Amuou-se novamente.
— Havia várias. Sua amiga entre elas. Seria capaz de envenenar um homem que a insultou, digamos?
— Certamente. Vou perguntar a ela se lembra de tê-lo feito. Violetta é uma vizinha, e a mais valiosa cortesã da cidade. Somos amigos, mas não emprego os serviços dela. Uma noite com minha amiga custa mais do que meus ganhos em um ano.

Meu amo deu um sorriso azedo.
— Então agora tem dois motivos para me ajudar a encontrar o assassino. Se eu tivesse a data e a hora do nascimento de todos os presentes, os horóscopos... mas a lei exigirá prova concreta, ocular ou confissão.
— Os habitantes do inferno devem ajudar.
— Não seja absurdo! — Ele me fuzilou com os olhos. — Implorar pela vida a um demônio? Não ouve nada do que lhe ensino? Não posso fazer isso.

A insinuação era que eu podia. Para mim, tentar salvá-lo seria um gesto altruísta e portanto menos perigoso. Não seguro, apenas menos perigoso. Fazem-se melhor as invocações após o escurecer, quando os demônios estão mais ativos e há menos pessoas por perto para pegar-nos. Eu decidiria então se correria o risco.

Pensei em outro problema.
— Quanta dedaleira seria necessária? E que gosto tem?
— Levantei-me para pegar a *De Historia Stirpium Commentarii* ao lado dele da mesa. — O vinho disfarçaria o gosto?
— Sente-se. Acha que não consultei os herbários? A maioria dos venenos tem gosto ruim, como sabe, por serem

manchados pelo Ser Mau. A dedaleira é tão amarga que o gado não a come, e no entanto morre por comer loendro. O gosto e a dosagem dependem de como se extraiu a essência. Talvez baste a infusão em água ou aguardente, seguida de redução. Vou fazer algumas experiências.

— Se lhe restar algum juízo — observei —, jogará todo o estoque no canal e destruirá o rótulo na garrafa. Ontem o senhor me mandou comprar tudo que é coisa perversa da farmacopeia. Foi um ato sensato?

Ele juntou as bochechas.

— Eu queria descobrir se há hoje dedaleira na cidade. Como apenas o assassino e eu teremos o veneno usado, preferi não alardear o nome.

— Mesmo que Gerolamo e os outros não a estoquem, com certeza pode-se cultivar dedaleira em qualquer pequeno pedaço de horta. Pelo que me lembro, ela gosta de solo arenoso.

Como feito de memória, esse comentário era puro exibicionismo, e o velho estreitou os olhos para mostrar que sabia.

— Mas isso ainda seria prova de premeditação.

E o loendro era bastante comum.

— Logo, todos poderiam adquirir a planta. Mas quem — perguntei, com ar inocente — poderia ter o conhecimento arcano para extrair e concentrar o veneno? Ou foi aí que iniciamos esta conversa?

O Mestre armou uma carranca, porque os italianos são famosos como especialistas em veneno da Europa, o Conselho dos Dez tem a mesma reputação dentro da própria Itália, e sabe-se que o próprio Conselho já havia consultado o Mestre Nostradamus a respeito do tema. Era isso, percebi, talvez

O APRENDIZ DE ALQUIMISTA

o que se passava agora, só que seria pôr o pedido de ajuda em forma de advertência pessoal do doge. Explicaria por que Sciara se sentira justificado em arrastar-me ao cárcere.

Abri o tinteiro.

— O senhor, decerto, agora escreverá à Boca do Leão e informará as suspeitas de que o procurador Orseolo morreu de uma dose excessiva de dedaleira medicinal. Vai ter de assinar. A *bocca di leone* é qualquer uma de várias caixas existentes no palácio com o fim de receber acusações de traição ou outros grandes crimes. Supõe-se que as informações anônimas sejam ignoradas, mas ninguém acredita nisso.

Meu senhor fez uma careta.

— Não. Desprezo homens que trabalham em silêncio ou nas sombras. Muito poucas pessoas poderiam ter cometido o crime. Deve ser possível descobrir qual delas o cometeu. *Então* podemos informar aos Dez.

Não adianta discutir quando ele estica o cavanhaque daquele jeito.

— Temos dois dias. — O doge concedera-me três, mas eu descontava um para a viagem. Abri uma gaveta e escolhi uma pena e uma folha do melhor papel feito de trapos. — O advogado, Imer, é o homem pelo qual começar. Deve estar tremendo dentro dos borzeguins.

Mestre Nostradamus disse:

— Você ainda não sabe como isto vai mal. Pegue uma folha mais barata.

Mudei de papel.

— Havia ao todo cerca de trinta convidados — disse o velho —, mas nem todos suspeitos. Só o procurador foi afetado, portanto, o veneno não veio na garrafa. Deve ter sido posto no copo. Age rápido, mas não na hora... eu sei disso, mas os Dez não. Logo, as únicas pessoas que importam são as que entraram para olhar os manuscritos.

Reclinou-se com uma expressão de extrema presunção, como se vestisse um traje de malha feito com prata. Mourejei por aquela lógica e decidi que devia servir por enquanto. Não tinha como interrogar trinta pessoas em dois ou três dias.

— Taças de cristal incolores ou de cor?

— Rubi de Murano. Não se pode saber o que qualquer outro bebia, e, se o veneno turvou o vinho, isso tampouco apareceria.

— E que tipo de vinho?

— Ofereceram-nos opções: refosco, malvasia ou retsina. Preferi o refosco. Era uma boa jarra.

Ele se imagina um *connoisseur* de vinhos. Eu planejo estudá-los quando for rico.

— O refosco é tinto; o malvasia, um branco doce. O outro é grego, não?

O velho fez de novo um cone com os dedos.

— É. O retsina é péssimo, temperado com resina. Servido em honra do mercador grego, suponho. Pungente o suficiente para esconder o gosto de lixívia ou vitríolo, mas poucos venezianos o tocariam. O malvasia é tão viscoso que talvez bastasse. O refosco, não. Vamos examinar os suspeitos. Eu proclamo minha inocência, e de qualquer modo me sentei atrás da mesa. Não podia ter posto veneno na taça de ninguém sem me levantar e esticar-me até o outro lado, o que teria sido muito conspícuo.

"O grego ficou na sala o tempo todo. O anfitrião entrava e saía. Como organizadores do acontecimento, devem ser suspeitos. Imer e Karagounis na segunda fila."

Fechou os olhos para pensar.

— Era cedo, como eu disse. Imer e a esposa saudavam os convidados à medida que chegavam e providenciavam para que lhes dessem vinho. A maioria ficou no *salotto*, só os colecionadores de livros entraram na sala de jantar. O primeiro comprador a entrar foi o senador Tirali. Cumprimentou-me e logo percorreu toda a mesa, do lado oposto ao que eu estava, inspecionando os produtos. Senti-me como um balconista.

— Acredito, senhor.

Eu sabia de outro Tirali, filho do senador. Nenhum deles tinha paciência com o Mestre.

— Logo depois veio o procurador Orseolo, apoiado em uma bengala. Ele e Tirali cumprimentaram-se friamente. Velhos colecionadores rivais.

— Ponho na segunda fila?

— Creio que sim, mas duvido que a rivalidade chegasse ao assassinato. Uma senhora acompanhava Orseolo. Não ouvi o nome dela, que ficou perto dele. Em seguida veio um casal estrangeiro, que não se apresentou a mim. Falavam em francês com um sotaque bárbaro, perguntando-me sobre as obras. Nada sabiam do assunto. Interessavam-se apenas pelo preço.

Acrescentei-os à segunda fila: *dois estrangeiros*.

— Dois criados serviam o vinho. Devemos incluí-los na segunda fila, se os Três não os pegaram primeiro. — O velho abriu os olhos. — Depois *sier* Pasqual Tirali, filho de Giovanni. Com uma amiga. Anotei o nome de Violetta na primeira fila e iniciei uma terceira para Pasqual Tirali, jurando mandá-lo aos torturadores para um prolongado interrogatório. Às vezes tenho pontadas de ciúme, quando penso nela à noite.

— Foram os últimos a chegar. Houve um outro antes, Pietro Moro. Primeira fila.

Deixei a pena no tinteiro, apoiei os antebraços direto na mesa e fuzilei-o com olhar beligerante do outro lado.

— Está tendo alucinações! — Em questão de pesadelos, aquele se tornava puro terror.

Meu amo balançou a cabeça, com ar presunçoso.

— Eu lhe avisei que estava sendo ingênuo.

— Mestre, antes de ser coroado, o doge tem de fazer um juramento conhecido como *promissione*. Não é pouca coisa. Jura evitar todos os erros e crimes dos antecessores nos últimos mil anos. Leem-lhe a *promissione* a cada dois meses durante o reinado, para lembrar-lhe. O homem mal pode assoar o nariz sem o consentimento dos conselheiros. Não deve deixar o palácio ducal sem permissão. Nem encontrar-se com estrangeiros! Ele... nem imagino as promessas que teria de quebrar se fosse a esse banquete!

— Ele não usava os trajes e *corno* ducais. Creio que seja outro. Mas Moro é um colecionador de livros fanático.

— Então por que os vendedores não lhe ofereceram uma mostra privada no palácio?

O Mestre armou uma horrível carranca.

— Não sei a resposta. Mas não creio, nem por um instante, que Moro seja o primeiro doge a esgueirar-se incógnito à noite, bancando o Harun al-Rachid.

— E alguém tentou assassiná-lo? É o que está querendo dizer? O veneno foi para o homem errado?

Ele franziu os lábios.

— Eu imaginava quanto tempo você ia demorar...

Já mais agastado agora, perguntei:

— *O Ser Sereno move e não é movido?* O procurador pegou a taça errada com o veneno destinado ao doge? É o que quer dizer?

— É possível. Uma hipótese a considerar. Mesmo que não, entende por que não posso escrever à Boca do Leão? O Conselho dos Dez não deve ter motivo para investigar a morte do procurador, pelo menos oficialmente. Uma morte suspeita que envolve atos ilícitos talvez cause uma crise institucional, bem no momento em que as relações da República com os turcos podem aproximar-se de outra guerra. O que você recebeu hoje de manhã não foi um aviso, foi um grito de socorro!

Baixei os olhos para a lista, embora nada visse. Não queria ver o velho *Nasone* assassinado ou deposto, mas todos os doges têm inimigos políticos.

— Alguém o viu lá?

— É provável que não — admitiu o Mestre. — Ele entrou, olhou os livros por um brevíssimo instante e falou com Orseolo. Depois estourou uma discussão com os estrangeiros. Acho que ele foi embora então. Não participou da mesa de jantar.

— Que tipo de discussão?
— Os estrangeiros não tinham sido convidados. Imer mandou-os embora. Na certa não haviam convidado o doge tampouco. Moro sempre foi impulsivo. Sufoca sob todas as restrições do cargo, as eternas reuniões das comissões. Leia-me a lista.

Presentes e não suspeitos:
Doutor Nostradamus; procurador Orseolo; senhora Violetta; Nasone

Possíveis suspeitos:
Advogado Imer; Karagounis; senador Tirali; dois estrangeiros; uma mulher; dois criados;
Pasqual Tirali

— Você é demasiado presunçoso. Passe sua amiga para a lista de suspeitos.

Protestei:

— O senhor a viu pôr veneno na taça de vinho da vítima?
— Claro que não! Não vi ninguém fazer isso. Duvido muito que alguém tenha feito. Teria sido óbvio demais.

Isso ainda não me ocorrera.

— O senhor disse que Orseolo tinha uma das mãos aleijada e usava uma bengala. Deve ter largado a taça quando queria manusear um dos livros. Os outros também, decerto, mas ele deve tê-lo feito com mais frequência.

O velho assentiu com a cabeça. Vi que ele desejava ter feito essa observação.

— Logo — continuei —, o assassino, sem ninguém ver, envenenou sua própria bebida e depois a trocou pela da vítima. Viu isso acontecer?

— Não — admitiu o doutor com azedume —, mas me distraíam a toda hora com perguntas idiotas. É provável que alguém tenha visto. Diga a Angeli que precisa dele rápido.

Fui até a porta, enfiei a cabeça para fora e mandei um dos filhos de Giorgio avisá-lo. Quando voltei, o Mestre olhava fixo pela janela e puxava a barba. Sei que não devo interrompê-lo quando pensa dessa maneira. Peguei a faca para afiar a pena.

O velho acabou por soltar um suspiro e olhar-me como se imaginasse onde eu andara.

— Uma carta.

Peguei um folha de trapo na gaveta e mergulhei a pena.

— Cerca de dez linhas — ele disse, para eu saber onde pô-las na página.

— Itálico, românico ou gótico?

— Itálico, por certo. "Aos excelsos chefes do nobre Conselho dos Dez". A bajulação de sempre... "É com profundo pesar que devo humildemente levar à atenção de Vossas Excelências certas provas sobre o desprezível assassinato de..."

4

Giorgio já se metera no habitual traje-padrão vermelho e negro de gondoleiro, por isso descemos às pressas a escada e embarcamos. Ele é um homem magro e não alto. Em pé na popa do barco, parece-me leve demais para movimentar uma embarcação de doze metros, mas é tão eficiente no remo quanto na fabricação de bebês. Deslizamos pelo rio San Remo, no meio do tráfego. O sol brilhava com o entusiasmo de sempre em fevereiro; as pontes e prédios pareciam bem lavados. Mulheres penduravam roupas nas sacadas, descascavam legumes, gritavam de um lado a outro e ao longo do canal, baixavam cestas para vendedores nos barcos ou nas trilhas embaixo. Muitas vezes cantavam. O mesmo faziam os pássaros engaiolados, postos para fora a fim de desfrutar a manhã e tantalizar os gatos. Gaivotas batiam asas, desajeitadas, ou apenas fitavam. Quase todos os barqueiros cantavam também, quando não soltavam os curiosos gritos que usam para avisar de que lado vão passar. Dizem que temos dez mil gôndolas em Veneza.

— É verdade que o Mestre estava no banquete em que o procurador morreu, Alfeo?

O APRENDIZ DE ALQUIMISTA

É Mama quem fala na família Angeli. A maior parte do tempo Giorgio pouco diz, embora seus silêncios tenham um jeito misterioso de levar os outros a contar-lhe segredos. Ele não me perguntaria se não tivesse uma séria preocupação.

Respondi:

— O procurador passou mal. O Mestre foi ajudar, como era de esperar. O homem morreu ontem, assistido pelo próprio médico.

— Oh.

Além de retribuir a saudação de outros gondoleiros que passavam, o nosso remou em silêncio por algum tempo.

— O Mestre não o envenenou.

— Alfeo! Eu nunca disse que foi ele! É um terrível...

— Corre o boato. Uma mentira. Ontem à noite me chamaram ao palácio para consulta. Não me prenderam, nem interrogaram. Não tenho os braços mais compridos que antes. Não se preocupe com isso.

O sujeito que tem de suportar uma família de dois algarismos deve preocupar-se com o destino do patrão. Ele enfiou a gôndola em uma minúscula brecha ao lado do barco de um camponês já a caminho de casa. Abaixou-se sob a ponte. Depois teve tempo de voltar a falar.

— Você não chega aos pés do amo quando se trata de mentir, Alfeo. Está preocupado, e eu também.

— Então, confesso! Estou indo dizer ao Conselho dos Dez que fui eu.

Todo o barco tremeu.

— Não brinque com isso, Alfeo!

Era menos brincadeira do que ele pensava, embora eu não pretendesse entregar a carta incriminadora que levava.

— Como foi o casamento?

A família é um assunto sobre o qual nosso gondoleiro fala, e muito. Só os irmãos e primas dele superam os filhos em número; Mama tem mais ainda; acrescentem-se tios, tias, sobrinhos e sobrinhas, e a festa deve ter superado em efetivo o exército turco em campanha. Giovanni de Pádua, Aldo de Vicenza, e Jacopo e Giovanni de Murano... Ele ainda recitava a lista quando chegamos ao destino.

Ottone Imer dividia aposentos com vários outros advogados no labirinto de becos em San Zulian, logo ao norte da Basílica de San Marco. Pela história do Mestre, eu esperava que a casa incluísse locais de moradia e espaço suficiente para receber trinta hóspedes. Trata-se de uma parte cara da cidade, por isso ou Imer tinha dinheiro de família ou muito sucesso na profissão. Então, por que se metia no comércio de livros usados?

O próprio funcionário vestido de preto que me espiou com ar desaprovador por cima dos óculos parecia meio empoeirado e gasto, como se precisasse que o retirassem da estante mais vezes. Admitiu que o doutor advogado se achava em casa, mas foi só. Sugeriu que, se quisesse me aproximar do patrão, eu devia dizer o que queria de forma um tanto detalhada. Insinuou que o culto doutor não ia parar o que fazia para satisfazer um mero aprendiz de alquimista, mesmo que, acrescentou, o Mestre do aprendiz fosse um conhecidíssimo charlatão metido em artes negras. Eu podia marcar uma audiência para a semana seguinte, ou na Páscoa, ou no próximo verão, sugeriu.

O APRENDIZ DE ALQUIMISTA

Os advogados em geral não recusam negócios sem ver, mas raras vezes nobres desabam sobre suas mesas de banquete em um zumbido de perigosos sussurros. Estaria Imer escondendo-se de todos ou só de alguém ligado a esse infeliz acontecimento?
Dei de ombros.
— Então devo levar o caso mais acima.
Os modos do cão de guarda tornaram-se ainda mais gélidos.
— Leve o mais alto que quiser.
Apresentei a carta e segurei-a para deixá-lo ler a inscrição.
— Isso basta?
O sujeito já parecia pálido antes. Ficou cinzento e levantou-se, cambaleante.
— Corra — eu disse com carinho, e ele quase o fez.
Em poucos instantes, introduziram-me no gabinete privado, escuro, acanhado e desarrumado do advogado Imer. O dono esperava ao lado de uma escrivaninha amontoada de resmas de papel amarradas com fitas. Os sumários raras vezes o são. Ele era alto, severo, quarentão e tinha um infeliz tique no canto esquerdo da boca. Imaginei se aquilo aparecia quando o doutor falava aos juízes, ou se só a menção aos Dez o causava.
Fiz uma mesura.
— Às ordens do *lustrissimo*.
— Meu amanuense disse que você tem uma carta para mostrar-me.
Não me convidou a sentar-me, por isso me sentei. O homem permaneceu em pé, olhos gélidos, torcendo a boca. Olhou-me de cima. Faz-se um altíssimo conceito dos advogados em Veneza, sobretudo os outros.

Eu declarei:

— Meu amo foi o primeiro médico a atender ao procurador Orseolo quando ele adoeceu, duas noites atrás. Ficou perturbado pelos sintomas que observou... tanto que julga um dever levá-los à atenção dos Dez. Toma essa medida com relutância, como o senhor pode imaginar, pois não ignora o sofrimento que isso pode causar a gente inocente. Sabe que talvez haja outras explicações para o que viu, e o convida a discutir o assunto com ele.

Rosas desabrocharam nas faces do causídico.

— Chantagem? Ele planeja me extorquir dinheiro?

Jamais me constou que o Mestre fugisse de dinheiro, mas dizê-lo naquele momento seria uma indiscrição.

— *Lustrissimo*, eu não serviria a um amo que cometesse tais crimes.

— Prefere vender horóscopos. — Evidente que se tratava de um cético, como o doge. — Sim, o procurador passou mal aqui, em minha casa. Morreu na dele, presumo que na própria cama. Era velho. Os velhos morrem assim. Que resta a discutir?

Levantei-me.

— Indícios de veneno. Obrigado pelo seu tempo. — Comecei a voltar-me, mas pensei melhor. — Só por curiosidade pessoal... O criado que serviu o vinho é seu empregado ou o contratou para a noite?

— Você pode levar sua curiosidade pessoal para o inferno, rapaz, e mantê-la lá.

— E o sujeito do narigão?

O advogado torceu violentamente a boca três vezes.

— Mostre-me esta carta.

Passei-a. Não fora lacrada. Ele retorceu-se seis vezes enquanto a lia.

— Extorsão! Se seu amo quiser vir aqui e fazer algumas perguntas sobre questões profissionais, vou tentar encontrar um tempo para recebê-lo. Peça a meu amanuense para marcar uma audiência.

Balancei a cabeça.

— Meu Mestre tem dificuldade para andar, senhor. Tenho ordens de levá-lo a visitá-lo ou jogar esta carta na *bocca di leone*. O senhor pode ver-me fazê-lo, se quiser. Minha gôndola espera.

— Chantagem, é o que digo!

— Que o Senhor esteja convosco, *lustrissimo*.

Estendi a mão para pegar a carta.

— Muito bem, eu o acompanho, para advertir pessoalmente ao doutor Nostradamus de que ele viola sérias leis.

Enxotou-me na frente para impedir-me de tentar bisbilhotar os sumários.

Imer podia dar-se bem como advogado, mas a Casa Barbolano esmaga quase todos. Pelo próprio tamanho, para início de conversa. Em uma cidade espremida entre cem ilhas artificiais, o espaço é o luxo último, e o Mestre tem um enorme *salone*, que se estende por todo o comprimento do prédio. Imensos espelhos alternam-se ao longo das paredes com quadros de Veronese e Ticiano, candelabros espalham folhagens de cristal acima, e os habitantes à vista parecem construídos na mesma escala. O *Davi* de Michelangelo, em Florença, fica perto da porta. Atrás, *Marte* de Sansovino e *Netuno* da escada dos gigantes no Palácio dos Doges, e o *Laocoonte* de Roma. Todas cópias esculpidas em gesso, mas garanto que são muito boas cópias; e o resto sem dúvida impressiona.

Ottone Imer fez uma cínica tentativa de menosprezar o panorama que viu da entrada, pois sem dúvida supôs que Mestre Nostradamus não poderia possuir tudo aquilo e na verdade ocupava aposentos em algum canil de criados no sótão. Mas, quando o introduzi no ateliê, a exposição de livros, mapas, quadrantes, alambiques, globos, esfera armilar e o resto mostrou-lhe de uma vez por todas no território de quem se encontrava. Dei-lhe um momento para embasbacar-se com tudo. *As primeiras impressões são as que ficam,* diz meu amo.

A crença começa com o desejo é outra dele.

Levei-o até a lareira do outro lado e as duas poltronas de frente para a janela, reservadas aos visitantes.

— O Mestre virá daqui a pouco. — Fui até a poltrona vermelha, ajustei de leve a posição, tirei os candelabros da frente, olhei além do convidado e disse: — *Lustrissimo* Imer, amo.

— Que bondade sua ter vindo, *lustrissimo*. Tenho as pernas...

O advogado quase saltou do assento. A porta ficava do outro lado da sala, à esquerda dele, em plena vista para fazê-lo saber que não se abrira, e o velho não se encontrava ali alguns momentos antes.

Outro truque barato, ai de mim. O idoso saltimbanco *sabe* mexer-se em silêncio quando quer, mesmo com o cajado. Teria mandado Corrado ou Christoforo vigiar nosso retorno. Uma alcova central divide em duas a parede de livros, e contém um imenso espelho mural — uma bela peça de forma oval, com ampla moldura de mosaico, querubins e flores. Gira sobre um pivô e dá acesso à sala de jantar — não se trata de uma porta secreta, na verdade, mas apenas inconspícua. Ele cumprimentou o visitante com uma mesura troncha. Providenciei para que se sentasse com conforto e encostasse o cajado na lareira, onde pudesse alcançá-lo. Gosta de deferência quando estamos sós, e insiste quando temos companhia. Depois fui sentar-me à escrivaninha, onde poderia tomar notas se necessário ou apenas observar o rosto do advogado.

Imer tinha o cenho franzido.

— Truques!

O Mestre deu um sorriso meio bajulador.

— Por certo, mas eficazes! — Quando quer, pode parecer muito velho, pequeno e vulnerável. — Minhas condolências pelo banquete da outra noite. Um infelicíssimo...

— Seu aprendiz ameaçou denunciar-me aos Dez. Penso em entrar com uma queixa por extorsão.

Sem se voltar para olhar-me, meu amo perguntou:

— Alfeo, você ameaçou o doutor advogado?

— Não, senhor. Perguntei-lhe se desejava esclarecer um mistério antes que se envolvessem pessoas inocentes. Ele concordou em vir vê-lo.

Do mesmo modo como eu concordara em ir com Raffaino Sciara.

Imer torceu a boca.

— Investigação criminal é responsabilidade dos inquisidores do Estado, nada a ver com você!

— Todos temos o dever de comunicar indícios de crimes — respondeu o patrão.

— Tem certeza de que houve um crime?

— Eu explico. Quando o procurador teve o ataque, corri o mais rápido possível. Detectei sintomas típicos de certo veneno. Mas... — Ergueu a minúscula mão para impedir a interrupção. — A substância em questão é também um potente remédio. O procurador era velho e talvez esquecido. Se tomou por acidente o remédio duas vezes, o que é possível, ou se apenas acabara de abrir um novo preparado por acaso um pouco mais forte... então não houve crime. Precisamos saber se o médico dele lhe havia receitado esse determinado medicamento. Sabe talvez a quem chamaram naquela noite? E me dirá o nome do médico?

— E o que fará você então? Chantageá-lo, como tentou fazer comigo?

O amo abandonou a máscara de velho patético, livrando-se de dez anos e baixando a voz uma oitava.

— Alfeo, você me trouxe um idiota. Ponha-o de volta onde o encontrou e entregue aquela carta ao leão.

Estendeu a mão para pegar o cajado.

— Espere! — cedeu Imer. — Retiro a observação. Não era necessária e peço desculpas. O que propõe o senhor exatamente?

O Mestre recostou-se e examinou-o com repugnância. Acabou por dizer:

— Proponho, *lustríssimo*, fechar o caso médico sobre o qual me consultaram duas noites atrás. Se me convencer de que o paciente morreu por infelicidade, comunicarei isso a certos altos magistrados que já me pediram, não em caráter oficial, para investigar o assunto. Espero que as autoridades então se satisfaçam em abandonar o caso. Se não, lançar-se-á um grande inquérito formal. Então o senhor, eu e muitas outras pessoas sofreremos sérios inconvenientes, vexames e perturbações. Se é o que prefere, vá embora e não me faça perder tempo. Se quer ter o crânio esmagado em um torno, está no caminho certo. Se não, deve conceder-me total cooperação.

Mais torções.

— Responderei a qualquer pergunta razoável, mas sem suposições e apenas na mais estrita confiança.

Meu amo deu um suspiro de impaciência.

— Em um caso de assassinato? Você sabe que está falando bobagem. Como se chamava o médico pessoal do falecido?

Imer ficou com o rosto rubro de cólera. Estranho. Mau ator para um homem que teria de impressionar conselhos de juízes empedernidos como meio de vida. Talvez por isso houvesse entrado no negócio de livros usados.

— Não sei. O senhor também estava lá, logo, como ignora? O senador Tirali assumiu, como sabe. Mandou a *mim* ir atrás de uma liteira. Ordenei a um homem que fosse procurar e depois tentei acalmar as damas, algumas delas muito perturbadas. Levaram Orseolo para casa e todos partiram.

— Não ajudou muito.

— O melhor que posso. Quer que eu invente respostas?

— Mais alguém adoeceu?

— Não que eu saiba.

— Quem foi o criado que serviu o vinho?

— Dois... Giuseppe Benzon e um homem que ouvi chamarem de Pulaki, criado do mercador Karagounis, a quem

o senhor conheceu. Benzon trabalha para mim há quatro ou cinco anos.
— É mesmo? — murmurou o Mestre. — Karagounis vem de Atenas. Esse tal Pulaki também é grego nativo?
— Não sei.
— Se for, seria súdito do sultão. O senhor permite que um criado do sultão sirva vinho a... bem... *Nasone?*
O advogado merecia essa e não desmaiou nem chorou de horror. Mas pareceu que sim.
— Não convidei aquele homem à minha casa! A chegada dele foi uma completa surpresa.
— Mas... — Meu amo balançou a cabeçorra com um ar triste. — Por que não começa do começo e explica como se meteu nesse pântano?
A essa altura, Imer queria agarrar-se a qualquer palha.
— Como o senhor sabe, sou uma autoridade em manuscritos antigos. — *Então por que não demonstrara especial interesse na coleção do Mestre desde que entrara?*, pensei. — O estrangeiro, Karagounis, me procurou com uns artigos interessantes que desejava vender. Tudo saqueado de igrejas e mosteiros, tenho certeza. Desde que os turcos conquistaram a Grécia e os Bálcãs, a Igreja ali foi... não eliminada, mas não floresceu como antes. — O homem tagarelou por alguns minutos, disse-nos coisas de que já sabíamos, que se proibia aos estrangeiros negociarem, e que os manuscritos gregos eram maravilhosos. — O senhor duvida mesmo do *Meleager*?
— Obras perdidas de Eurípides aparecem o tempo todo — disse o Mestre, mal-humorado.

O APRENDIZ DE ALQUIMISTA

— Mas não com essa poesia! Vários potenciais compradores pareceram julgá-lo autêntico. Teria alcançado uma fortuna. Eu não poderia me dar ao luxo de adquiri-lo, mas concordei em ajudá-lo em troca de uma das peças menores, retirada da venda, e pretendia dar lances em algumas das outras.

O Mestre ficou com uns olhos que pareciam aço por não ser classificado entre os dez, mas não interrompeu o fluxo.

— Oito se interessaram o suficiente para ver a coleção. Seis disseram que iam fazer ofertas. O procurador Orseolo e o senador Tirali declararam que viriam em pessoa. Os outros nomearam agentes para dar os lances. Pedi a alguns amigos... — Ele convidara algumas pessoas a quem desejava impressionar, e esse triunfo social virara um pesadelo.

— E o senhor mesmo, doutor.

Esgotou-se.

— O doge foi um que veio pelos livros? — perguntou o Mestre.

— Seu agente compareceu. Jamais o esperei em pessoa! Ele não se demorou muito.

— E o casal estrangeiro que falava francês?

Imer balançou a cabeça.

— Não faço ideia. Pareciam achar que era uma reunião pública. Quando percebi... ordenei-lhes que saíssem. O homem mostrou-se insultado, mas foram embora.

— Você ofereceu três vinhos.

— Haveria outros na ceia. Karagounis entrou com a retsina. Disse que era melhor do que qualquer outro vinho na cidade. Coisa ruim. Eu nem toquei.

Tive o cuidado de não mostrar nenhuma reação, e meu amo sem dúvida não o fez, mas insistiu no assunto.
— Quem mais tomou retsina?
— Como vou saber?
— O que aconteceu com o vinho aberto e não acabado?
— Creio que os criados o roubaram. Em geral o fazem.
— O que sabe sobre esse tal Karagounis?
O advogado contorceu-se.
— Não muito. Planeja casar-se com uma moça daqui, por isso se tornou residente. Toma instruções na fé católica e pensa abjurar a heresia grega... É o que diz. Eu o adverti de que seria melhor não vir à mostra, mas ele apareceu mesmo assim.
— Já escolheu uma noiva?
— Decerto.
O causídico corou, o que sugeria ser a noiva parte do acordo, alguma sobrinha ou prima, sem dúvida. O homem não tinha idade suficiente para ser pai de moças casadouras.

Mas parecia ser o caso. As perguntas restantes nada produziram de útil. Imer andara correndo de um lado a outro entre os livros e o grupo principal, e não sabia dizer quem se achava próximo o bastante para mexer na bebida da vítima. Se representava os advogados da República, eu esperava que jamais precisasse processar nenhum.

— Bem, talvez estejamos nos preocupando sem necessidade — declarou o Mestre. — Devo localizar o médico do procurador. Ponho meu barco à disposição, *lustrissimo*. Alfeo o acompanhará como testemunha quando você interrogar seu criado.

— Benzon? Por quê?

— Se soubermos que outras pessoas beberam da mesma garrafa do procurador, podemos eliminar uma hipótese desagradável — respondeu meu amo, os lábios arreganhados em um sorriso.

O advogado fez uma careta, como se tivesse uma séria dor de dente.

Giorgio nos levou de volta no barco. Cantou duas baladas românticas, para o caso de querermos conversar em segredo, mas Imer nada disse em absoluto, a não ser o endereço de Karagounis, quando pedi.

Tão logo entramos nos aposentos, ele ordenou ao velho amanuense que chamasse Giuseppe Benzon, o que, por certo, surpreendeu o velho. Desta vez me convidaram a sentar-me na poltrona de um cliente. Andando como um idoso, Imer contornou a mesa amontoada até chegar à dele.

— Se assustarmos Benzon a ponto de ele fugir, estaremos em uma grande encrenca.

Por isso mesmo o Mestre especificara que o causídico fizesse as perguntas, não eu.

— O senhor tem direito de interrogar seu próprio criado, *lustrissimo* — avisei-o.

Se o serviçal fugisse, essa admissão de culpa isentaria de suspeita meu amo, mas talvez não ajudasse ao advogado.

Benzon tinha mais ou menos a minha idade, um labrego atarracado e de aparência honesta, com um borrão de ruge de joalheiro na mão, sugestão de que andara limpando prata. Já parecia razoavelmente assustado com o inesperado convite. Fez uma mesura e mandaram-no fechar a porta, mas não puxar uma terceira poltrona.

— Como você sabe — murmurou Imer —, um dos meu convidados adoeceu duas noites atrás. Consumiu em minha casa apenas um pouco de vinho, e os médicos imaginam se havia algum problema com aquela garrafa em particular. Por acaso se lembra qual vinho o procurador escolheu?

— Sim, *lustrissimo*. Ele riu e disse que ia tomar a retsina.

O criado já me impressionara. Tinha os olhos rápidos e não se inquietava.

— Trinta e dois convidados, e você lembra o que cada um bebeu?

— Não, *lustrissimo*. Mas ele foi o quarto ou quinto a chegar, e jamais servi um procurador antes.

Os procuradores usavam maravilhosos trajes roxos enfeitados e palatinas.

— Mais alguém tomou retsina?

— Três ou quatro, *lustrissimo*. Tive de abrir uma segunda garrafa.

O olhar que Imer me lançou foi um comentário de que a primeira garrafa, portanto, não entrava como prova, e assenti com a cabeça.

— Pulaki trouxe mais seis. Onde foram parar as outras?

— O amo dele mandou-o levá-las quando foram embora.

— Bem, aprendiz? Tem alguma pergunta a fazer?

Podiam ocorrer-me várias. Como não era nem funcionário do Estado nem médico no caso, não tinha direito de fazer nenhuma delas. Os procuradores não brincam com os criados dos outros.

— Meu nome é Alfeo, Giuseppe.

Benzon me olhou, inseguro.

O APRENDIZ DE ALQUIMISTA

— Sim, *lustrissimo*.
— Apenas Alfeo. Quantas taças dá uma garrafa?
— Cerca de seis, se enchermos todas. Quando acabasse, eu iria buscar outras, decerto.
— Muito bom. Obrigado. Você disse que o procurador riu. Veio só ou alguém o acompanhava?
— Uma jovem dama.
— Bonita?
A libidinagem piscou nos olhos do homem.
— Ígnea!
— Cortesã?
— Não, Alfeo.
Vi o cenho franzido do advogado.
— Alguma ideia de quem era, *lustrissimo*?
Ele deu de ombros.
— Esqueci. Neta? Sobrinha?
— Não tenho mais perguntas, obrigado.

5

Indiquei a Giorgio o endereço de Karagounis, próximo dali, no bairro grego de San Giorgio dei Greci. Os gregos talvez fossem ainda mais suscetíveis à intimidação que o advogado, mas restava-me pouca esperança de que as entrevistas do Mestre nos fossem adiantar alguma coisa. Se tivesse estado presente à mostra de livros e visto duas pessoas trocarem taças e uma delas morrer, eu nada admitiria — pelo menos àquela data tardia. Se tivesse trocado de propósito uma das taças, seria mais taciturno. Mas um aprendiz faz o que mandam. Talvez meu amo recobrasse o juízo dentro de um ou dois dias.

Ao chegarmos à porta — Giorgio conhece cada prédio da cidade —, gritei a uma senhora que pintava os cabelos na sacada do segundo andar.

— Último piso — ela respondeu.

— Fique de olho nela, filhinho — disse uma em outra sacada. — Ela fica à espera dos mais jovens.

A primeira contestou:

— Não, pare na casa dela, bonitão. Essa é a que fica solitária.

O APRENDIZ DE ALQUIMISTA

— Você pode me partilhar — sugeri, e ganhei berros de aprovação das espectadoras em outras janelas.

— Boa sorte — desejou-me Giorgio. — Os maridos andam com facas, o senhor sabe.

— Com maridos ou não — respondi —, não vou demorar muito.

Outros gondoleiros esperavam por perto, portanto eu sabia que não lhe faltaria com quem conversar.

A escada, escura e estreita, fedia a urina e comida não identificada, como em geral as escadas dos cortiços. Não encontrei marido nem pessoa nenhuma à minha espera. O último andar ficava quatro pisos acima, e reduzi o passo no último lance, para não chegar sem fôlego. Tinha a opção de três portas. Na primeira, ninguém respondeu à batida. Nem na segunda, mas uma mulher gritou lá de dentro, e mandou-me tentar a defronte, que eu já tentara.

Ou Alexius Karagounis saíra para vender os livros em outra parte ou já fugira da República. Nenhuma esposa solitária nem marido armado de faca me deteve.

Ao retornarmos à Casa Barbolano, o Mestre já se retirara para o cochilo do meio-dia, após saltar o jantar ou apenas esquecê-lo, como sempre. Levei uma braçada de livros à sala de jantar, onde Mama preparava comida suficiente para alimentar a tripulação de uma galé, após um longo dia: anchovas marinadas ao molho de alcaparra, arroz com ervilha e atum com polenta. Depois me perguntou que *dolce* eu queria.

— Não tem como eu comer tudo isso — queixei-me. — Comi aquele *pidocchi* antes, lembra?

— Coma! Está magro demais!
Comparados a ela, todos são magros demais.
— Não tanto quanto Giorgio.
— Moro há quarenta anos nesta paróquia e nunca vi um gondoleiro gordo.
— Ele não dorme o suficiente.
Ela fechou o punho e saiu rebolando, às risadinhas. Comi sozinho e li tudo o que é conhecido sobre a dedaleira.

Fui para o quarto, passei o ferrolho na porta e pus uma roupa mais velha, que não receava sujar. Meu quarto não é o maior nem o mais grandioso do que eu poderia ter, mas desfruto das três grandes janelas, com a vista de uma floresta de chaminés defronte, para os lados de San Marco. A maioria tem dois ou três andares, de modo que igrejas, campanários e palácios se erguem como ilhas em um mar revolto de telhas vermelhas. Mais em particular, minha janela dá para o terraço do número 96, e esse cenário torna-se espetacular nos dias quentes, quando os moradores tomam banho de sol ali. Usam chapéus de abas largas e sem coroa, espalham os cabelos para clareá-los sem bronzear os rostos. Nesse dia o terraço ficara deserto, a não ser por algumas roupas lavadas estendidas para secar.

A *calle* entre as duas construções é muito estreita e pouco usada, porque tem uma forma tortuosa de chegar ao campo, enquanto a mais larga defronte ao 96 é reta e também leva à ponte. Embora minhas janelas fiquem uns quinze metros acima do chão, são protegidas por robustas barras. Abri a do centro e espiei para fora, provocando uma explosão de pombos. Três das barras podem ser retiradas apenas levantando-as dos soquetes e encostando-as nos batentes — dentro do quarto, por certo, para não caírem como dardos de azagaia e empalarem os cidadãos. Espremi-me na brecha e pus o pé numa borda com a largura de um palmo logo abaixo, e agarrei-me firme à barra fixa. Então dei um largo passo, desses que desafiam a morte, até as íngremes telhas defronte, onde podia esticar-me para a frente e pegar o trilho em torno da altana para não escorregar e formar uma feia mancha no chão.

Sim, podia descer, sair pelo portão da água da Casa Barbolano e o do 96 — nenhum *fondamenta* de verdade flanqueia o rio San Remo, mas há bordas ao longo dos dois prédios logo acima da linha da maré, e a manobra não é difícil para uma pessoa ágil. Prefiro minha rota secreta, porém, e gosto de pensar que estou enganando os espiões dos Dez. Além disso, um homem deve manter a própria reputação.

Destranquei a porta com armadilha e desci a trote vários lances de escada sem encontrar vivalma. O número 96 pertence a quatro damas, embora muitas outras morem e trabalhem lá. Violetta ocupa a melhor suíte, no canto sudoeste, e tenho uma chave para o quarto dos criados. Ao espionar pela porta da cozinha, descobri Milana em luta para passar a ferro um vultoso vestido de brocado que na certa pesava tanto quanto ela própria. É pequena e tem as costas tortas, mas dedica uma feroz lealdade à ama e jamais a vi infeliz.

A moça deu um salto.

— Alfeo! Você me assustou!

— Só faço isso para vê-la sorrir. Ela já acordou?

As cortesãs vão para a cama ao amanhecer, como a nobreza, mas isso não precisa ser dito.
Com uma carranca de dúvida, Milana respondeu:
— Só um momento, que eu vou ver. — E desapareceu.
Num instante, já retornara, de novo sorridente. — Não, tudo bem, eu disse a ela que o senhor chegou.

Agradeci-lhe, fui ao quarto de Violetta e entrei bem a tempo de ter um tantálico vislumbre de uns seios nus quando ela puxou o lençol — tinha um senso de tempo de fazer inveja a qualquer saltimbanco no arame esticado. O quarto é casto e luxuoso, enfeitado com seda, cristal e tapetes à altura dos tornozelos, além de espelhos com molduras douradas e arte erótica.

Outras nações denunciam Veneza como a cidade mais pecaminosa e carregada de vício em toda a cristandade, e dizem que temos mais prostitutas que gôndolas. Pura inveja. Somos apenas menos hipócritas com as farras, só isso. As nobres nada veem de errado em um jovem que leva uma cortesã a um banquete — preferem que ele ostente o brinquedinho em público a corromper suas filhas em segredo. Muitos nobres jamais se casam, supõe-se que para impedir a divisão da fortuna familiar entre demasiados herdeiros, ou apenas para evitar confusão e incômodo.

Há meretrizes ao alcance de todas as bolsas no número 96. Violetta não é uma delas. Magra, educadíssima, soberba dançarina e cantora. O palco perdeu uma grande atriz, e é trágico Ticiano não ter vivido o suficiente para imortalizar tal beleza. Não se vende por hora ou dia, raras vezes até por semana. Não aceita dinheiro, apenas presentes — um colar

O APRENDIZ DE ALQUIMISTA

de esmeralda aqui, uma dúzia de vestidos de baile ali —, e nem o próprio tesouro do Estado compraria seus favores de um homem de quem ela gostasse. Minha amiga veste-se tão bem quanto qualquer esposa de doge ou de senador, e tem mais joias que a Basílica de San Marco.

Não sou e nunca fui um dos clientes dela, mas somos amigos. Muitas vezes amigos *íntimos*, sobretudo na sesta, quando temos tempo para nós. Não fui atrás de amor nesse dia, e vi logo que não havia de imediato, pois ela bancava a Medeia, dentes e garras, olhos verdes fumegantes. Na verdade não tem, e nunca teve, olhos verdes. Têm todas as cores e nenhuma. Mudam o tempo todo, mas naquele momento exibiam um tom esverdeado, sinal de perigo. Sentei-me no pé da cama, em segurança, fora do alcance, e dei um sorriso idiota diante do olhos dela, que me fuzilavam.

— Quem era a prostituta que vi com você no Lido duas noites atrás?

— Não fui lá — respondi. — Foi algum outro homem. Eu usava máscara, logo você não podia me reconhecer. E não é nenhuma prostituta. Michelina Angeli. A mãe dela me perguntou se eu podia levá-la como um presente pelos quinze anos. A jovem vai ficar noiva breve e queria ver o carnaval no Lido.

— *Virgem?* — perguntou Medeia com ar de descrença, como uma explosão de fogo grego.

— Não perguntei. Se não fosse, não me pareceria. — Acrescentei: — Como me reconheceu?

E com certeza não a notara entre as centenas de farristas mascaradas.

— Eu reconheceria essas belas panturrilhas em qualquer parte.

Ela riu e derreteu-se à minha frente, tornou-se Helena. A de Troia, quer dizer. Violetta não faz papéis, como uma atriz. É de fato várias pessoas, uma de cada vez. Diz que não consegue controlar as mudanças, apenas acontecem, mas raras vezes vi a persona errada aparecer para qualquer situação em particular. Medeia tem a voz dura e metálica, Helena, baixa e rouca, até o rosto parece mais suave, mais redondo. Como Helena, é a mais bela, desejável e talentosa amante do mundo. Como Medeia, tão perigosa na cama quanto em qualquer outro lugar.

Helena estendeu-me os braços. O lençol caiu, óbvio. Incrustada nos melhores trajes, Violetta é o cinosuro de um baile ducal. Nem começo a descrever a atração quando continua quente, sonolenta e corada da cama. Tem cabelos naturais meio castanhos, mas os clareia para um dourado avermelhado. Nas ocasiões formais, enfeita-os com dois chifres em pé, que então caem em densas ondas. Eu queria mergulhar e afogar-me naquelas ondas.

— Por favor! — implorei. — Os negócios primeiro.

— Você *não* é negócio, Alfeo Zeno! Não se atreva a ser negócio. É prazer no sentido mais estrito. Toda esposa na cidade tem um *cavaliere servente*. Só eu não posso?

Eu precisava de dedaleira para um coração enlouquecido.

— Muito em breve, amada, terá o melhor amante na República só para você, mas preciso falar a sério primeiro. O nobre Bertucci Orseolo morreu, já soube?

O APRENDIZ DE ALQUIMISTA

— E as pessoas murmuram que foi envenenado pelo seu Mestre para cumprir uma profecia. Mandei um bilhete a ele ontem. Não lhe contou?
— Não de forma direta. Saí para compras.
— Que absurdo! Um velho cai morto e todos desconfiam de veneno.
— Foi veneno.

Helena suspirou. Com relutância, puxou o lençol para cima e esticou as pernas. Mudara de novo o rosto e a voz. Tornara-se mais magra e reconheci aquela a quem chamo Minerva, a deusa romana da sabedoria. Os gregos a conheciam como Atena "Olho de coruja" ou "Olho Cinza". Violetta os tinha cinzentos e a mente por trás incendiada.

— Notícia terrível. Posso ajudar?
— Achamos que puseram o veneno no vinho.
— Substituíram a taça por uma envenenada?

Típico, resolvera mais rápido que eu. Minerva talvez fosse mais esperta que o Mestre.

— Teria de ser assim, achamos. Sei que você dá uma olhada em um salão de baile e descreve cada vestido até o último ponto. Pode dizer-me quem estava ao lado de Orseolo na mesa de livros?

Ela não negou meu exagero.

— Vejamos... Eu entrei de braço dado com Pasqual. Não faça caretas. Sabe como ganho a vida. Íamos ao Lido, mas o pai dele desejava comprar livros. Pasqual disse querer ter certeza de que o velho não estouraria a fortuna da família. Ficamos alguns minutos e fomos embora. Quando entramos, os espectadores à mesa nos davam as costas; seu Mestre defronte, diante de nós. À minha esquerda, um criado reabastecia ou oferecia as taças ao procurador e à companheira. Por certo foi o que caiu depois, Orseolo. Então o pavoroso casal inglês...

— Ah, os que falavam em francês? Sabe os nomes?

Estrelas cintilaram nos olhos celestiais de minha amiga.

— Eu sei os nomes, Alfeo, mas os parisienses não reconheceriam meu francês. Trata-se do *sier* Bellamy Feather, e ela, Hyacinth. Alugaram um apartamento em Casa della Naves, em San Marcuola. Hereges protestantes, na certa espiões.

Más notícias. Se até Violetta achava que podiam ser espiões, os informantes dos Dez logo rastejariam ao redor deles como moscas em um monte de estrume.

— Ao lado, o turco trigueiro... e um velho que usava o escarlate senatorial. Tinha um narigão. Junto a ele, outra vaga e depois o pai de Pasqual. Ocupamos a vaga, por certo, e Pasqual perguntou-lhe se ia comprar o diário de Cleópatra. — Deu um sorriso de entendida. — Fingi não reconhecer o nariz à esquerda. O homem manteve os olhos nos livros e me ignorou.

— Então é mais velho do que pensei.

Na verdade, com o acesso aos arquivos de Pietro Moro, eu sabia que ele ainda fazia sexo, embora não com a frequência que gostaria. Doge ou aprendiz, alguns problemas são universais.

— Você sabia da presença de *Nasone*?

— O Mestre me contou. Complica tudo. Já o viu andando de cara amarrada e incógnito antes?

Ela fora a mil bailes e banquetes para cada um a que eu comparecera.

O APRENDIZ DE ALQUIMISTA

— Jamais. Guardei essa informação para resolver quando menos distraído por sombras sob seda.

— O turco de quem você falou na certa era o vendedor de livros, um grego chamado Alexius Karagounis. Você não conhecia o procurador Orseolo, logo, tampouco a dama que o acompanhava?

Violetta-Minerva balançou a cabeça.

— Uma moça. Não mais velha que sua suposta virgem. Nem cortesã.

— Amante ou parenta?

Ela com certeza não sabia. O Mestre não a notara, mas se Orseolo adquirira uma amante pouco tempo atrás, isso teria confirmado a profecia. E a jovem ficara perto o suficiente para trocar as taças.

— Mais provavelmente neta. Se eram amantes, ela teria de dar duro.

— Você é uma testemunha espantosa!

Minerva divertiu-se com o elogio.

— As pessoas são o meu negócio, caro Alfeo. Mas se movimentam, e eu lembro todos os movimentos. O anfitrião entrou por pouco tempo e tornou a sair. Orseolo e a mocinha foram até a outra ponta ver o que havia. E havia também os dois garçons. Não os esqueça!

— Eu soube que só havia um garçom na sala.

— Agora já sabe de dois. Um atarracado, mais ou menos da sua idade, com as sobrancelhas quase tão sensuais quanto as suas, e o outro na casa dos vinte, esguio, moreno, parecia um mouro. — Os olhos de minha amiga ficaram

brilhantes como quando ela lhes passava beladona à noite.
— Ao chegarmos, ofereceram-nos a opção de três tipos de vinho. Acha que o veneno se achava na retsina?
— É provável. Mas outras pessoas beberam também. Os olhos dela perderam o fogo por um instante.
— Eu acho... É, quando ofereceram mais, os garçons apareceram com uma garrafa em cada mão. Sim, tenho certeza. Dois garçons, três vinhos, quatro garrafas. Não parece suspeito?
— Você me surpreende. Devia ser eleita para o Conselho dos Dez.
Minerva respondeu:
— Só se puder escolher os outros nove. — Uma sugestão de Helena na voz. — Alfeo, e se o mouro é espião do sultão e tentou envenenar o doge?
— Por mouro você se refere ao criado moreno de sobrancelhas sensuais?
— Uma sensualidade moderada, sem comparação com a sua.
Eu não percebera como minhas sobrancelhas colaboravam com minha famosa boa aparência. Fiz uma anotação para examiná-las em algum momento.
— Basta assassinar o doge que o Conselho dos Dez logo elege um substituto.
Violetta é a suprema cortesã por ser qualquer mulher que o atual companheiro precise. Fale-se em política, e ela vira Aspásia. Onde Minerva se mostra imperiosa, brilhante, sabe-tudo, e não tolera discordância, a outra é culta e sutil, com uma infinita persuasão na voz.

O APRENDIZ DE ALQUIMISTA

— O doge tem importante influência na conduta da política externa — disse Aspásia —, embora o senado possa passar por cima dele. Pietro Moro é respeitado e tem seguidores. Enfrenta bem o arrastar de sabre de Constantinopla, por isso o sucessor poderia ser mais maleável, mas isso sem dúvida não se aplicaria se se denunciasse o assassinato. Então a explosão de raiva na República faria o *corno* ir para alguém mais linha-dura ainda, e o sultão ficaria pior que antes. Por certo talvez houvesse um objetivo... forjar um atentado fracassado contra a vida do doge para conquistar apoio às políticas dele. Imagino qual seria a posição da Inglaterra na atual crise.

— Complicado demais para um simples garoto aprendiz. Que vinho você toma?

— O refosco. Qualquer marca. Pasqual tomou a retsina.

Eu esperava que a parte dele contivesse uma versão mais lenta do veneno.

— Você foi uma grande ajuda. Tenho de falar com todos que passaram por aquela sala para descobrir o que viram, como acabei de ouvir a versão do Mestre e agora a sua. Se os Dez...

— uma irresistível necessidade de bocejar me fez silenciar.

— Carnaval demais? — perguntou Aspásia, simpatizando.

— Você dormiu noite passada?

— Muito pouco — admiti.

— Reclassificando a virgem, suponho. Trabalho árduo.

— Não! Vivo sonhando com você e acordo aos prantos por não tê-la a meu lado.

Ela ergueu uma cética sobrancelha.

— *Iupotter ex alto periuria ridet amantum.*

— Ovídio. Júpiter ri no alto dos perjúrios dos amantes.
— Nada mal. Quando arranja tempo para ler Ovídio?
— Nunca. Você citou isso na primeira vez que nos encontramos.
— Oh, decerto! — Agora o sorriso de Helena. — Eu clareava os cabelos na *altana* e apareceu um maluco que saltava pela *calle*. Sem me dar tempo de ao menos gritar por socorro, ele transpôs a grade e ajoelhou-se a meus pés para me oferecer uma rosa.
— E lhe disse que você era a mais bela coisa que já vira.
— Jovem e muito bonito.
— Jurou amá-la para sempre. E não tocou os lábios de qualquer outra mulher desde então.
Ela ficou satisfeita, não convencida.
— Nenhuma?
— Não a sério. Tive de repelir uma virgem enlouquecida pela luxúria duas noites atrás, mas pensei em você e perdi o interesse. Júpiter deixou de rir. Agora chora por mim.
Esperei com a respiração presa para ver quem responderia ao meu pedido. Minerva é o intelecto encarnado, saltou da cabeça de Júpiter, eterna virgem intocada. Não me sinto com força suficiente para cuidar de Medeia, perseguidora, exigente e mortal. Aspásia ou me convenceria a desistir ou a cooperar com ela, desprezando meus desejos animais.
— Que bobagem! Vá para casa. É a hora da sesta e você precisa descansar.
— Tenho um trabalho urgente a fazer — concordei, mas já chutava os sapatos, pois ouvia a voz de Helena.
— Eu acordo você.

O APRENDIZ DE ALQUIMISTA

Ela afastou o lençol.

O resto de minhas roupas caiu no chão como uma tempestade, e tive-a nos braços. Quando paramos com os beijos para recuperar o fôlego, eu disse:

— Você foi muito generosa, fazendo caridade a um pobre aprendiz.

— Caridade? Sirvo os outros homens, mas com você posso ser apenas eu mesma e desfrutar. Preciso de você para lembrar-me que os homens podem ser amorosos. Sabe — murmurou, e desviou os lábios quando tentei reclamá-los de novo — o que mais amo em você, querido Alfeo?

— Diga — mordisquei-lhe a orelha.

— Não tem ciúmes. Jamais julga. Jamais me importuna para me transformar.

Para casar-se comigo, um pobre? Viver da venda do guarda-roupa pelos dez anos seguintes? Eu a amava por não tentar comprar-me, como seria fácil. Se insistisse em tornar-me gigolô, eu jamais obedeceria. Se não me achava ciumento, era maluca. Maluca, mas eu aprendera muito tempo atrás a não ansiar por coisas que não podia ter.

— Eu na certa morreria se me transformasse — respondi.

— E, quando você peca, quero pecar com você. Pode ter-me todo, minha querida, cada pedacinho. Aceito tanto de quanto puder me dar.

6

O homem pode ter poucas experiências mais agradáveis do que ser despertado pelo beijo de uma bela moça nua e na cama. Antes que eu pudesse levantar as esperanças, porém, percebi que a mulher curvada sobre mim usava o hábito de uma freira da Ordem Carmelita. Algumas casas vestem-se com mais severidade do que outras, e, nesse caso, compreendia-se meu erro inicial, pois o véu nada escondia e o corpete não muito. Gritei e tentei agarrar as cobertas.

— Qual é o problema? — O demonismo dançava nos olhos escuros de Helena. — Eu jamais soube que você fosse tímido.

— Achei que ia ser estuprado. Que horas são?

— Hora de encontrar uma testemunha importante. Depois que você desmaiou e me deixou divertindo-me sozinha, lembrei que Alessa conhecia um Orseolo. Assim fui perguntar, e ele pertencia ao ramo certo — Enrico, filho de Bertucci.

Saí da cama e comecei a recolher as roupas. Alessa, uma ex-cortesã que se aposentou quando fez mais ou menos trinta anos, é hoje é uma das coproprietárias do número 96. Tem um negócio no lugar, um estábulo com dezenas de outras moças.

O APRENDIZ DE ALQUIMISTA

— Até onde você contou a ela? — perguntei, nervoso. Se meu interesse se espalhasse, começariam os boatos de que o Mestre se preocupava com simples rumores, e isso em nada ajudaria a reputação do velho.

— Só que você ficou perturbado com os boatos e imaginou se alguém poderia querer matar seu amo. Mas Alessa é esperta. Adivinhou logo que você era movido por mais que rumores.

— Eu conheço e amo Alessa, e respeito muito a sagacidade e discrição dela. — Passei a escova de Violetta duas vezes pelos cabelos embaraçados, desisti e enfiei tudo no chapéu. — Vá na frente, Irmã Castidade.

Fomos pelo corredor até o canto da amiga na casa, onde encontramos uma irmã ursulina que servia doces e bolos. Alessa continua no lado buliçoso dos quarenta e é uma mulher muito atraente, em algum ponto entre loura e estatuesca, digna de uns apertos. Usava um corte de hábito mais discreto que o de minha amiga.

— Qual é a causa desse surto de religiosidade? — perguntei, e dei-lhe um beijo carinhoso.

Meu entusiasmo deve ter sido convincente, pois ela cooperou até Medeia emitir pigarros ameaçadores.

Madre Alessa recuperou o fôlego e disse:

— Entregaram nossas novas fantasias de carnaval e decidimos experimentá-las. Que tal ficamos?

— De uma pureza e santidade inestimáveis. Vai arrastar santos pelo degraus do Trono de Deus.

— Vi, devíamos fantasiá-lo de frade. Faríamos uma tonsura.

— Ou turco? — sugeriu minha amiga. — Podemos pegar um rabino do Ghetto Nuovo e...

— Não, não pode! — respondi firme, sentei-me e aceitei uma taça de excelente marsala. — Gosto de mim assim mesmo como sou. Tenho de voltar a trabalhar, reverenda madre; por favor, guarde segredo, mas o Mestre acha que o procurador foi de fato assassinado, como dizem os boatos, embora, em definitivo, não por ele. O que pode me dizer sobre o homem?

Alessa é outra atriz perdida. Ergueu o olhar para o céu, trançou as mãos gordas e macias e começou a falar com uma sonoridade digna das Escrituras Sagradas.

— Bertucci era um homem muito correto, honesto e devoto, um generoso benfeitor da Igreja e da cidade. Um homem *bom*! Conquistou grande distinção na guerra cipriota. Ficou viúvo há alguns anos. Deixa um filho, Enrico, e dois netos. Venho tentando lembrar de alguém que o odiasse o suficiente para assassiná-lo e, para ser franca, não consigo.

— Você era chegada a Enrico?

— Ele me manteve, com muita generosidade, até o pai saber de nosso ninho. O velho desaprovava e insistiu que eu partisse. Depois deu um jeito de o filho ser eleito reitor de Verona e embarcou-o para o continente.

Ela deu um suspiro pelas oportunidades perdidas.

Verona é um tributo a Veneza, sem dúvida.

— Quando foi isso?

— Há cerca de quatro anos. Bertucci não mandou me jogarem no canal; deu-me um mês para fazer outros acertos. Era severo, porém jamais perverso. Enrico me disse mais de uma vez que as feridas de guerra do velho lhe causavam muita dor, mas ele jamais se queixava. E você me diz que alguém o assassinou? Que coisa terrível!

A Igreja a chamaria de decaída, e no entanto eu a julgava sincera. O endurecido cavalariano ganhou vida com aquelas palavras.

— E filhos?

— Muito trágico. O mais velho morreu no mar. Janízaros assassinaram outro numa estúpida arruaça em Constantinopla. As duas filhas morreram quando o Convento de San Secondo pegou fogo. Restou apenas Enrico.

— Então me fale dele — pedi. O herdeiro da fortuna dos Orseolo devia ser um óbvio suspeito, mesmo sem ter comparecido ao banquete. — Ele faz política ou apenas dirige o negócio?

— As duas coisas. Teve sucesso na política. O pai era um lutador, mas ele é conciliador. O Grande Conselho aprova homens que constroem pontes em vez de queimá-las, e Enrico podia atravessar a lagoa sem causar marolas. Serviu um mandado como senhor da Guarda Noturna, na casa dos vinte anos, quatro ou cinco como ministro da Marinha, e duas vezes reitor de Verona. Agora é um dos grandes ministros.

Eu não julgara Enrico Orseolo conciliador nos poucos encontros que tivemos. O pai encomendara um horóscopo ao Mestre Nostradamus. Depois que o entreguei e cobrei, o velho me mandou pegar o dinheiro com o filho, que se recusou a pagar e ameaçou mandar-me jogar no canal mais próximo.

— Ouvi gabarem-no como um membro provável do Conselho dos Dez — disse Aspásia. — Dentro de mais ou menos vinte anos será nomeado procurador para suceder o pai.

— Os dois se davam bem?
Alessa deu de ombros.
— Muito bem, em vista de como eram diferentes. Ele jamais conseguiu substituir o irmão martirizado, por certo. E o fosso de idades era muito grande. Enrico é... — Ela meditou. — Difícil de descrever. Mostra ao mundo um exterior frio, como malha feita com lâminas de cristal. Vi-o chorar de felicidade após fazer amor, derramar lágrimas em meus seios. Queria desafiar o pai por minha causa, e tive de convencê-lo de que importava mais a carreira que uma simples concubina. E os negócios andam difíceis agora...

Nem Violetta nem eu dissemos uma palavra. Ela teve de continuar.

— Não apenas a Casa de Orseolo. Há cem anos, a República era grande, e eles também, mas depois os malditos portugueses descobriram um caminho para contornar a África e agora os hereges holandeses roubam nosso comércio de especiarias. Os últimos vinte anos foram sobretudo difíceis para alguns, mas o velho talvez não visse isso tão bem quanto devia. Talvez culpasse injustamente o filho.

— Enrico não compareceu naquele noite, até onde sei — eu disse. — Vi?

Minha amiga pensara em alguma coisa. Reconheci o fulgor nos olhos de Minerva.

— Quem era a moça com o velho na véspera do Dia dos Namorados?

Alessa franziu a testa.

— Como vou saber? Jovem?

Sim, mas experiente o suficiente para enfanar um velho. Não era cortesã.

— Ah! Duvido muitíssimo que o velho Bertucci algum dia tenha olhado uma cortesã em a toda vida. Desaprovava a libertinagem. O mais provável é que você tenha visto a neta, Bianca. Benedetto e Bianca. Ele estuda Direito em Pádua, creio.
— E a mãe? — quis saber Violetta.
A outra deu um suspiro.
— Jamais conheci. A família dela tinha dinheiro, ao passo que a Casa Orseolo era uma das mais antigas da República, e caíra em tempos ruins. Ela trouxe um dote lendário, mas nunca tentou fazer o casamento dar certo. Foi ele quem me contou. — A cortesã sorriu. — Acredite no que quiser. A senhora morreu há um ano.

Mesmo que não tivesse morrido, é mais provável uma esposa infeliz encontrar consolo em um *cavaliere servente* que no envenenamento do sogro. Eu não me achava mais próximo da descoberta de um motivo para o assassinato do velho.

Levantei-me.

— Preciso ir, reverenda madre. Tenho um compromisso com o cardeal patriarca, que espera ouvir minha confissão. Sou muito grato pela ajuda. Você merece, em definitivo, outro beijo.

Demonstrei.

— Pode-se exagerar a gratidão! — Medeia enterrou-me as unhas no braço. — Não deve tomar tempo demais do cardeal patriarca. Vamos.

Como sempre, tentou convencer-me a tomar a estrada ortodoxa para casa, porque minha rota é ainda mais perigosa naquela direção, e exige uma corrida sobre os mosaicos para um salto. Como de hábito, observei que revelaria o segredo se fosse sempre visto saindo do 96 para a Casa Barbolano e não para o lado oposto.

Alcancei a borda e agarrei as barras antes de ricochetear para fora. Se não o tivesse feito, não estaria contando isso. Troquei de roupa e corri ao ateliê. O Mestre andara ocupado, pois livros e várias folhas de texto escrevinhados deixados no meu lado juncavam o outro lado da mesa, reconhecidamente páginas do almanaque do próximo ano, à espera de que eu encontrasse algumas horas para transcrever em termos legíveis os rastros de lesma. Havia também um bilhete rabiscado sobre Isaia Modestus, o segundo melhor médico da República, que decifrei.

— Quer que eu transcreva isto numa carta?

Meu amo ergueu o olhar, vago.

— Como? Oh, não. Apenas vá fazer-lhe algumas perguntas. E corra. Tenho coisas mais importantes para você do que perder tempo com assassinos.

Viu-me, com raiva, tirar o *Apologeticus Archeteles* do esconderijo.

— Aonde julga que vai com isso?

— *Nasone* o quer de volta. E também um pouco do bálsamo de Gilead e pomada de semente de mostarda. Deve ser um bom momento para encontrá-lo, pois o senado vai suspender a sessão após os tributos a Orseolo. Ele foi testemunha, por isso deve ter visto alguma coisa suspeita. Posso levar a fornada que preparei à senhorita Polo e preparar mais para ela esta noite?

O Mestre rosnou uma aprovação.

— O que aprendeu com sua amiga?

O APRENDIZ DE ALQUIMISTA

— Não muita coisa.

Eu não lhe contara aonde ia, mas um grande sábio não precisa de muito tempo para adivinhar como um rapaz reage quando tem uma desculpa para visitar a amante. Fui à bancada de alquimista e notei a ausência da jarra com folhas de dedaleira e das outras espalhadas para esconder o espaço. Fiz uma anotação mental para espanar todas as prateleiras naquela noite. Enquanto mexia a pomada num novo vaso com uma espátula, narrei o pouco que ficara sabendo no número 96.

— Por certo a mulher, ou moça, era a neta — admitiu, zangado, o Mestre. — Quando ele caiu doente, ela o alcançou antes de mim, e chamou-o de "avô". Mal a notei na sala dos livros. Tive de ficar respondendo a perguntas.

— Ainda assim, não é muito próprio de você deixar de notar uma jovem bonita.

Não obtive resposta. O Mestre Nostradamus não se interessava por meninas bonitas. Ou meninos. Agora, livros, ou um alambique de belas formas...

De novo à escrivaninha, escrevi um rótulo para a pomada. Também anotei no catálogo de livros que o volume de Zwingli fora devolvido ao proprietário, e corrigi o registro original. Após repô-lo no compartimento escondido, embrulhei com cuidado a obra e enfiei-a num saquinho com a jarra.

Depois de fazer tudo isso, o Mestre voltara a absorver-se nos documentos, a pena a voar, a tinta a espalhar-se. Parti em silêncio, fechei a porta para não perturbá-lo. Giorgio e a turma de escravos ainda trabalhavam no *salone* — como ponto de honra, os gêmeos teriam feito tão pouco quanto se atreveriam quando o pai se ausentara naquela manhã.

Ao ver meu saquinho, o velho começou a pregar-lhes um sermão sobre as coisas terríveis que lhes aconteceriam se mandriassem de novo. Salvei o dia dos rapazes.

— Eu também gostaria de uma ajuda — disse. — A não ser que vocês prefiram lavar pisos.

— Preferíamos morrer na estaca — sugeriu Corrado, o líder.

Maior e mais forte, Christoforo não faz o que o irmão manda, e nunca sabe quem receberá um soco por isso.

— Ou remar uma galé — disse o segundo — sozinho.

— Não. Precisam procurar o doutor Isaia Modestus. Conhecem?

Os dois insistiram que sim. Não tinham tanta certeza quanto demonstravam, mas todos no Ghetto conheciam o doutor.

— Ele pode estar em qualquer parte da cidade — expliquei, quando os quatro saímos em tropel escada abaixo. — Comecem pela casa dele; vão lhes dar uma ideia de onde tentar depois. Se o encontrarem, quero que fiquem com ele, mas mantenham o outro informado de onde se encontram, entenderam? E esse tem de estar no portão do Ghetto Nuovo quando eu chegar, pronto para me levar ao bom médico. O pai de vocês na certa terá de me esperar algum tempo no Molo, por isso podem apresentar-se lá, se a busca os levar àquele extremo da cidade. Sim — acrescentei antes que incorressem na ira de Giorgio —, terão uma rica recompensa.

— Quanto? — perguntou muito ávido Corrado, e desta vez não mexeu a orelha mais rápido que as costas da mão do pai.

7

Em nenhum outro estado da cristandade eu entraria no palácio de um governante sem que me enfiassem na cara um chuço ou coisa pior, mas ninguém me contestou quando subi a escada da portão da água e passei a pé no grande pátio. O lugar fervilhava, decerto. As pessoas sempre tratam dos negócios da República ali, e permaneci invisível no meio de todos. Galguei a escada central até o segundo andar, caminhei pela *loggia* rumo à incrível escadaria dourada e cheguei ao primeiro piso. Mas isso me levou à porta dos estábulos, e ali tive de parar para explicar-me.

Seis velhos esperavam à minha frente, todos de barbas brancas, *messere* vestidos de preto, sem dúvida decididos a prestar os devidos respeitos a Sua Sereníssima pela morte do amigo. Três palafreneiros os vigiavam de uma polida distância, mas a sorte me faltara, pois um deles era o companheiro Fulgentio Tron. Não se via sinal de meu carcereiro da manhã, o velho *sier* Aldo alguma coisa.

Fulgentio veio ao meu encontro com uma expressão esquisita no rosto. Moramos na mesma paróquia, temos a mesma idade e dividimos o mesmo instrutor de esgrima.

Sabe-se até que ele me venceu com o espadim ou *epée*. Para ser franco, muitas vezes dá sorte, mas não *sempre*. A principal diferença entre nós é que, embora a família dele seja apenas um ramo menor e obscuro do enorme e antigo clã dos Tron, tem mais dinheiro que o papa. Eu o via muito menos desde que o nomearam palafreneiro ducal, por volta do último dia de Santa Bárbara.

— Eu soube que você passou a noite aqui — ele murmurou.
— Parte dela. Nada sério.
— Correm rumores desagradáveis sobre seu Mestre.
— Desagradáveis e infundados.

O amigo indicou com o olhar o meu saquinho.

— Vou tentar fazê-lo entrar antes do Dia do Julgamento. Enquanto isso, terá de sentar-se aqui e não se mexer.
— Mudaram os quadros. Posso olhar?

Ele se iluminou.

— Por favor. Venha e me diga se esse *João Batista* é mesmo de Carpaccio. — O amor à grande arte é algo que temos em comum.

Na metade do circuito das paredes, Fulgentio me apresentou ao palafreneiro no comando — que parecia ter menos de dezoito anos — e explicou que o médico do doge me pedira para entregar todos os medicamentos direto ao paciente, mas não levaria mais de dez minutos. Ajuda ter amigos influentes. Mais três trajes negros entraram oscilantes e sentaram-se com os demais. Depois chegou outro cavalariço pela porta interna.

— Isso significa que ele já vem — disse meu amigo, levando-me naquela direção.

— Eu agradeço — respondi. — Já estou aqui há horas. Espero que esses dignos idosos não lhe causem problema.

— Não podem. Ele tem de mudar de roupa antes de receber qualquer um. Você não é qualquer um.

O sorriso que me deu não continha malícia.

— Obrigado.

Na verdade, como massagista ocasional do doge, eu já o vira sem roupa. Às vezes trocava-a várias vezes durante o dia, e sempre se anotam com cuidado essas mudanças. Ele não pode insultar uma nação com as meias erradas quando se encontra com um embaixador. Fulgentio escoltou-me à sala que eu já visitara naquela manhã e despediu-se com um:

— Jacopo cuidará de você.

O indicado olhou-me com ar de nojo, pois sabia que não ganharia uma boa gorjeta.

— Sua Sereníssima talvez demore um pouco. Como posso ajudá-lo?

— Servindo-me a ceia depois. Por sorte, eu trouxe um livro para ler.

Ao saber que livro seria, o homem fez uma careta. Deixei a obra no saquinho e resisti à tentação de experimentar uma das cadeiras forradas de seda do doge. Os quadros nas paredes eram composições de pintores que eu não conhecia. Já me aproximava devagar do próximo quando o príncipe entrou, monumental em trajes oficiais dourados e *corno*.

— Alfeo! — disse, surpreso, e deu-me as costas quando me curvei. — Veio se despedir?

Começou a rearrumar as vestes. Jacopo esperava, com o penico ducal já pronto.

— Não, Seréníssima. Mas trouxe a pomada que o senhor pediu, e o livro.

— Deixe-os ali. Seu amo acha que pode defender-se da acusação de assassinato?

— Sim, senhor.

Ouvi um barulho conhecido. Sua Seréníssima deu um suspiro de felicidade.

— Como? O homem teve um ataque, só isso. Como provar que não?

— Provando o contrário. Posso fazer a Vossa Seréníssima umas duas perguntas talvez vitais à segurança da República?

— Com muita probabilidade não serão. Pergunte.

— O senhor encontrou o advogado Ottone Imer?

— Sim.

— Ao lhe oferecem a opção entre refosco, malvasia ou retsina, qual escolheu?

Grunhido.

— Jamais tomo retsina, a não ser com um certo amigo que esperava encontrar lá. Sabia que ele o escolheria, por isso o fiz, em nome dos velhos tempos. Nós o tomávamos juntos anos atrás, durante a campanha de Chipre. Ainda tem gosto de terebintina.

— Sim, senhor. Aí é que está.

Ele completara o serviço. Jacopo levou o penico e começou a ajudá-lo com as roupas. Passaram-se alguns instantes antes que o príncipe se voltasse e me armasse uma carranca.

— Sobre o que está tagarelando, Alfeo?

— Poderia Vossa Seréníssima ter trocado de taça com o amigo?

O APRENDIZ DE ALQUIMISTA

— Mãe de Deus!
A rosada cor ducal empalideceu de forma visível.
— Ele foi envenenado mesmo?
— Meu amo acredita que sim.
O doge afundou numa poltrona, esquecido o assunto oficial.
— De que provas dispõe?
— Opinião profissional, senhor... opinião *médica*. — Ou seja, nada lido nas estrelas. — Ele detectou sinais de certa droga. Por isso pergunta se o senhor poderia, por acidente, ter trocado de taça com o procurador.
Nasone pensou um instante.
— Impossível jurar que não. Olhamos alguns livros juntos.
— Mas o senhor não notou qualquer mudança no gosto do vinho? Não teve problemas intestinais depois, batidas cardíacas irregulares ou excesso de salivação?
Basta falar em sintomas a algumas pessoas que elas logo imaginam senti-los, mas Piero Moro é o menos sugestionável dos homens, uma craca humana.
— Não. Mal o toquei antes de falar com Bertucci. Quando acabamos a conversa, engoli o resto e parti.
— Quem saberia que Vossa Sereníssima estaria lá?
Ele recostou-se e fuzilou-me com o olhar. Legalmente, os doges podem ser figuras de proa, mas em geral conseguem o que querem. Não gostam de ser interrogados por meros aprendizes.
— Só o próprio Bertucci. É seu amo quem faz todas essas perguntas, não apenas o aprendiz Zeno desperdiçando uma tarde para livrar-se do trabalho honesto?
— Vim aqui com permissão de meu senhor e comunicarei a ele cada palavra, juro.

O príncipe lançou-me um olhar duro.
— Nós dois podemos nos encrencar com isso, rapaz. Devíamos cantar essa cantilena para os inquisidores do Estado. E talvez sejam bem menos delicados com você do que comigo.
Respondi:
— Ainda se trata de uma questão duvidosa, senhor. A droga que meu amo detectou também pode ser um remédio, e ainda não sabemos se o médico do procurador Orseolo a receitou ou não. Se receitou, a morte pode ter ocorrido devido a uma dose acidental excessiva.
Moro tornou a grunhir.
— Escute, então. O tal Imer escreveu para me dizer que tinha alguns livros raros à venda. Mandei chamá-lo e examinei-os. A maioria não passava da raspa habitual dos mosteiros... tediosos sermões de chatos há muito mortos. Mas achei uns dois interessantes. Um era um ótimo fragmento da *Eneida* de Virgílio, e o outro, uma peça que eu não conhecia, e ele dizia ser de Eurípides. Pareceu emocionante, mas por certo não me comprometi. Indiquei um agente que deviam convidar à mostra geral e talvez desse um lance em meu nome. No fim das reuniões naquele dia, encontrei um recado de Bertucci Orseolo confirmando que ia à venda em pessoa. Ouvira rumores inquietantes sobre Imer e imaginava se os livros eram tudo que pareciam ser.
Então fora assim? O doge deve ter visto a reação em meu rosto. Fez uma pausa, porém esperei mais que ele, só avidez e expectativa.
— Era tarde demais para ter certeza de que alcançaria meu agente e mudaria as instruções. Decidi ir e ver por mim

mesmo se houvera substituições. Não houvera. Seu amo concordou que o Virgílio era uma cópia muito antiga e valiosíssima. Disse que o *Meleager* não passava de uma imitação helenista. Bertucci também. Eu não sabia se acreditava em algum dos dois, mas um doge não deve se arriscar a bancar o bobo, por isso mandei um criado chamar o agente, instruí-o a não dar lance pelo Eurípides e fui embora. Você sugere que me atraíram lá para envenenar-me?

O valete ficara branco como giz.

— Acho que se deve levar em conta a possibilidade, Sereníssima.

— Doge não é rei. Não disponho do verdadeiro poder. Por que iria alguém tentar me assassinar, hum?

— Ambição, senhor? Terror? Se o sultão conseguir abatê-lo, talvez faça outros governantes tremerem.

— Ridículo! Isso é ir longe demais. Eu raras vezes saio do palácio por capricho, Alfeo.

— Por certo que não. Mas, se o senhor houvesse adoecido depois, talvez dissesse que sim. Por enquanto, trata-se apenas de uma teoria. Por que iria alguém assassinar o procurador também? Meu amo acredita que ele foi envenenado naquela sala.

— Seu amo também diz ler o futuro. Em geral, o passado é muito mais fácil. — Pietro Moro fuzilou-me com o olhar e mexeu a boca como se quisesse ranger os dentes. Levantou-se e fez uma pausa. — Não aceito boquejo algum sobre conspiradores, mas, se meu velho amigo Bertucci foi de fato assassinado, basta me dizer quem o fez e dou um jeito de a cabeça dele rolar pela Piazzetta, entendeu? Não me importa quem seja!

— Entendi, senhor.

— Fale com Sciara quando tiver algo a comunicar. Jacopo, dê-lhe uma lira.

Fiz uma mesura e retirei-me — com minha lira.

※

O curto dia de inverno já acabava quando embarquei na gôndola, no Molo.

— Para onde agora, Excelência? — perguntou Giorgio.

Boa pergunta.

— Nenhum sinal daqueles dois ótimos rapazes?

— Nenhum.

— Ainda preciso ver Karagounis. — Ele morava muito perto. — Mas o doutor Modestus é mais urgente, e tenho de consultá-lo antes de fecharem o Ghetto. Não quero matar o cavalo, porém.

O gueto fica na outra ponta do Grande Canal.

— Trata-se de um bom e forte garanhão, Alfeo. Este é meu serviço.

Giorgio é muito mais forte do que parece. Ele saiu com a gôndola da Bacia e começou a brandir o remo como um mata-moscas, parando a cada remada e ultrapassando tudo à frente. Reconheço que não tentou cantar ao mesmo tempo.

Não há melhor rua no mundo que o Grande Canal, cujas águas lambem os degraus de palácios dourados e se agitam com todo tipo de barco — gôndolas, galés, barcaças, jangadas e esquifes. Jamais o vi mais bonito que nessa noite, iluminado pelo sol baixo e com um faiscar na própria luz. Passamos pela Casa da Alfândega, Cantos, Darios, Bárbaros, a Casa do Duque de Milão e muitas outras. Também pela paróquia em que nasci, San Barnabà, onde os *barnabotti* se reproduzem em amarga pobreza, e depois mais palácios, o surgimento da nova Ponte de Rialto, um único grande arco de mármore com lojas dos dois lados. Além da ponte, e após a segunda curva que passamos, as grandes feiras, agora sem as multidões matinais, e mais um magnífico desfile de palácios escoltou-nos ao Canal Cannaregio, que deixamos para seguir caminhos menores até o Ghetto Nuovo.

Ghetto é uma palavra veneziana, decerto, um conceito copiado por muitas outras cidades, mas os judeus de Veneza vivem muito melhor que a maioria. Christoforo me avistou e atravessou a serpear a multidão que entrava e saía pelo grande portão, gritando meu nome e sorrindo de alegria por ter cumprido a missão.

— Ele continua lá dentro. Venha!

O gueto é uma coelheira de estreitas *calli* e um campo central que fervilha de pessoas, quase todas judeus com os exigidos chapéus vermelhos. Prédios mais altos que em qualquer outra parte da cidade; lojas e barracas por toda parte, mas nem igrejas nem santuários aos lados das vias. As mulheres usam roupas de cores fortes e joias — anéis e correntes de ouro —, algumas muito bonitas. O rapaz deslizou entre a turba como um peixinho, mas me levou sem erro à porta onde o irmão esperava.

— Continua lá — disse Corrado. — Cinco andares acima.

Eu disse a esses auxiliares que podiam encontrar o pai, fiz uma solene entrega de quatro *soldi* a cada um. Imaginando um tanto tarde as chances de recebê-los de volta do Mestre, comecei a subir. No alto do primeiro piso ouvi e em seguida vi o segundo melhor médico da República, que descia com dificuldade em minha direção, maleta na mão.

Isaia tem ombros estreitos e é curvo — o peito quase curvo — com uma permanente expressão preocupada, que segundo ele aumenta as taxas que as pessoas se dispõem a lhe pagar. Tinge a barba de grisalho para parecer mais velho, tem um senso de humor mais mortal que um punhal de um bravo homem e joga o mais temível xadrez a oeste de Cathey.

— Alfeo! Seus ajudantes me garantem que seu amo vai bem.

— Muito melhor do que merece. Se não estivesse, o senhor seria sem dúvida aquele a quem ele mandaria chamar.

— Por que não um restaurador de antiguidades? — O médico mostrava fortes dentes ao sorrir. — Então deve ser você quem tem problemas. Um caso de doença francesa, não?

Achávamo-nos cara a cara num poço de escada sujo e mal iluminado, com um forte cheiro de comida velha. Lugar curioso para uma consulta médica.

— Não. A castidade e a frequente autoflagelação me protegem. O Mestre quer sua opinião num caso.

Modestus revirou os olhos.

— As maravilhas do Senhor jamais cessam. Esta é apenas a terceira vez que ele faz isso, e devo ter-lhe pedido conselho duas dezenas de vezes. Ficarei feliz por fazer o que puder. Vai-me dizer aqui, ou iremos à minha casa?

— Isto serve. O paciente era um velho de humor colérico. Capengava de leve da perna direita...

Isaia escutou sem comentar, mas senti logo que adivinhara o nome do falecido. Quando acabei, ele disse:

— Esses sintomas me parecem de envenenamento com erva dedaleira.

— Não loendro?

— Talvez. A dedaleira é mais provável.

O APRENDIZ DE ALQUIMISTA

— Meu amo também tem essa opinião. Tratamento escolhido?
Ele deu um suspiro.
— Muito difícil para um homem na idade dele. Já tentava vomitar, logo talvez água, desde que pudesse engolir. Mas a questão é discutível, não? O médico sangrou-o naquela noite e repetidas vezes na manhã seguinte, depois atribuiu a morte posterior à velhice.
— O senhor se adiantou — observei. — Eu ia perguntar o nome do médico, para descobrir que remédios receitou, se receitou algum.
— Continuo à frente, mas me sinto infeliz na iminência de trair um colega. — A tristeza não escondia a insatisfação dele. — É um homem bom, embora fosse melhor há vinte anos. Também pediu minha opinião sobre o caso esta tarde.
— Por que consultá-lo se achava que a morte fora natural?
— Pensou melhor, embora não lhe houvesse ocorrido a luva de raposa, ou dedaleira. Quando a sugeri, ele admitiu que jamais a receitara ou vira os sintomas. Aconselhei-o a levar as suspeitas aos Dez.
— Ele vai?
Isaia riu.
— O que acha?
Mas agora, que Modestus confirmara ter havido assassinato, eu não tinha motivos para não concordar. Sentia o gelo fino estalar sob os pés.
— Agradeço muito e vou contar a meu amo. Também lhe peço um favor pessoal. Há um advogado chamado Ottone Imer.

Isaia tem o pensamento demasiado rápido para algum dia hesitar. A pausa fora deliberada.

— Já ouvi falar.

A quase escuridão enfatizava sua voz ressonante e absorvente. Em geral, é uma voz suave e reconfortante, mas agora eu ouvia o aço nela contido a advertir-me.

— Ouvi rumores de que ele tem pesadas dívidas — observei.

Mesmo na República, que tende a escutar mais a própria bolsa que o papa, oficialmente só os judeus emprestam dinheiro, e os prestamistas mantêm tanto segredo quanto os médicos ou cortesãs.

— Isso é importante, Alfeo? Senão você não perguntaria.

— Talvez transforme assassinato em traição. Não tornaria o crime mais sério, mas talvez livre de suspeitas pessoas inocentes.

Isaia suspirou.

— Então concordo com a importância. Vou perguntar por aí. Todos me dirão se eu declarar que é importante, e lhe informarei muito em breve.

Agradeci-lhe, ciente de que os espiões dos Dez podiam levar muitos dias para desenterrar o que eu ia saber "muito em breve", e a informação de Isaia talvez fosse melhor que qualquer coisa recolhida por eles.

— E agora precisa ir, gentio — disse Modestus —, senão você ficará trancado a noite toda com judeus incrédulos, terá de comer a comida de minha esposa, jogar xadrez comigo, expulsar as crianças da cama e deixar seu amo preocupado.

— O senhor faz parecer muito tentador, doutor.

8

Giorgio continuava no cais, parado perto de um grupo de gondoleiros, e escutava mais que falava, como sempre. Veio ao meu encontro.

— Nada dos rapazes? — perguntei.

Ele me lançou um olhar de gelar o sangue.

— O senhor não lhes deu dinheiro, deu?

— Você me julga um idiota? Um encrenqueiro retardado e de coração mole?

— Quanto?

Esquivei-me à pergunta.

— Não o suficiente para se meterem em qualquer encrenca séria. Espero que cheguem em breve, acabei de visitar a Casa della Naves e posso ir a pé daqui em diante. Não demorarei muito.

Fugi do campo.

Como quase todo pai, quando os filhos têm idade suficiente para ganhar dinheiro com biscates, Giorgio insiste em que o tornem parte da renda familiar. Corrado e Christoforo, por exemplo, vêm trabalhando ora sim, ora não no projeto de construção do outro lado do rio San Remo. Achei que ele devia deixá-los manter pelo menos parte dos salários, senão por que iriam se dar ao trabalho? Mas não era da minha conta, e não devo me meter nos negócios do homem.

Os misteriosos estrangeiros que haviam invadido a exposição de livros moravam a poucos minutos de caminhada, por isso era melhor ir e vê-los. Se me oferecessem uma opção nessa questão, teria falado com a neta do procurador, a insondável Bianca, que na certa tivera mais oportunidade de mexer com o vinho, mas a família Orseolo pusera-se em luto e eu não dispunha de autoridade para intrometer-me.

Enquanto percorria a toda as *calli* de San Marcuola, preocupava-me por ver como tudo mudara tão logo Isaia confirmara que o procurador fora assassinado. Eu tinha agora um claro dever de comunicar esse fato às autoridades. Decerto um aprendiz precisa obedecer ao amo, por isso me cabia o direito de alegar que devia informar primeiro ao Mestre, mas não julguei que essa desculpa pesasse muito na opinião dos Dez.

E se o Mestre recusasse? Se ainda insistisse em encontrar sozinho o assassino, iria cortejar a tragédia. Bem se poderia ver tais esforços para desmascarar o assassino como uma tentativa de sepultar a prova, não descobri-la. Ou poderíamos assustar o criminoso e fazê-lo fugir para além do alcance da justiça. Então nós dois nos veríamos onde eu estivera nessa manhã, nos Chumbos. Se esse choque não matasse logo o velho, a vergonha o arruinaria. *Sier* Alvise Barbolano o expulsaria, os clientes o desertariam.

O APRENDIZ DE ALQUIMISTA

Mas odeio começar uma coisa e não acabar. Ele também. *Meio feito não é feito*, diz-me com bastante frequência. Tinha ferramentas secretas que os Dez não tinham, ou pelo menos jamais admitiriam usar. Até eu mesmo podia invocar um demônio, e isso talvez fosse menos perigoso do que o que fazia agora, ao intrometer-me nos assuntos do Conselho.

Depois, havia as palavras de despedida do doge: *Dou um jeito de a cabeça dele rolar pela Piazzetta*. O doge não confiava nos Dez para fazer justiça. Trata-se de políticos, todos os dezessete, e os outros dezesseis planejam a sério promover-se a cargos mais altos. Anseiam por votos no Grande Conselho, e, se o assassino se revelasse um aristocrata, os nobres do grupo teriam o cuidado de não antagonizar parentes e amigos.

Espiei dentro da taberna da paróquia, em parte para ver se encontrava os gêmeos, o que não aconteceu, e também para perguntar qual era o aposento na Casa della Naves infestado de hereges. Os bebedores deram-me a informação que eu queria, além de sérios olhares de reprovação.

Enquanto subia a escada na casa grande, comecei a ter apreensões. A atitude da República para com estrangeiros é complicada. Durante séculos, os peregrinos têm passado por Veneza a caminho da Terra Santa, e autoridades do Estado, *tholomari*, estacionadas em San Marco, cuidam deles, para garantir que encontrem habitação e transporte adequados. As tabernas usadas são cuidadosamente reguladas, e, embora eles tenham de pagar mais por bens e serviços que os moradores, não se deve tapeá-los mais do que permite a lei. Por outro lado, o senado tem muito cuidado com a política para os estrangeiros. Desencoraja-se o contato entre nobres venezianos e estrangeiros, na verdade ilegal no caso de embaixadores. Pode-se condenar um nobre à morte apenas por encontrar-se em particular com um desses diplomatas. Feather não era um deles, mas um procurador fora assassinado. O que eu ia começar a fazer parecia loucura. Estive muito perto de convencer-me a desistir da missão quando ouvi vozes logo acima, mais um lance. Não apenas vozes, mas uma mulher gritando uma arenga tão bárbara que mal reconheci como francês. Engoli a isca e subi a trote os degraus restantes.

Assim as escadas ditam nossas vidas.

Ela estava pouco além da porta. Ele, do lado de fora. Ela era uma das maiores mulheres já vistas por este aprendiz, muito maior que eu, e à primeira vista julguei-a em cima de um salto alto de cortesã. Loura, não apenas o dourado avermelhado e descorado de Violetta, mas um louro cinza germânico que exibia uma complexa escultura de cachos prateados nos quais se equilibrava um minúsculo chapéu. Um comprido colar em forma de leque formava o pano de fundo, a linha da garganta de uma modéstia surpreendente, mas o vestido era uma volumosa massa de brocado roxo e renda dourada que haveria sido denunciado pelo senado veneziano como absurda extravagância. Não se tratava, por certo, de um traje local. Olhos azul-safira e as faces coradas de raiva.

O homem agarrava um pacote com os braços e preparava-se para defendê-lo até a morte. A senhora falava *alto* e *claro*, por isso o fato de ele não entendê-la não passava de pura perversidade.

O APRENDIZ DE ALQUIMISTA

— Madame! — proclamei em francês, e fiz uma atlética mesura adequada a reverenciar uma deusa. — Posso ajudar! — e acrescentei em *veneziano*: — Cale a boca e deixe que eu cuido dela.

A moça emitiu um satisfeito:

— Ah! Até que enfim! Fala francês, *monsieur*! Melhor que ela.

— Um pouco — respondi. — Esse moleque a incomoda?

— Ele trouxe nossas fantasias de carnaval e se recusa a entregá-las sem pagamento, embora tenhamos feito um acordo com a costureira.

Eu já entendera o problema, mas decidi torcê-lo.

— *Responde e me ameaça* — gritei em veneziano tão confuso que nem um paduano entenderia. — *Moradora de cortiço, cria comedora de rato do canal, você insulta a moça.*

A resposta do garoto fez descascarem-se as paredes. Ou era muito mais talentoso nas invectivas que eu ou apenas já bem treinado. Por sorte, o moleque tinhas mãos cheias e me sobravam duas para acenar, o que igualou um pouco as possibilidades. Respondi e gritei com cada um durante alguns minutos. Depois me voltei para a dama.

— Madame — expliquei, calmo. —, o desgraçado espera ser pago pela entrega dos produtos, como se um vislumbre de sua divina beleza não fosse recompensa suficiente em si. Permita-me resolver o assunto.

Palmeei-lhe meia lira, cinco vezes mais o que ele exigia e dez mais do que esperara.

— *Pela aula de insultos* — gritei, e brandi o punho. — *Você tem a boca mais suja que já tive o privilégio de encontrar.*

Ele me empurrou o embrulho e escafedeu-se como se tivesse sido açoitado, gritando palavrões para trás. O que na verdade disse foi:

— *Deus o abençoe*, lustrissimo, *e proporcione à égua estrangeira a cavalgada de uma vida.*

Hyacinth exclamou:

— Oh, que homem desagradável! Foi muita bondade sua, *m'sieur*. Se esperar um pouco, vou pegar minha bolsa.

— Eu nem sonharia em aceitar um *soldo*, madame. A honra de poder ajudar já é recompensa suficiente. Você é a condessa Hyacinth de Feather, a famosa beldade inglesa que vim encontrar, não é? Permita-me. — Fiz outra mesura.

— Alfeo Zeno, auxiliar do célebre Mestre Nostradamus, clarividente, médico, astrólogo, filósofo e sábio, honrado em ser-lhe útil, madame.

Mesmo na distante Inglaterra conheciam aquele nome. Um minúsculo franzido surgiu na testa da jovem.

— Nostradamus morreu anos atrás.

— Não Michel Nostradamus, mas o sobrinho, Filippo. A senhora o conheceu há duas noites. E ele falou pouco mais de alguma coisa desde então.

— É? — Ela me olhou de cima, desconfiada.

Minhas esperanças de ser convidado a entrar desfaziam-se.

— Ele foi à mostra de livros. A senhora lhe falou.

— Oh, aquele gnomo engelhado atrás da mesa? Perguntei se era o vendedor. Ele não falava como um francês.

Não era a primeira pessoa que eu ouvia dizer isso. A lealdade sempre me proibiu de perguntar.

— É um especialista em manuscritos antigos.

O APRENDIZ DE ALQUIMISTA

— Vocês vendem manuscritos? Por que não disse antes? Entre, *monsieur*...
— Zeno.

Ela deixou-me entrar e fechou a porta, depois me fez marchar por um *salotto* espaçoso, mas meio amontoado, cuja mobília parecia alugada do Ghetto, embora eu distinguisse pouca coisa à luz de uma única lâmpada de azeite. Ela me fez sentar e trouxe-me uma taça de malvasia nas mãos brancas, do tamanho de uma pá. Andou ao redor como um mosqueteiro e declamou mais alto que um sargento que treina um pelotão. Estatuesca. Teria direito a um abraço de Marte na gigantesca escada.

— Sir Bellamy saiu em visita a alguns negociantes, *monsieur*. Tínhamos prometido a noite de folga aos criados, para brincar o carnaval, e ele sempre mantém a palavra, embora sem Domenico nos seja difícil fazer as coisas.

Tinha as roupas e o penteado errados, e eu não interpretava os sinais. Era inaudito uma dama da República receber um homem na ausência do marido, e a dos criados tornava impensável o indizível. A romântica semiescuridão em geral transformaria insinuação em gritante convite. Talvez aquele fosse o comportamento social normal na fria e enevoada Inglaterra, ou talvez ela confiasse que podia me derrubar sem sentidos com um simples soco se me atrevesse a alguma coisa. Quem era Domenico? A senhora ainda proclamava:

— Aquela repugnante exibição na outra noite foi bem típica. Se qualquer inglês nos falasse como fez o vulgar Imer, Sir Bellamy lhe teria dado uma surra completa. E, se não desse, eu daria. Mas foi um prazer ver um homem que falava francês.

Desconfiei que muitos outros falavam, mas não quis nadar contra aquele sotaque.

— É que a senhora viaja muito, madame.

— Só França, Roma, Savoia e Toscana. Compramos cartas de apresentação de muita gente respeitável, incluindo vários membros da nobreza inglesa e francesa, mas os recebedores não correspondem com simpatia. — Continuou a despejar palavras, os lábios como ameixas maduras na penumbra.

— Acha nossa cidade atraente?

— Belíssima! — respondeu a visitante. — Mas os canais cheiram mal e o povo não é amistoso. Nem mesmo como em Pádua ou Verona. Não nos convidaram a um único baile ou banquete desde que chegamos.

— Tenho certeza de que se trata apenas de um problema de idioma, madame. O veneziano não é romano ou toscano.

— Absolutamente ininteligível! Nada como o latim apropriado. Mas, mesmo quando tínhamos Domenico, os nobres jamais nos convidavam aos palácios. Muita antipatia. E eu sei que alguns deles vivem apertados por dinheiro no momento. Muita arte bela tem entrado no mercado, e Sir Bellamy representa vários colecionadores importantes. Dispõe-se a pagar em ouro, se o preço for razoável.

Fez uma pausa para recuperar o fôlego e eu sussurrei:

— Domenico?

— Domenico Chiari. Sir Bellamy o contratou como guia e intérprete. Ele fugiu há três dias. Tornou tudo muito difícil.

Os estrangeiros ricos são sempre suspeitos. Ou Domenico espiava para os Dez ou fora levado para interrogatório.

O APRENDIZ DE ALQUIMISTA

— Ele levou os próprios pertences?
— Bem, sim, levou. Por que pergunta? — Uma súbita desconfiança cresceu nos olhos da moça.
— As pessoas sofrem acidentes, e eu poderia ter-lhe aconselhado sobre como comunicar o caso.

Não via como levar a conversa à taça de vinho e ao veneno. Imaginei como atrair o belo campanário que era aquela bela mulher e o confiante marido à Casa Barbolano para que o Mestre os interrogasse. Ela continuava a galopar à minha frente...

— Ele nos deixou sem cobrar o salário. Isso torna nossa tarefa quase impossível. Como duas noites atrás, quando conhecemos seu amo. O negociante de livros nos falou da venda na residência de Mestre Imer. Garantiu-nos que era aberta ao público, e por certo Sir Bellamy não ia desembolsar o dinheiro que ele queria sem ver quanto as pessoas se dispunham a pagar. O anfitrião mandou-nos sair e foi muito rude. Meu marido desculpou-se pelo mal-entendido... polido ao extremo... e ofereceu-se para mostrar a cor do dinheiro, mas depois o homem se tornou mais ofensivo e ordenou-nos que deixássemos logo a casa. Pediu a seu amo que lhe servisse de intérprete. Sir Bellamy ficou muito ofendido. Fala sério em quebrar o contrato de arrendamento destes aposentos e deixar a República o mais rápido possível. O clima é apavorante. Pior que na Inglaterra. Podemos fazer melhores compras em Florença.

— O próprio Karagounis os convidou ao banquete?
— Por certo. E não houve engano, porque ainda contávamos com Domenico quando o visitamos.

— Lorde Bellamy coleciona livros? — Isso parecia bastante óbvio.

— Não é *lorde* Bellamy. Por que vocês venezianos têm esse extraordinário costume de igualar toda a sua nobreza? O resto do mundo tem duques, condes e assim por diante, incluindo a Inglaterra. Aqui todo mundo é *sier*. Sir Bellamy é um baronete, um cavalheiro.

— Mas ele coleciona livros?

— Livros é um dos nossos objetivos. Também andamos comprando quadros e pequenas esculturas. Você disse que seu amo tinha manuscritos a oferecer?

Eu não falara nada, mas podia lembrar logo meia dúzia de artigos na coleção que o Mestre descarregaria de boa vontade sobre estrangeiros ricos.

— Ele terá prazer em mostrá-los se a senhora e o baronete desejarem ir inspecioná-los. Eu poderia mandar a gôndola...

— Deixe-me mostrar-lhe os tesouros que colecionamos até agora.

A moça pegou a lanterna e entrou no quarto. Segui, imaginando meio tonto se era esperado que perguntasse quanto tempo tínhamos até o marido voltar, mas não, ela pegou uma vela e começou a acender mais lâmpadas para me mostrar os quadros. Eram seis, todos emoldurados mas não pendurados, encostados nas paredes.

— Percebo que a iluminação não é boa — disse a senhora. — E não há muita coisa a mostrar após um trabalho de dois meses, há? O Tintoretto, por exemplo...

Talvez *escola* de Tintoretto, pensei. E, se o seguinte era da *escola* de Ticiano, o velho Mestre andara poupando demais

O APRENDIZ DE ALQUIMISTA

o pincel. No fim, tive a certeza de que dois não passavam de grosseiras falsificações e três me deixaram nervoso. Mas admirei honestamente um, o menor, de modo que consegui levantá-lo e levá-lo até onde havia melhor luz.

— Ainda creio que pagamos demais por esse — declarou Hyacinth, e aproximou outra lâmpada o suficiente para me chamuscar a orelha. — Foi o primeiro que compramos. Mas Sir Bellamy conhece um nobre disposto a fazer um generoso pagamento por ele.

Até um amante da arte pagaria. Algumas hastes de penas projetavam-se do torso do modelo, para a Igreja aceitar que se tratava do martirizado São Sebastião, não apenas um belo jovem amarrado a uma árvore e usando um trapo. Mas a musculatura fora bem retratada e a expressão santa, não agoniada ou libidinosa; a tela também não trazia assinatura, outro motivo para um cínico como eu pensar que talvez fosse um autêntico Mestre. Era antigo o suficiente para o verniz ter criado rachaduras.

Eu o coloquei de volta no lugar.

— Uma peça muito bela, digna de Giovanni Bellini! Mas não sou especialista, madame. Meu amo dividiu comigo um pouco de sabedoria sobre livros. Quando conviria à senhora e ao cavaleiro Feather irem ver o que meu amo tem a oferecer, e talvez discutir outros dos quais ele sabe?

Comecei a dirigir-me à porta e de repente a vi à minha frente.

— Primeiro me diga por que realmente veio. — Ela ergueu a lâmpada de modo que pudesse estudar-me o rosto.

— Duas noites atrás, seu Mestre, se é o que é, negou que

vendesse livros, porque perguntei. Assim, quem é você e o que deseja? E não tente nada comigo senão lhe quebro todos os ossos do corpo.

A expressão nos olhos gélidos era a de um gato persa que acabou de apanhar um suculento rato. Eu a julgara mal. A jovem andara testando-me. Dentro de toda aquela carne havia uma mulher mais esperta do que me fora dado perceber.

— Eu sirvo ao Mestre Nostradamus, madame. É verdade que ele não é um vendedor de livros como tal, por isso sei de algumas duplicatas das quais se desfaria se recebesse o preço certo. Não lhe contei mentiras, a não ser para elogiar mais do que devia alguns quadros.

— Mas o que você busca realmente? Estava ligado àquele entregador rufião?

— Não, madame, jamais o vi antes. Vim perguntar-lhe que vinho bebeu na residência de Imer naquela noite.

— Como?

Sem me surpreender, parecia surpresa.

— Na mostra... Um dos convidados adoeceu depois. Meu amo é médico e desconfia que uma das garrafas de vinho talvez estivesse estragada. Ofereceram-lhe três ao chegar, não foi?

— Tomei malvasia — ela respondeu. — Nós dois. É o que bebemos na Inglaterra. Não gosto da maior parte do material estrangeiro.

De onde ela achava que vinha o malvasia?

— Se meu amo tiver razão, a senhora fez uma escolha mais sábia do que acredita. Não notou por acaso alguém mexendo nas garrafas ou taças, notou?

— Por certo que não. — Ela pareceu tornar-se ainda maior. — Interessei-me pelos livros e nada mais. *Mexer?* Que negócio é esse de seu amo mesmo? Por que ele não comunica as suspeitas aos magistrados? Muito boa pergunta, para a qual eu não tinha uma boa resposta.

— Ele tem seus motivos, madame, que não posso...

Uma explosão de consoantes na entrada fez-me virar. Sir Bellamy voltara. Mais velho que a esposa e espantosamente baixo para um homem casado com uma mulher tão grande; usava roupas de aparência mais toscana que local, e tinha um absurdo bigode pontudo, e mesmo um florentino não se disporia a ser enterrado nas roupas que ele usava. Vinha pálido de raiva, o que era compreensível — e com uma espada, perturbadora.

Fiz uma mesura e no momento me ignoraram.

A esposa respondeu na mesma linguagem glacial, que supus fosse inglês, mas não pareceu nem um pouco desconcertada por ser apanhada sozinha com um jovem no quarto conjugal. Gesticulou para os quadros e fez uma careta. Peguei o nome do Mestre.

Feather falava muito alto e furioso. Hyacinth deu de ombros e continuou a responder com toda a calma.

— O que deseja? — ele me perguntou. Não tinha um sotaque tão ruim quanto o da esposa.

— Duas noites atrás, na residência do cidadão Imer, o senhor viu um homem de traje roxo?

— E dois de vermelho. Parecia mais uma coroação que uma venda de livros. Responda-me! Por que vem aqui incomodar minha esposa?

Tinha a mão na espada. Chiava de raiva e pusera-se entre mim e a porta. Não era hora de *finesse*.

Agitei as mãos para mostrá-las vazias e eu desarmado.

— Vim adverti-lo, *monseigneur*, e à sua nobre esposa. O velho, o de traje roxo e o fantasioso... — tive de indicar meu ombro com um gesto, pois meu francês não se estendia à palavra palatina. — O procurador Orseolo. Foi envenenado aquela noite. Todos os presentes são suspeitos. Já ouviu falar no Conselho dos Dez?

— O senhor trabalha para o governo?

— Não, *messer*.

Feather sacou a espada.

— Você se atreve a vir aqui e me ameaçar, seu jovem...

Por sorte, voltou ao inglês, embora a essência ficasse óbvia. Aproximou-se.

Comecei a recuar.

— Estou desarmado, *messer*. O que o senhor faz constitui um crime muito sério nesta cidade.

— E também forçar a entrada no quarto de uma dama.

Era a palavra dela contra a minha, embora, se os juízes vissem o tamanho da vítima em potencial, eliminassem o caso às gargalhadas. Enquanto isso, os loucos *inglese* queriam sangue. Recuei depressa para os quadros, agarrei São Sebastião como escudo e defensor e enviei uma rápida prece de desculpas ao santo.

— Largue isso! — gritou Feather. — Largue!

— Largue a espada, *clarissimo*. Só quero partir em paz. O senhor não melhorará o santo homem acrescentando ferimentos de espada aos problemas dele.

Mantinha meio olho em Hyacinth. Se ela me cercasse pelas costas, poderia garrotear-me com as mãos nuas.

— Parta! — ele berrou, e apontou a porta. Para um homem pequeno, falava alto e feroz.

— Eu o seguirei, *clarissimo*. Madame, quer ter a bondade de abrir a porta da rua? Depois saia na frente, *messer*. São Sebastião e eu iremos atrás.

— Venha, Sir Bellamy — convidou a esposa. — O rapaz não dará as costas à espada. — Seguiu na frente, andando com majestade.

Precisei tranquilizá-los mais, para que ele a seguisse, recuando com relutância e sem tirar os olhos de cima de mim. Mantive os meus nele enquanto me esgueirava pela porta da frente, largava o santo no alto da escada, onde obstruiria a perseguição, e lancei-me para baixo como um rato que mergulha no buraco.

9

Os foliões começavam a surgir nos becos e canais, depois de acenderem as luzes nos oratórios das esquinas. Christoforo e Corrado não se haviam embebedado até a estupidez e afogado como eu temia. Sentavam-se na proa da gôndola, em uma tão óbvia satisfação consigo mesmos que o pai ameaçava mandá-los à confissão logo cedo na manhã seguinte.

— Não lhes dei o suficiente para isso — expliquei.

Se me estivesse enganando, iam precisar dos cuidados profissionais do Mestre muito em breve.

— Quanto você deu a eles? — ele perguntou.

— Não lhe contaram?

— Disseram dois *soldi* cada.

Bendita Senhora, valei-me! Fiz boa cara.

— Giorgio, sei que não é da minha conta, mas tive a idade deles não faz muito tempo. Minha mãe vivia em desesperada pobreza, mas me permitia guardar tudo que ganhava desde que pagasse a mercearia. Eu comia três vezes mais que a coitada, logo nada mais justo, e fiquei sabendo para que servia o trabalho honesto. — Suspirei e disse o resto: — Você ensina os meninos a contar mentiras.

O APRENDIZ DE ALQUIMISTA

Ele me olhou de cara feia, mas no fundo não deixa de ser um homem de bom coração.

— Deu-lhes mais que quatro *soldi*?

— Acredite, dei quatro para entregar a você. Agora nos leve para casa, antes que eu morra de fome.

Sentei-me dentro da *felze*, mas quando partimos convidei Christoforo a sentar-se junto a mim — Corrado é mais cauteloso.

— Quanto ganhou?

Ele franziu o rosto de culpa.

— Eu? Oito *soldi*. Corrado, seis.

— E o que teria feito se perdesse tudo?

— A gente nem ia jogar tudo.

— Fizeram muito bem parando quando ganhavam, mas acredite, vão perder da próxima vez. Jogo é para idiotas. Conte a seu irmão que eu disse isso.

Sabia que o conselho ia levá-los a fazer o exato oposto, pois assim reagia na idade deles. Mas agora deviam ter dinheiro suficiente para pagar uma prostituta da pior espécie, de modo que seria melhor perder nos dados. Às vezes, a vida parece uma desnecessária complicação.

Na Casa Barbolano, descobri que o Mestre saíra, mas páginas de rabisco cobriam meu lado da mesa. Ele só trabalha com esse empenho quando algo lhe causa séria frustração, o que, sem dúvida, significa duas vezes mais serviço para mim. Ele andara de novo com a bola de cristal, também, pois o veludo jazia no chão e bêbedos rastos de lesma enfeitavam a lousa. Deixei esse problema para depois, com minha tendência a ter preconceito contra o cristal, por jamais me mostrar nada a não ser o próximo encontro com Violetta. O Mestre diz que supero isso. Respondo que não quero.

Comecei por repor todos os livros nas prateleiras, a maioria herbários e efemérides. Guardei os reagentes que comprara no dia anterior nas garrafas apropriadas, fora do alcance de qualquer bebê Angeli que entrasse por acaso no ateliê. Depois de preparar a pomada para a senhorita Polo, espanei toda a coleção de frascos e prateleiras, para não deixar indícios de presença da dedaleira.

Depois acendi a lâmpada acima da mesa e inspecionei o lixo. O Mestre insiste em manter tudo arrumado, mas é o mais desarrumado dos homens. Concluiu três páginas do próximo almanaque e rabiscou quatro horóscopos, os serviços de rotina que esperava fazer naquele dia, até que interveio o assassinato. Ele fizera até todos os cálculos, sem dúvida mais para ocupar a mente que por consideração a mim. Um quinto horóscopo, identificado apenas como "FM", era do doge, óbvio, e não gostei da aparência do futuro imediato do príncipe. Se o identificamos com a República, um legítimo sinédoque, e a República como Rainha do Mar, com o planeta Vênus, a atual conjunção com Saturno era tão sinistra quanto fora para Orseolo. Meu amo afirmara que se devia equacionar o Império turco com a lua em algumas circunstâncias, e nesse caso os aspectos seriam ainda piores. Se ele ainda não respondera ao zombeteiro desafio de Pietro Moro para ler o nome do assassino nas estrelas, pelo menos descobrira algum indício sobre a identidade da pretendida vítima. Enquanto eu enfiava os papéis na gaveta de trabalho com um calhamaço de cartas rotineiras, incluindo os montes papais, caiu uma carta endereçada a mim.

O APRENDIZ DE ALQUIMISTA

Caíra aberta, por certo, embora eu reconhecesse o cheiro de Violetta no papel, o que ele também teria feito. O conteúdo era terso:

Amante — Cancelaram o baile. Venha divertir-me esta noite. — V

Em geral, eu teria descido ao quarto e mudado de roupa em duas batidas cardíacas depois de ler tal convite, mas nessa noite tinha muito que fazer e demasiado sono a recuperar. Escrevi minhas desculpas no mesmo papel, lacrei-o com meu sinete e saí à procura de Bruno, sempre feliz em ajudar, apenas para justificar sua existência.

Mal precisei explicar. Ele farejou o papel, deu um sorriso e fez os sinais de — *mulher* — *pertence* — *Alfeo*. Assenti com a cabeça e o homem partiu. O fato de mandar tanta carne entregar tão pequena carga parecia incompetência. Senti que devia ter incluído um presente — algo bonito, como o *Davi* de Michelangelo.

Agora não me restavam mais desculpas para retardar o confronto com a última profecia do Mestre. Levei livro, tinta e a luz à mesa com tampo de ardósia. Não era ilegível como eu temera, o que, como já disse, significava que os acontecimentos previstos não demorariam muito. Quando o decifrei, não pareceu nem um pouco o que devia ser.

Atos sombrios, noite escura, mas brilha o ouro.
Chove ouro mais brilhante que os olhos da serpente;
Olhos e pernas que sangram no campo.
Assim triunfa de longe o amor impensável.

Nesse momento, Corrado bateu na porta para anunciar a hora da ceia. Antes que eu chegasse à sala de jantar, vi-me detido pelo sorriso de Bruno, que assomava acima como um arco-íris. Trouxera-me uma resposta de Violetta.

Cedet amor rebus, res age, tutus eris. — V

Mais ou menos, significa que os negócios nos mantêm a salvo do amor — conversa sinistra quando temos por amor uma cortesã. Esperei que fosse apenas mais um conceito literário que eu devesse conhecer. (Mais tarde, fiquei sabendo que se trata de um aforismo de Ovídio.)

Para meu espanto, encontrei o Mestre já à mesa. Tinha os olhos injetados e imaginei que sofria de uma furiosa dor de cabeça, mas não tão alucinado quanto seria de esperar após duas previsões em dois dias.

A sala de jantar acolhia cinquenta pessoas em uma hora de aperto, mas só nós dois comíamos. Ali eu podia sonhar que a fortuna de minha família jamais afundara no mar Egeu com a queda de Creta, pois nossos pratos são da melhor porcelana, as facas e colheres de prata cinzelada, como as facas especiais com as quais levamos a comida à boca, um costume que os estrangeiros acham muito estranho. Velas coloridas ardem em castiçais de ouro na toalha branca como a neve entre as garrafas de cristal e as jarras esmaltadas.

Em geral, banqueteia-se o aprendiz e o meu senhor mordisca, mas nessa noite também tive de falar; o soberbo risoto de vitela de Rovigo feito por Mama, recheado de ostras, esfriou antes que eu chegasse à metade. Falei de minha visita

O APRENDIZ DE ALQUIMISTA

ao doge, do diálogo com Isaia e do bizarro casal inglês. Depois, esperava, estaria livre para comer.

Ai de mim, não.

— Viu a última quadrinha? Recitei o que julgava ter entendido e ele assentiu, mal-humorado.

— Parece prever violência — observei. — De quem supõe que sejam os olhos e pernas que vão sangrar?

— Meus. De agora em diante, vá armado e leve Bruno consigo a toda parte.

— Fala sério? Sou os olhos e pernas dele, mas nunca o ouvira admitir isso antes.

— Já me viu brincar alguma vez?

— Não, amo. — Desconfio que o velho tentou fazer uma brincadeira setenta anos atrás e ninguém achou graça. — Por que eu? — Como não obtive resposta, continuei: — Que mais? Amor impensável? Uma chuva de ouro? Olhos de serpente?

Ao que parece, ele não entendia mais a quadrinha do que eu. Tornou a remexer a comida no prato, sem propósito. Quase não comera.

— Sabe a quem carregam nos ombros pela Praça San Marco e espalha dinheiro?

— Sei. — Estendi a mão para a taça de vinho que vinha esquecendo. O Mestre acabara de descrever a posse de um novo doge. — Isaia confirma que o procurador foi assassinado. Acha mesmo que pode desmascarar o culpado antes que os Dez o levem para interrogatório?

Ele não me disse o que achava, pois só o que o Conselho dos Dez achava — e agiria com base nisso — contava. Tentei de novo.

— Acredita que houve uma tentativa frustrada de assassinar o doge?

O doutor Nostradamus bateu furioso na mesa com o minúsculo punho.

— Eu lhe disse hoje de manhã que Sua Seteníssima tinha pedido nossa ajuda, não disse? Quer alguém esteja tentando matá-lo, quer tenha sido apenas impetuoso, ele encontrou-se com estrangeiros em uma casa particular. Se os inimigos têm os votos, já é causa suficiente para depô-lo, ou coisa pior. O sujeito não pode esperar manter os Dez fora disso, mas a maneira como se apresente o caso talvez vire a votação.

Murmurei:

— Sim, amo.

E retornei à vitela com ostras.

— Há mais de uma maneira de derrubar um imperador. Fale-me de novo do que leu no tarô ontem à noite.

Fiquei ao mesmo tempo surpreso e satisfeito, pois desconfio que o tarô é o único talento ocultista em que posso vencê-lo. Repassei a leitura.

— Como o senhor diz, Mestre, talvez as cartas insinuem que o doge era a vítima visada — admiti, e tornei a encher a taça. — Apesar do que acha de meu humor, creio que a Morte invertida era o *Circospetto*; Raffaino Sciara parece demais com o Trunfo XIII. Poderia ter trazido a morte, mas no fim não trouxe. A Justiça invertida significava a noite que passei na prisão, creio, ou talvez um criminoso em liberdade.

O APRENDIZ DE ALQUIMISTA

— Acho que prisão. O maço deve estar bem afinado agora. Vindo dele, qualquer elogio deve ser contado inteiro.
Satisfeito, respondi:
— Posso pegá-lo e tentar uma leitura mais detalhada.
O velho balançou a cabeça como uma galinha que arrufa as penas.
— Hoje à noite, não. Jamais se deve explorar demais um maço de tarô.
Como jamais me disseram isso antes, esperei por mais coisas e não veio nenhuma. Ele estendeu a mão para o cajado. Ajudei-o a levantar-se e apoiar-se em meu ombro até o outro lado do *salone*. Em geral, meu amo retorna ao ateliê após a ceia e lê ou me prega sermões até tarde, mas nessa tarde foi direto ao quarto e desapareceu com um murmurado:
— *Deus o abençoe!*

Chegara o momento que eu reservara mentalmente para consultar o maço de tarô mais uma vez. Por que o Mestre me proibira de fazê-lo? O único motivo que me dera para deixar repousar as cartas foi que haviam começado a comunicar bobagens óbvias, e as minhas com certeza não faziam isso. O que mais poderia eu fazer para ajudar a solucionar o problema? Não podia usar o cristal como ele.
Podia invocar Pútrido. Por isso o velho patife não queria que eu fizesse a consulta. Meu tarô fora pintado muito tempo atrás por um artista de superlativo talento e sutileza; desde então, os medos e anseios de muitos haviam-lhe infundido uma profunda empatia. Se eu tentasse consultá-lo quando tinha um demônio como informante, talvez o arruinasse para além de qualquer conserto.

O Mestre era suspeito de assassinato e tinha de limpar o nome. Não ousava valer-se de um demônio, mas me deixaria correr esse risco, por precisar menos ajuda que ele. Outro motivo seria minha menor importância e assim, de certa forma, minha relativa inocência. A invocação de um demônio menor pode despertar, em seu lugar, um maior. Nunca se vê um dos altos *condottieri* lutando nas filas da frente; mandam a bucha de canhão e gritam estímulos da retaguarda, mas qualquer diabo que conseguisse escravizar o grande Nostradamus seria capaz de realizar enormes estragos por intermédio dele. Todas as legiões do inferno se reuniriam para tentar. Eu não passava de bucha de canhão.

Tranquei a porta, sentei-me à mesa e preparei pena e papel. Uma invocação necessita cuidadoso preparo. Mesmo meu trivial Pútrido pode ser uma aparição aterrorizante, e seria desastroso entrar em pânico e esquecer o que vem a seguir ou mudar de plano no meio do caminho. Não adiantaria ordenar: "Diga-me quem matou o procurador Orseolo", ou mesmo: "Procurador Bertucci Orseolo", pois talvez houvesse vários homens com esse nome na história da República. E o capeta podia apenas responder: "O médico dele", o que podia ser verdade em um sentido estrito. Após muito pensar, anotei duas perguntas, além da ordem de dispensa, que, sabe-se, os demonologistas têm esquecido nas emergências, embora nenhum mais de uma vez. Os puristas fazem as invocações em latim. Meu senhor diz que os próprios demônios não se importam com a língua que usamos, e é melhor falar certo do que ter classe.

O APRENDIZ DE ALQUIMISTA

Aproximei uma cadeira do grande espelho na parede de livros. Os próprios espelhos não têm mais magia que as bolas de cristal, mas podem-se usar ambos para fins ocultistas, como o pedaço de giz que empreguei para desenhar um pentagrama em torno de mim e da cadeira. Sentei-me, tentei inspirar fundo várias vezes e fiz o primeiro chamado, de invocação a Pútrido (não é o verdadeiro nome) a manifestar-se no espelho ali em frente.

A sala esfriou e escureceu. Sempre me choca fazer isso com meras palavras. Até as chamas na lareira pareceram encolher-se, e desejei ter trazido uma lâmpada para dentro do pentagrama.

Invoquei uma segunda vez. Agora o espelho mostrava mais que minha cara branca e o escuro atrás, e o ar encheu-se de um fedor nauseante. Pensemos em todo mau cheiro que já sentimos — peixe podre, fossas, fezes de porco quentes —, juntemo-lo todo e multipliquemos por treze. Aos engulhos, em uma ânsia para encerrar a sessão, falei as palavras a terceira vez.

Meu rosto assustado no espelho borrou-se e derreteu-se em um globo avermelhado, que encolheu e reduziu-se como a íris de um olho. O espaço ao redor transformou-se em uma carne escamosa e escabrosa, de indeterminada cor verde arroxeada, como uma ferida muito madura. O monstro recuou mais ainda. Quaisquer que sejam as cores escolhidas para o corpo, os demônios sempre parecem preferir olhos rubros. Pútrido começara a aparecer do tamanho de uma casa, e agora eu só distinguia parte do rosto que me espiava, imenso como o espelho. Quanto menos visse, melhor.

— Você! — ele disse. Babava, e o bafo fedia ainda mais.
— Vou comer você.
Dei uma olhada na anotação à débil luz da lareira.
— Você tem um ótimo cheiro de pecado novo, *sier* Alfeo — disse o capeta à guisa de conversa. — Deviam tê-lo encolhido antes de invocar-me. E comerei também a sua vadia.
Outra regra é jamais dar ouvidos a esses seres.
— Pútrido, ordeno-lhe pelo seu verdadeiro nome que, caso não tenha havido assassino na véspera do Dia dos Namorados na sala desta cidade onde Ottone Imer exibia livros a certos compradores em potencial, deixe agora mesmo este reino e retorne ao lugar de onde veio.
Ele tossiu, borrifou de cuspe o interior do espelho e quase me sufocou com vapores podres. Senti um arrepio na pele.
— Esperto — rosnou a besta. — Pensou em tudo isso sozinho, Alfeo?
Continuava ali, o que afastava qualquer esperança de a morte do procurador ter sido um acidente.
— Veja, Alfeo. Violetta e os clientes. Deixe-me mostrar-lhe o que ela faz, Alfeo. Veja!
Não olhei.
— Pútrido, ordeno-lhe por seu verdadeiro nome que, até e só até eu bater palmas três vezes, me mostre neste espelho o assassinato cometido pelo criminoso presente, na véspera do Dia dos Namorados, na sala desta cidade onde o advogado Ottone Imer exibiu livros a certos compradores em potencial, e ordeno-lhe mais por seu verdadeiro nome que quando, e apenas quando, eu bater palmas três vezes na mesma hora, você deixe este reino e retorne ao lugar de onde veio.

O APRENDIZ DE ALQUIMISTA

— Maldito seja! — murmurou o demônio, mas as imagens hediondas desfizeram-se.

Fiquei olhando uma tenda. Escura, iluminada por duas pequenas lâmpadas suspensas da cumeeira, tinha tapete de luxo e arcas elaboradas, um divã e uma jarra de bico com bacia. Malha de aço e uma espada pendiam de um cabide na entrada. Ao que parecia, bem abaixo de mim, sentava-se um homem de pernas cruzadas, em uma almofada sob as luzes, e lia. Eu via que a escrita era árabe, e não precisava que nenhum demônio me dissesse que espionava um dos generais do sultão. O sujeito tinha o rosto oculto por um turbante em forma de abóbora gigante, muito maior que a cabeça, mas usava uma túnica sem mangas e complexo e multicolorido saiote que mal lhe chegava aos joelhos. Não podia ser o próprio sultão — ao contrário dos belicosos antepassados, o atual fica na segurança do lar em Constantinopla, e comandaria setores muito maiores se se aventurasse no campo —, mas alguém importante. Com o que jogava Pútrido? Que buraco eu deixara nas instruções?

O homem ergueu os olhos, franziu o cenho e inclinou a cabeça, como se ouvisse alguma coisa; tinha mechas prateadas na barba, mas o rosto era magro, vulpino e ainda assim perigoso.

A aba da tenda ergueu-se e apareceu um segundo homem. Jovem, baixo mas atarracado, moreno e barbado, usava um traje muito semelhante. Fez um salamaleque ao general. Devia haver outros milhões iguais no Império Otomano, da Hungria ao Golfo Pérsico, da Líbia ao Cáucaso — todos ferozes muçulmanos, com uma fanática dedicação ao sultão —, mas muito poucos teriam um demônio sentado no ombro como aquele. Na forma, o horror parecia um rato cotó de olhos rubros e um sorriso que mostrava dentes afiados, mas com a textura de lesma, azulada e magra.

O general levantou-se, mas por certo não registrou o capeta, pois ouviu com calma o que dizia o visitante. Não escutei uma palavra, e não entenderia se tivesse escutado. O superior fez um salamaleque em resposta à mensagem ou instrução que recebera. Foi até a mesa portátil com a jarra e bacia e ali lavou as mãos. O outro observava, com um sorriso satisfeito, enquanto o demônio se abraçava de alegria e batia os dentes.

Eu continuava sem ter ideia do que se passava; sabia apenas que não podia aprovar qualquer coisa de que um diabo gostasse tanto. Sem dúvida possessos andam pelas ruas da cristandade também, mesmo ali na República. Identificava aquele e o sujeito que o cavalgava porque os via pelos olhos de Pútrido.

Lavadas as mãos, o general voltou ao centro da tenda, ajoelhou-se de costas para o convidado, e pôs-se a rezar do modo muçulmano, curvando-se para tocar o tapete com a testa e depois para trás a fim de erguer os braços. Para meu pasmo, o demônio desapareceu. O visitante não pareceu perceber sua partida, da mesma forma como não percebera sua presença. O que me surpreendeu foi o fato de as preces islâmicas o terem expulsado pelo menos com a mesma eficácia das cristãs. Seria o nome de Alá tão eficiente quanto o de Cristo? Não era por certo o que a Igreja ensinava. Se os descrentes adoravam o Anticristo, como podiam as preces banir demônios? Queimar-me-iam como herege se um dia sugerisse uma coisa dessas.

Os diabos devem estar tentando me enganar.

O general encerrou a reza e o demônio reapareceu no mesmo lugar de antes. O homem tornou a sentar-se nos calcanhares, o outro atravessou o tapete até ele, passou-lhe uma corda no pescoço e estrangulou-o. O capeta deu saltos de alegria quando a vítima se debatia na agonia da morte. Talvez eu tenha gritado de horror, mas se gritei ninguém notou. Pedira para ver um assassino, não pedira? Pútrido mostrara-me o errado, talvez o primeiro assassinato do assassino, uma iniciação.

Quando o criminoso teve certeza de que a vítima morrera, sacou a espada. Nesse ponto, admito, fechei os olhos. Quando tornei a abri-los, o cadáver no chão já fora decapitado e um turbante manchado de sangue jazia vazio ao lado. O visitante não pareceu especialmente perturbado nem satisfeito com a sangrenta tarefa, nem pelo pesado saco de couro que segurava. Achava-se possuído, afinal, e sem dúvida acreditava que executara com lealdade ao cumprir as ordens do sultão. Na certa o fazia mesmo. Dando as costas ao horrível serviço, encaminhou-se para a porta — o diabo ergueu os olhos e me viu.

Não ouvi os gritos de raiva, mas os vi. O possesso tornou a voltar-se e ficou bem embaixo de mim, mas agora de rosto vazio, os olhos sem vida. O passageiro do ombro dançava com fúria, fazia-me gestos de garras e tornava-se ainda maior, a carne esponjosa inchava como massa e os olhos chamejavam mais vermelhos. Fui tomado por um terrível e paralisante horror de que ele saltasse do espelho sobre mim.

    Bati palmas três vezes. A imagem borrou-se, firmou-se de leve e desfez-se — tudo, menos os dois olhos rubros. Berrei as palavras de dispensa, mas decerto dirigidas a Pútrido, pois eu não sabia o nome do outro diabo com o qual ele me traíra. Por um instante, o espelho mostrou os dois olhos vermelhos cheios de raiva superpostos em mim e no ateliê atrás de mim. Então, graças a Deus, desapareceram.

10

As invocações sempre me deixam doente e impuro. Desde que trocara os móveis de lugar, apagara o pentagrama com um pano de chão e queimara as anotações na lareira, ainda tremia como um caso fatal de paralisia. Continuava a perguntar-me se trazia agora pendurado no ombro um odiento e pequeno demônio-lesma, invisível e refulgente, enquanto planejava os horrores que me faria praticar.

No quarto, despi-me e lavei-me todo com água fria. Apesar de cansado, as lembranças da provação iam manter-me acordado longo tempo, e eu recebera um convite para visitar uma dama a quem pouco importava brincar a noite toda e dormir de dia. Vesti as roupas velhas de ladrão, apaguei a luz e preparei-me para ir à visita. Por certo desobedecia as ordens do Mestre ao sair de casa desarmado, mas não podia pedir a Bruno que me acompanhasse a um encontro amoroso, para não arriscar o salto mortal com o estorvo do espadim. Deixei de recear ser assassinado quando abri a janela e descobri que o vendaval retornara, despejando chuva, tornando os telhados escorregadios e confundindo o senso de tempo dos acrobatas. O mais provável era que o Mestre tivesse entendido errado as visões de olhos e pernas ensanguentados e isso nada tivesse que ver com ataques. Hesitei, mas não por muito tempo. *Precisava* demais da Violetta no momento, e não por luxúria. Precisava de conforto, amor e compreensão naqueles braços, do carinho e amor dela.

Por isso saí para a borda e passei pelas perversas contorções necessárias para substituir as barras, pois jamais deixo as janelas desprotegidas à noite. Não era a mais fácil das manobras naquele clima, e o salto na escuridão arrancou-me uma prece. Óbvio que sobrevivi, embora batesse com o joelho esquerdo nas telhas.

Uma luz ardia no quarto dela, que jamais dorme em completa escuridão — a não ser que o companheiro do momento o exija, suponho —, e vi que não dormira sozinha. Despertou quando eu me despia.

— Alfeo — murmurou, sonolenta.

— Espera mais alguém? — perguntei, na esperança de que a resposta fosse *Não*.

— Não. A nobreza está de luto.

Eu não pusera. Enfiei-me entre os lençóis, naqueles braços e naquele calor.

Despertada de chofre, a moça disse:

— *Ei!* Você está gelado!

— Só por fora. Amo você. Preciso de você.

— Aqui me tem, amor. Qual é o problema? Está tremendo!

— Noite difícil. Basta me abraçar.

A noite voou, a lâmpada extinguiu-se, feixes de luz do dia entraram e sorriram pelas fendas nas cortinas. Meu joelho doía. O resto parecia bem melhor.

— Hora de ir — murmurei.
— Ainda não. — Helena mexeu-se, sonolenta. — Tenho algo para lhe contar.
— Fale, deusa.
Os Dez logo iam começar a fazer perguntas. Graças a Pútrido, eu sabia que o assassino devia ser Alexius Karagounis ou o criado mouro dele, mas levaria tempo até descobrir prova aceitável.
Violetta deu um suspiro e virou de costas.
— Fui ver Bianca Orseolo ontem.
Ouvi Minerva na voz.
— Você fez o *quê?*
— Você me ouviu. A Casa Orseolo está de luto, por isso, depois de sua partida, fui visitá-la fantasiada, para oferecer-lhe conforto.
— Mas ela a viu no...
— *Não* me viu no banquete. Talvez tenha *visto*, mas não me *olhou*, por estar ocupada cuidando do avô, e não passo de uma cortesã. As jovens direitas ignoram tais mulheres. Ela não me reconheceu ontem porque fui de freira, uma total diferença.
— Acha que a fantasia enganaria...
— Pare de interromper. Algumas freiras usam hábitos assim. Entrei para vê-la quando mais ninguém o teria feito, a não ser outros membros da família, dos quais eu não era um. Foi uma longa conversa. Bianca teve mais oportunidade de ver o ato do crime que qualquer outro, por ter ficado ao lado do avô o tempo todo.
— Também teve a melhor oportunidade — observei. — Só precisava entregar-lhe a taça, e o velho jamais questionaria. Foi ela?

— Não sei. — Minha amiga raras vezes admite ignorância. Como Minerva, ninguém a supera no julgar as pessoas. — A jovem continua em extrema perturbação pela morte do avô... quase demais. Chorou em meus braços. Tamanha dor talvez seja sinal de culpa, porque o matou ou por sentir-se contente com o assassinato, ainda não sei. Você e eu vamos vê-la mais tarde.

Isso exigia muita análise racional, e é difícil fazer análises racionais quando se abraça a mais bela cortesã da República — o que o dever me obrigava a fazer no momento, decerto, para manter a cooperação da testemunha. Cruzou-me a mente a ideia de que poucos homens desfrutavam de melhores condições de trabalho.

Fiz um esforço para me concentrar.

— Disse meu nome a ela?

— Não. Só falei de um homem que investigava a possibilidade de o avô dela ter sido assassinado, e perguntei se podia levá-lo para fazer algumas perguntas. O funeral será no próximo domingo. Vamos vê-la depois, por volta do meio-dia.

Engoli em seco.

— Quer que eu finja ser agente dos Dez? Não sei qual é a penalidade para...

— Espero que nunca descubram — disse Aspásia com frieza. — Eu não fiz tal afirmação, e a cidade ficou entupida de espiões dos Dez, como você bem sabe. Se Bianca acreditar que você é um deles, esse erro não tem relação alguma com qualquer coisa que eu tenha falado.

O doge pedira-me para investigar a morte do procurador, mas negaria tê-lo feito se os Dez lhe perguntassem.

O APRENDIZ DE ALQUIMISTA

— Bianca tinha motivos? Os olhos verdes de Helena me espiaram por detrás das divinas pálpebras.
— Não quero falar mais. Beije-me.

O Mestre viu-me com desaprovação pôr a bandeja ao meu lado da mesa.
— Por que está mancando?
— Bati com o joelho num tijolo.
— O que ficou sabendo?
— Já comeu? — Joguei-lhe um pãozinho e ele pegou-o pela borda antes que caísse. — O assassino é um muçulmano, presume-se que agente do sultão, e na certa o criado que serviu o vinho. Pode ser o grego ou, mais provável, eu diria o homem que se passa por grego, o negociante de livros, Karagounis. Que idade ele tem?
— Cerca de quarenta.
— O que vi está na casa dos vinte.
— Comece do começo.

Comecei. Entre goles de *khave* — uma bebida quente e negra recém-chegada da Turquia, que se tornava muito popular —, continuei do meio e parei quando cheguei ao fim.

O Mestre não pareceu satisfeito.
— Você testemunhou uma execução? Sem dúvida o general era um janízaro, mas não importa; qualquer servo do sultão, de infante a embaixador ou vizir, é um *kapikulu*, escravo, e, quando o amo manda o *chaush* com uma ordem para que o sujeito entregue a própria cabeça, obedece-se sem queixa nem resistência. O *chaush* chega com um arco, uma espada e

um saco. Por mais alto que se elevem no Estado, os *kapikullari* ainda devem a vida ao sultão.

— Por que ele lavou as mãos?

— Não faço ideia. Você corre grande perigo. O demônio que o viu pode ser muito mais forte que o guia usado. Talvez tenha conseguido abrir-lhe um portal. Deve ir confessar-se agora mesmo.

Uma das vantagens de quem mora em San Remo é o padre Farsetti. Outros podem denunciar-me ao Santo Ofício, mas em Veneza os paroquianos elegem os sacerdotes, sujeitos ao veto do patriarca, e a boa gente de San Remo escolhera um homem prático e de mente aberta. Ainda assim, inquietava-me saber quanto tempo levaria para rezar um milhão de ave-marias. Fora o que ele me ameaçara ordenar na última vez que confessei a prática de demonologia.

— Se o senhor insiste.

— Insisto, sim. Suponho que o funeral é hoje.

— Violetta diz que o serviço será realizado hoje pela manhã, mas não acabei o comunicado. Tenho um segundo suspeito a oferecer: Bianca, a meiga criança que o senhor esqueceu na mostra de livros. — Falei-lhe da escapada de minha amiga. — É uma excelente julgadora de pessoas — concluí. — E, se desconfia de Bianca, devemos ter a sensatez de prestar atenção. Ou acreditamos apenas no que o capeta me mostrou?

O Mestre enroscou os lábios.

— Não vejo motivo para escolher já entre as duas testemunhas.

— Eu lhe garanto que o estrangulador que vi não era uma meiga donzela cristã ruborizada, e recuso-me a acreditar que

O APRENDIZ DE ALQUIMISTA

um *kapikulu* assassino pudesse disfarçar-se tão bem que engane o avô dela, por mais gagá que estivesse ficando.

— Você tagarela como uma rendeira. Se esse caso fosse simples, eu o resolveria em dez minutos com o cristal. Por favor, aperte a bela Bianca contra esse peito forte e seque as lágrimas dela. A moça talvez sinta uma indevida perturbação por ter visto a troca de taças e preferido não intervir. Fale com o pai, também, o grande ministro. Descubra aonde ele foi na véspera do Dia dos Namorados, e também com o filho.

— Benedetto. Deveria ter ido à Universidade de Pádua.

— Isso fica apenas a uns quarenta quilômetros da cidade. Alguém deve tê-lo visto tão logo o avô adoeceu.

Eu não via como o rapaz poderia ter trocado as taças numa festa em Veneza quando se achava a quilômetros de distância, no continente, mas um aprendiz bem-comportado não brinca com as instruções do Mestre. Assenti com a cabeça, bem-comportado.

— E ainda precisa ver o senador Tirali e o filho.

— Pasqual Tirali. Mestre, admito ter motivos pessoais para querer mandar *sier* Pasqual Tirali às galés, mas não o imagino envenenando uma taça de vinho e trocando-a por outra sem Violetta notar.

— Inclua-o mesmo assim. — O Mestre franziu o cenho para as prateleiras. — Traga-me o *Midrasch-Na-Zohar* antes de sair. É melhor começar pelo padre Farsetti. Talvez o pegue agora. E não esqueça o que falei sobre Bruno e a espada. Deixei-o com o nariz de furão enterrado na obra-prima do Rabino Ben Yohai. Se se dispunha a tentar a cabala, devia encontrar-se em verdadeiro desespero.

11

Violetta e eu temos um acordo de longa data. Jamais lhe peço para abrir mão da carreira de cortesã, pois sei como valoriza a liberdade que isso lhe dá, ao salvá-la da vida fechada e subserviente de mulher "respeitável". O tédio trancado em casa a mataria em um mês, segundo diz, e eu acredito. O lado dela no acordo é jamais me oferecer dinheiro ou presentes caros. A única exceção que faço é alguma coisa para usar, a fim de assinalar meu aniversário ou o dia em que nos tornamos amantes. A moça interpreta os termos de modo liberal, motivo pelo qual afivelo na espada e na adaga combinada um aço superlativo de Toledo. Cobri-as com a capa de pele de cabra nova, também presente dela.

Bruno é o homem mais gentil e amistoso do mundo. Mostrou-se radiante quando indiquei que desejava que me acompanhasse. Depois notou a espada sob a capa e armou uma forte carranca. Fiz-lhe sinal de *perigo* e *talvez* para dizer que não vou puxar briga, mas quando lhe pedi que trouxesse uma faca, vi-o lançar-me um olhar que parecia uma trovoada, dobrar os grandes braços e criar raízes.

O APRENDIZ DE ALQUIMISTA

Muitas vezes temos essa discussão. Caí de joelhos e cruzei as mãos em prece. Ele franziu o cenho, levantou-me e me manteve assim até eu pôr os pés no chão; mas depois foi pegar a única arma que tolera — o pesado ferro de Mama Angeli num saco de pano com uma correia para pendurar no ombro. A maioria dos homens refugaria por ter de carregar uma coisa dessas, mas o surdo mal nota o peso. Não entendo por que o considera uma defesa mais aceitável que um robusto cajado. Sorri, ele correspondeu com um fraco esgar e partimos.

Podíamos ter corrido pela escada dos fundos abaixo e saído pela porta dos criados. Isso jamais me ocorreu. Ao contrário, saímos pelo portão que dá na água, e trilhamos com cuidado a nova borda ao longo da fachada da Casa Barbolano até a esquina do prédio e a *calle*. Mais fácil para mim que para Bruno, pois ele ocupa mais espaço.

Gaivotas nadavam no canal estranhamente vazio. Era o dia do funeral, por isso a cidade pusera luto pelo procurador, e já ouvíamos sinos ao longe. Os carregadores da Marciana não trabalhavam e o sítio de construção no outro lado caíra em silêncio. Tão logo atravessamos o labirinto de *calli*, encontramos as multidões matinais bastante reduzidas no campo, e poucos vendedores ambulantes faziam as rondas. Até a sessão de mexericos em torno da fonte diminuíra, embora se vissem mais homens que de hábito. Paramos ali para conversar, como fazem os vizinhos. Conversei fiado. Bruno apenas sorria e balançava a cabeça. Duas moças me provocaram com a advertência de não deixar o companheiro pisar-me, mas a maioria das mulheres temia Bruno.

Como compete a uma pequena paróquia, San Remo tinha uma igrejinha, antiga e delicada, mas com bons vitrais, e o padre Farsetti é amigo pessoal de Jacopo Palma, o Jovem, o melhor pintor em atuação na cidade no momento. Dois dos primeiros quadros dele pendem na igreja e os aficionados vêm em bandos discuti-los. Ninguém discutia nessa manhã, mas haviam fechado a porta do confessionário e o sacerdote tratava dos deveres diários. Fiz algumas preces, incluindo uma para Bertucci Orseolo. Bruno vagava, admirava os quadros e os vitrais. Ele não entende templos e o que ali se passa.

Uma senhora saiu do confessionário e eu entrei. O padre Farsetti com certeza soube o que esperar tão logo ouviu minha voz. Admiti que invocara um demônio e alguns pecados menores. Ele exigiu saber por que eu fizera isso, por isso contei. O bom homem desaprovou, decerto, mas entendia que uma tentativa de assassinar o doge justificava contramedidas extraordinárias. Como sempre, preocupava-o mais aquela relação pecaminosa com Violetta, mas todo homem em Veneza tem esse tipo de problema, pelo menos às vezes. O padre deu-me um completo sermão, a absolvição e uma penitência muito menor que a esperada.

Saímos por portas separadas e desejamo-nos bom dia. Ele deu a bênção ao surdo, que guardava a espada e a capa, e o criado apenas sorriu. Não havia outros penitentes à espera.

O padre Farsetti é pequeno e parece um passarinho, com um cálido sorriso e uma enorme risada. Fica à altura de Isaia Modestus no xadrez — consigo vencê-lo às vezes —, mas mostra-se incrível quando joga sem o tabuleiro, capaz de enfrentar o Mestre e a mim ao mesmo tempo e em geral com os mesmos jogos.

— Deve vir jantar conosco de novo, padre — convidei. — A discussão com o senhor dá apetite a meu amo, do que ele precisa muito.

O sorriso dele iluminou-se.

— Uma digna justificação para o prazer pessoal. Antes que se vá, porém, tenho um livro sobre o papel do assassinato político na história islâmica que julgo poder interessá-lo.

Sem perguntar o que lhe dera tal ideia, garanti-lhe que gostaria de lê-lo. E assim cruzamos a porta lateral, por ali saímos e emergimos num pequeno pátio entre a nave da igreja, a casa sacerdotal e o transepto que fecha a extremidade. Segui-o.

— *É ele!*

Eram seis. Um vinha montando guarda na esquina para alertar os outros quando eu saísse pela porta principal. Os outros cinco apenas esperaram. Não pude mergulhar de volta pela porta para dentro da igreja, pois Bruno bloqueava o caminho, dobrado ao seguir-me. Por sorte, os bandidos precisaram de um instante para reagir, porque reapareci por trás deles. Se o surdo tivesse saído onde esperavam, podiam ter vindo atrás de nós e liquidar-nos no espaço aberto. No pátio, iam ser estorvados pela falta de espaço.

Brandi a espada. Eles sacaram estiletes, mas com lâminas que pareciam tão longas quanto a minha. Por sorte, eu deixara a capa apenas dobrada nos ombros, desamarrada. Soltei-a e saltei no canto para proteger as costas. Lançaram o padre Farsetti para dentro, ignorando os gritos.

Aparei um corte do homem à direita e envolvi outro na capa. Essa reação pegou o primeiro no rosto, mas a essa altura os números três e quatro haviam chegado, o segundo arrancara-me a capa e o padre Farsetti berrava por socorro no auge dos bem treinados pulmões. Não esperei ficar ali para recebê-lo. Saquei a adaga e desviava os golpes com as duas mãos, ocupado demais com a vida para tentar ferir os adversários. Em teoria, a espada mantém o estilete a distância, e não deve ser impossível enfrentar mesmo dois à luz do dia. Cinco, com toda certeza, eram.

Por felicidade, Bruno também se metera na briga. Parecia desarmado, porém era grande demais para ignorarem-no, e, quando os outros fecharam o cerco sobre mim, um dos homens atrasou-se para cuidar dele. Bruno sacudiu o grande e pesado saco e despedaçou o braço do sujeito antes que ele se afastasse — na certa foi assim que aconteceu, porque encontramos o estilete, e os espectadores descreveram um de nossos atacantes que segurava o próprio braço e fugia. O padre fazia o possível para interpor-se entre mim e os outros, pois mesmo um bandido da sarjeta, sabendo, não feriria um padre. Afastaram-no para um lado com as mãos que tinham livres.

Isso deixava três jovens brutamontes que avançavam sobre mim, as caras cheias de ódio, o brilho do aço, e ter-me-iam matado se San Remo e Nossa Senhora não ouvissem minhas preces. Bruno deve ter dado um tapa com as costas da mão num dos homens que me atacavam. O sujeito caiu sobre os companheiros, desviou o ataque e tenho toda certeza de que feri alguém. Então a vítima do surdo tombou de cara no chão, sujou-me o gibão e me tirou todo o ar dos pulmões. Caí, vi-me entre as botas e soube que me haviam liquidado — *Olhos e pernas que sangram no campo.*

Mais uma vez devi a sobrevivência ao criado, que derrubou o terceiro atacante com um soco na nuca e jogou-o em cima de mim como um escudo humano. O sacerdote viu, e depois fui protegido por dois corpos, para outros não me alcançarem. Armados de varapaus e martelos, homens e meninos acorriam de todos os lados, em resposta aos continuados berros do padre. Os arruaceiros restantes passaram sebo nas canelas para evitar verem-se apanhados no pátio. Escaparam porque os outros que esperavam desarmados no campo não iam enfrentar, por certo, adagas com as mãos nuas.

Dois corpos quedaram-se atrás, um crânio achatado e um pescoço quebrado. Portanto, Bruno matou um e eu, o famoso espadachim, apenas feri dois. A desculpa para essa exibição nada heroica é que fui o alvo e os bandidos a princípio nada viram no surdo além de um circunstante. Ele sobreviveu apenas porque não tiveram tempo de reagir ao ataque não ortodoxo e destemido. Se a luta durasse mais um instante, deviam tê-lo transformado numa peneira.

Por sorte, o padre Farsetti mantém o terreno ao lado da igreja livre de estrume e lixo. Decidi que sobrevivera. Sozinho e desarmado, a previsão do Mestre se haveria cumprido de cabo a rabo — sem dúvida, chegara bem perto. Embora o joelho ferido não me atrapalhasse, doía muito mais que antes. Estendi a mão para esfregá-lo e descobri que a visão chegara mais próximo do que eu percebera. O sangue novo é sempre um vermelho chocante, em especial quando se trata do nosso. Não me lembrava de me haverem ferido a panturrilha nem tinha ideia de como acontecera. Um dos homens que caíra em cima de mim ainda devia segurar a faca ao aterrissar.

Várias vozes perguntavam:

— Alfeo? Você está bem?

Os dois mais próximos, Pio e Nino Marciana, haviam arrastado os corpos de cima de mim e agora me encaravam com expressões preocupadas. Atrás, Bruno tinha ataques histéricos silenciosos por ter ferido gente. Antes que eu respondesse, ele me viu sangrando e soltou um grito animal sem palavras, um dos muitos poucos que emite. Afastou todos da frente, tomou-me nos braços e penetrou na multidão que tagarelava e berrava. Corpos voaram para todos os lados. Ele atravessou o campo como um cavalo fugido, entrou na Casa Barbolano e subiu a escada até o Mestre, onde me depôs sobre a mesa. Ignorou o sofá no canto. Giorgio e multidão de descendentes entraram atrás para ver.

O Mestre protegeu o livro e examinou meu ferimento.

— Um corte na panturrilha — disse. — Não é profundo. Precisa de alguns pontos, mas não de um barbeiro. Giorgio, pegue minha sacola. Vá para lá, Alfeo.

Simpatizo com o bordado; ser pano e costurado dói. Mantive a dor e a indigna posição fora da mente tentando responder a todas as perguntas e explicar o que acontecera, sem dizer tudo que pensava. Quem tinha motivos para querer-me morto? O envenenador. Por quê? Por ter visto o rosto dele. Como sabia que tinha razões para querer-me morto? Porque os demônios lhe haviam dito. Como os bandidos sabiam que eu fora à igreja? Mesma resposta. Logo me costuraram, bandaram e sentaram-me em uma cadeira, com a perna apoiada em outra. Empurraram-me uma taça de vinho fortificante e o Mestre deu uma colher de láudano para aliviar Bruno, pois toda tentativa de saudá-lo como herói apenas o irritava mais. Mama lavou meu sangue da escrivaninha. Meu melhor cavalo ficara em trapos e o sapato também precisava ser lavado.

O Mestre detesta ter mais gente no ateliê do que pode ficar de olho. Ordenou a todos que saíssem, e eu soube que desejava ter uma séria conversa comigo, mas a República não aprova cadáveres caídos por toda parte. Chegaram os *sbirri*, a polícia local, quatro, comandados pelo sargento Torre, o Acéfalo. Acho muito difícil conter a raiva com ele por perto. O homem é bem capaz de me levar para a prisão para interrogatório, como se eu fosse o culpado, e não a vítima.

Por felicidade, Torre mal abrira a boca antes que outro aparecesse e assumisse — o próprio *Missier Grande*, chefe de polícia, cuja capa vermelha e azul constitui a visão mais temida da República. Sabe-se que Gasparo Quazza, um homem alto com a solidez de uma fachada Paládio, desfaz um motim apenas com sua presença. É *Missier Grande* quem cumpre as ordens dos Dez. Tem a integridade e a dureza de um diamante, homem de origem pobre elevado a um dos mais altos cargos do governo, ao qual serve sem escrúpulo ou questão. Será o próximo Grande Chanceler, quando o atual morrer ou aposentar-se. Nunca me torturou. Odiaria fazê-lo. Aproximou-se para olhar-me de cima. Tem uma

barba pontilhada de fios brancos e usa a boina chata e circular como todo funcionário público.
Dei-lhe um sorriso pálido.
— Quem eram?
— Diga você, Alfeo.
— Não sei, *Missier Grande*. — Às vezes, o servilismo constitui a maior parte da coragem.
— Por que alguém iria lançar um exército sobre você? *Seis* homens?
— Não sei, *Missier Grande*. Sou um bom espadachim, mas não muito presunçoso. Atacaram-me sem aviso. — Tive a satisfação de ouvir a voz do padre Farsetti do lado de fora, e depois vê-lo entrar no ateliê. O depoimento dele sobre os acontecimentos concordariam com os meus e seriam aceitos sem discussão.
— Você levava uma espada? — perguntou *Missier Grande*.
— Tinha aquele homem gigante consigo. *Esperava* encrenca.
O Mestre interveio.
— Eu previ, *Missier Grande*. Ordenei ao aprendiz que saísse armado hoje. Previ encrenca.
Quazza lançou-lhe um olhar de repugnância e outro a mim.
— Então, o senhor se defende com feitiçaria?
Lá estava o homem falando mais para a plateia que para o suspeito. Logo no início de meu contrato, sequestraram a filha dele. Uma combinação de clarividência de meu amo e uma insana pistolinha usada por mim recuperou a criança incólume. Ao contrário do doge, *Missier Grande* acredita nas coisas do ocultismo.

— O ataque foi bruxaria — expliquei. — De que outro modo me encontrariam? E como podem seis estrangeiros armados se juntar diante de uma igreja sem chamar a atenção dos moradores da paróquia?

Furioso, o padre Farsetti interveio.

— *Já tinham* chamado a atenção. Uma dúzia de homens zanzava por perto, de olho neles. Foi Nossa Senhora quem o salvou, não o Inimigo.

— Seus pulmões também merecem crédito, padre.

— Mas os vizinhos merecem mais, por notarem estranhos suspeitos e vigiarem-nos. Vou lhe dar uma chance de levantar-se e agradecer-lhes domingo na igreja.

— Obrigado, padre.

Quazza ainda admirava meu sorriso. Pelo menos foi o que supus, pelo modo cuidadoso como me examinava.

— Quem sabe onde andará você no domingo, Zeno? Tenho dois mortos a explicar a Suas Excelências. E um aprendiz com uma espada que afirma ter sido avisado por bruxaria. Talvez eu deva chamar o Santo Ofício.

— Bruno não prestou um serviço à República hoje? — perguntei. — Quem eram?

— Arruaceiros contratados — admitiu *Missier Grande*. — Bandidos comuns.

— Espero que da Ponte degli Assassini ou do Calle della Bissa — observou o Mestre, e lançou-me um olhar presunçoso. Pouco a leste de Rialto, a Ponte dos Assassinos e o Beco da Serpente são os antros mais sinistros da cidade. *O ouro brilha com mais força que os olhos da serpente.* Era onde se contratavam assassinos.

— Traziam ouro nas bolsas? Quanto valho?
— Alguém chegou antes de mim. — Quazza lançou um breve olhar à Torre e à faixa que usava. — Talvez, para eles, valesse um pouco de prata, mas não muito enquanto continuar vivo, Alfeo Zeno. Morto, teria lhes trazido uma segunda prestação. Morto ou vivo, não lhe cabe fazer justiça. Alguns dias nos Chumbos lhe proporcionarão proteção contra qualquer segundo ataque inexplicável e talvez renovem a lembrança de fatos recentes

Os *sbirri* ao fundo davam sorrisos zombeteiros. O padre Farsetti não. Nem eu, agora. Podia acreditar-se na ameaça. Mais uma vez, fui salvo por meu Mestre.

— O senhor tem dois cadáveres, *Missier Grande* — observou o Mestre, como se falasse a uma criança voluntariosa.
— Se não os conhece pessoalmente, alguns dos *sbirri* conhecem, ou seus próprios *fanti*. Pode localizar os cúmplices e arrancar o nome da pessoa que os contratou. É quem o senhor deseja, não? O problema é que talvez não saibam o verdadeiro nome. Por mais dor que lhes inflija, não podem lhe dar mais do que uma vaga descrição.

Missier Grande sentiu que ia receber uma oferta. Assentiu com a cabeça.

— Continue.
— Na verdade... Pode andar, Alfeo?

Pus o pé esquerdo com cuidado no chão e ergui-me.

— A dor é indescritível, mas consigo capengar, senhor.
— Ótimo. Na verdade, Alfeo ia chamar certa pessoa que pode... ou talvez não possa. — Meu amo deu um suspiro. — Temos nossas suspeitas, mas não provas, entendem? Nenhuma prova que eu possa apresentar aos Dez. — Trocaram-se

olhares significativos. — Não ouso fazer uma acusação ainda. Mas a pessoa de quem desconfiamos pode trazer a prova em si, com o rosto como prova suficiente quando o senhor prender os bandidos sobreviventes. Até a reação do homem quando vir Alfeo ainda vivo pode ser reveladora. Como já se fez uma tentativa contra a vida dele hoje de manhã, e como meu criado Bruno ficou perturbado demais para oferecer proteção, posso pedir que a República proporcione um guarda-costas firme e digno de confiança para acompanhar meu aprendiz quando fizer essa visita?

Quazza não é homem de aceitar um trato antes de contorná-lo várias vezes e contar os valores. Em especial, um trato oferecido pelo Mestre Nostradamus. Ele mastigou os cantos da barba mais próximos e olhou firme.

— O que pretende dizer, em termos exatos, como prova contra esse homem?

Meu amo repuxou os lábios para os lados. É um ator soberbo — o sistema judicial perdeu um grande advogado.

— Talvez ele se faça de cristão e não seja judeu.

Isso significava *espião turco* e elevava bastante as apostas. Sem dúvida, tirava o assunto das mãos dos *sbirri*.

Missier Grande mastigou mais um pouco e aceitou a oferta.

— Vou mandar um homem. Daqui a uma hora, Zeno?

— Ficarei às ordens, *Missier Grande*.

— E vai melhorar a memória enquanto isso?

— Vou pensar muito, *Missier Grande*.

Quazza girou nos calcanhares e saiu pisando forte. Torre e os *sbirri* seguiram atrás como ovelhas. Ninguém discute com *Missier Grande*.

12

Após pagar a penitência e vestir roupas e sapatos limpos, um dos quais sem dúvida úmido, desci mancando a escada com Giorgio ao lado. Uma multidão de mulheres e crianças de Marciana me atacou e tive de fornecer uma versão censurada da batalha na frente da igreja, que era o assunto da paróquia. Cheguei ao portão da água ao mesmo tempo em que uma gôndola deslizava para o cais. Tinha as cortinas abertas e lá dentro sentava-se Filiberto Vasco com uma capa vermelha.

Não gosto de *Missier Grande*, porém respeito-o; homem duro, mas honesto. Não posso dizer o mesmo do *vizio*. Filiberto Vasco tem mais ou menos a minha idade, jovem demais para o alto cargo que exerce; a família possui muito dinheiro e ele, demasiada ambição. No lugar de Quazza, eu usaria cota de malha nas costas sempre que Filiberto Vasco chegasse à distância de uma facada. O sujeito corteja todas as mulheres, ameaça todos os homens, imagina-se um intelectual e um sabe-tudo. A única qualidade admirável do homem é que me antipatiza tanto quanto eu a ele.

O APRENDIZ DE ALQUIMISTA

Os serviços de Giorgio não seriam necessários, óbvio. Os dois homens atrás do barco do *vizio* usavam trajes comuns de gondoleiro, mas não me agradaria lutar com nenhum deles. Ou melhor, se fossem trigêmeos, não o faria. Desci capengando os degraus, embarquei, espremi-me dentro da *felze*, e com um comovente estoicismo sentei-me ao lado de Vasco. Encaramo-nos com mútua repugnância.

— Aonde quer ir, Zeno?

Dei-lhe o endereço de Karagounis no bairro grego, logo a leste de San Marco. Ele passou-o adiante e partimos disparado do cais. Os gondoleiros puseram-se a cantar, pois são proibidos de ouvir a conversa dos senhores, mas cantam surpreendentemente bem, um baixo e um tenor. O *vizio* recostou-se e deu um sorrisinho. Perguntei-me se podia aprender a sorrir daquele jeito se meu tataravô fosse pirata como o dele. Cruzamos espadas quase toda semana na aula de esgrima do capitão Colleone. Venço-o sempre.

— Tenho ordens de levá-lo aos Chumbos, Alfeo, a não ser que me conte a verdade, toda a verdade.

— Terei prazer em dizer-lhe tanto quanto permite meu juramento, Filiberto.

— Que juramento?

— Não posso dizer. Mas o fiz a alguém em posto mais alto que *Missier Grande*.

O sorrisinho desfez-se. Se eu não fizesse melhor, Vasco ouviria a música de uma cela de prisão fechando-se sobre mim.

— O amadíssimo procurador Orseolo morreu há dois dias — informei.

— O que tem isso a ver com você? — Mas um momento de hesitação dissera-me que o doge não era o único preocupado com a morte súbita.

— Adoeceu na noite anterior. O Mestre Nostradamus foi o primeiro médico a atendê-lo, você sabe, e desconfia de veneno.

O homem reduziu os olhos a buracos de estilete enquanto calculava como usar a informação em proveito próprio.

— Continue.

Meu amo dera-me licença para revelar tudo isso. Se o criado do grego, Pulaki, combinasse com o assassino que eu vira no espelho, seria o agente turco e o matador que procurávamos. Senti pelo fato de o *vizio* Vasco ficar com o crédito por prendê-lo, mas meu senhor seria liberado de suspeitas e o caso se encerraria.

— Temos a teoria de que o procurador foi vítima inocente de um complô para envenenar alguém mais importante. Não, caro amigo, proibiram-me de contar mais. Mas acreditamos que um sujeito chamado Pulaki, um dos criados que serviram vinho, na verdade não passa de um agente do sultão. É tirar as calças dele que aparecerá a verdade.

— Quer dizer que não se revelará muita coisa? — O homem imagina-se um intelectual.

— Como diz o *lustrissimo*. Há uma ligeira possibilidade de o amo dele ser o culpado. É o que preciso estabelecer. Se identificar um dos dois, terei prazer em acusá-lo e lhe dar razão para procurar provas.

— É mesmo? — O *vizio* sorriu. Cara ele ganha, coroa perco eu. Que mais podia aquele engelhado coração desejar?

— E com base em quê identificará um dos dois?

O APRENDIZ DE ALQUIMISTA

— Chame de palpite.
Tornou a sorrir. Os Dez faziam até as pedras falarem.
— E quem é esse?
— Um vendedor grego de livros, Alexius Karagounis.
O sorriso desapareceu como uma bigorna no canal. Imaginei por quê e senti um fato encaixar-se com o baque do martelo de um bate-estaca — os Dez desconfiavam de Karagounis! Por isso o doge se preocupava tanto; sem querer, fora ao encontro de um possível agente turco, e proibiam-lhe toda conversa com estrangeiros, a não ser em presença dos conselheiros.

Caiu o silêncio. Sob as músicas concorrentes no canal, eu ouvia o cérebro de Vasco ranger enquanto ele calculava as opções. Se vigiavam Karagounis, seria necessária uma ordem específica dos Dez para prendê-lo, e um movimento prematuro faria desabar a cólera dos poderosos sobre a cabeça do *vizio*. Deixar Alfeo Zeno interferir e não prender o vendedor de livros alertaria o suspeito e o faria fugir. O único curso seguro de Vasco era atirar de volta o aprendiz de alquimista na cadeia e apresentar-se a Quazza para receber novas ordens.

Então vi-o chegar a uma decisão e tornar a sorrir.
— Vai ser interessante. Se a acusação for falsa, você estará numa séria encrenca, por certo.
— Confio na certeza da informação — respondi, e tentei fazer parecer verdade. Minha retorcida imaginação brincou com a possibilidade de Karagounis ser um espião dos Dez e depois afastou-a.
— Talvez tenha fugido. Tentei visitá-lo ontem, mas não havia ninguém em casa.

— Temos meios de abrir portas — disse o *vizio*. — Continuava a sorrir, sem dúvida à escuta dos barulhos que meu cérebro fazia enquanto tentava saber o que ele sabia.

Nada mais se disse até chegarmos ao destino. Não há como sair de uma gôndola com uma perna reta, e meu calção escarlate vazava sangue quando subi ao cais. Olhei o céu, consternado.

Meu companheiro zombou.

— Último andar, você disse? Quer ir na frente?

— Se você fosse um cavalheiro, me carregaria — respondi, mal-humorado, e dirigi-me à escada. Vasco e os dois *colossi* seguiram-me. Antes havia mulheres paradas perto da porta quando nos aproximamos. Agora não se via nenhuma, mas quase todas as janelas mostravam um ou dois rostos, como se houvéssemos tocado trombetas. A capa vermelha do *vizio* fizera essa magia.

Ali pelo segundo andar, imaginei havia quanto tempo o Conselho suspeitava de Karagounis. Suponhamos que os Dez tivessem discutido a prisão do homem no dia do banquete de Imer, e nessa mesma noite o próprio doge saíra disparado para um encontro com o suspeito. Se Karagounis tivesse deixado o país, o príncipe poderia ser acusado de avisá-lo.

No terceiro andar, descobri outra possibilidade, mais provável. E se Vasco soubesse que vigiavam o grego mas não devesse saber? Podia ter fuçado documentos ou escutado às escondidas. Assim, agora ficaria com o crédito por capturar um espião, mas não poderiam culpá-lo por estragar um plano do qual não lhe haviam falado. Não precisava mais preocupar-se pelo fato de eu conduzi-lo em uma busca inútil. Aquele ia ser um dos dias bons para ele.

O APRENDIZ DE ALQUIMISTA

Chegamos ao topo e indiquei a porta certa. Um dos homens bateu com o punho: um, dois, três... Abriram-na.

Eu não conhecia o homem parado ali, embora se vestisse como criado e se encaixasse na descrição feita por Violetta como "na casa dos vinte anos, esbelto, moreno, parecia um mouro". Um mouro assustado ao ver a capa e espada do Vasco.

— Seu nome?

— Pulaki Guarana, *clarissimo*. — Parecia mais continental que veneziano, mas com certeza não era grego.

Vasco fuzilou-me com os olhos.

— Leve-me a seu amo.

O suspeito resistiu a um empurrão.

— Que nome devo...

— Nada de anúncio. Mexa-se!

Segui com os gigantescos gondoleiros nos calcanhares. Atravessamos um sujo e amontoado corredor e entramos numa imunda e amontoada sala usada como estúdio. A escrivaninha ocupava quase todo o espaço.

O sujeito passara de atarracado a gordo em mais ou menos vinte anos em que eu o vira praticar o primeiro assassinato. Então tinha barba, agora apenas precisava barbear-se. Feio, oleoso e zangado. Embora eu não visse demônio nenhum no ombro, acreditaria que continuava ali até vê-lo exorcizado por um conclave de bispos. Ignorou-me por completo.

— Nome e posição? — perguntou Vasco.

Karagounis fez uma breve mesura e deu um leve sorriso.

— Alexius Karagounis, às suas ordens, *messer*. Tenho permissão de residência temporária, se quiser vê-la.

— Vende livros?

O grego tornou a sorrir, um sorriso tipo *desse jeito você não me prende.*
— Não, *messer.* Não me permitem negociar. Mas tenho alguns manuscritos interessantes se Vossa Excelência quiser inspecioná-los. Pulaki, traga taças e vinho para os nobres senhores.
— Sem vinho. Aprendiz?
Respondi:
— Se você é um verdadeiro cristão, deixe-nos vê-lo persignar-se.
Karagounis voltou o oleoso sorriso para mim. Parecia ter um modo curioso de reagir. Não perguntara nossos nomes nem contestara nosso direito de invadir sua intimidade; era quase como se conhecesse os dois e nos houvesse esperado.
— Quando criança, na Grécia, minha mãe me ensinou a fazer o sinal da cruz assim. Aqui, após haver sido induzido à verdadeira fé, me persigno assim.
Eu o pegara. Agora ele não podia dizer-se judeu.
Declarei:
— Apesar da oferta de vinho, sei que você é muçulmano. Prove que não é.
— Chama-me de mentiroso, jovem senhor?
— Não — respondi. — Creio que teve pais cristãos, porque digo que é um *kapikulu*. Nasceu em algum lugar dos empobrecidos Bálcãs. Na juventude, venderam-no aos escravos do sultão, converteram-no à força ao islamismo e criaram-no para servir ao sultão. Prove que não foi circuncidado e me desculpo.
Vasco levou a mão com ostentação ao cabo da espada.

O APRENDIZ DE ALQUIMISTA

Karagounis ignorou-o e continuou a encarar-me, mas um ódio ardia-lhe nos olhos, que algum truque da luz fazia faiscarem de vermelho.

— Podemos ajudá-lo, Alfeo Zeno — disse. Depois voltou-se e lançou-se pela janela. Fechada. Não se deve tentar, basta aceitar minha palavra, mas é quase impossível saltar por uma moldura bem construída, porque o vidro e o chumbo resistem a objetos contundentes. Ou Karagounis invocou uma força demoníaca ou a faixa de madeira apodrecera após mais ou menos um século do úmido clima veneziano. Seja como for, desapareceram ele e a janela, sem ruído. Vasco gritou de consternação e contornou a escrivaninha. Na corrida para juntarem-se a ele, os heróis me jogaram contra ela e fizeram-me bater com a perna ferida.

Quando parei de praguejar e fiquei só, os outros já se haviam precipitado escada abaixo para mostrar talentos em primeiros socorros. Capenguei até a fenda na parede e olhei com cuidado. Meu companheiro ainda não chegara, mas Karagounis sem dúvida sim e caíra metade para fora da gôndola — esmagou-a e afundou em dois palmos de água salgada e esgoto. Alguns espectadores saíram feridos pelos detritos que caíram e uma multidão se juntara e gritava feito gaivotas.

Senti muito pelos circunstantes, porém tudo mais me satisfez. Tomariam o suicídio como confissão. Nem os Dez nem os mexericos do Rialto teriam motivo para culpar o Mestre pela morte do procurador Orseolo. O doge e amigos poderiam silenciar todo o caso. Vasco na certa teria arrancada pelas conversas metade da pele. Dirigi-me à porta, mas um movimento rápido me desviou quando o vento fez voarem os papéis da escrivaninha.

Reuni-os antes que se espalhassem por toda a sala. Quando invadimos, Karagounis transcrevia ou traduzia alguma coisa. Não sou especialista como o Mestre, mas vi logo que *aquelas* folhas brancas eram modernas, e as *velhas*, cobertas de densa escrita com texto grego, numa letra antiga e desbotada. Os originais não haviam sido encadernados, mas pareciam ter sido rasgados a navalha de um livro encadernado. Talvez nada valessem, ou muita coisa.

Quem era o dono desses manuscritos?

No começo, deviam ter sido saqueados de uma casa particular ou mosteiro coberto de teias de aranha, em algum território cristão conquistado pelos turcos, ou vendidos por alguns cobres pelos esfomeados donos, apenas para comprar comida. Assim o sultão com certeza se considerava proprietário deles, mas os dera a Karagounis para usar como isca e chegar a curta distância do doge. O grego não tivera outro uso para eles, e todos os bens seriam confiscados de qualquer modo pela República. Acabariam trancados como prova em algum arquivo embolorado.

Quem desmascarara o agente do Grão Turco com grande risco para si mesmo? Quem ia recompensar-me por tal serviço destacado ao Estado? Quem arruinara um bom calção e quase fora empalado em seis direções diferentes naquele mesma manhã? Seria eu recompensado pela perda e sofrimento?

Respostas: eu, ninguém, eu, e nem pensar. Em vista de todos os fatores envolvidos, parecia que ninguém tinha mais direito àqueles papéis. Enfiei-os no bolso da capa e capenguei por todas as escadas, um passo de cada vez.

13

Tão logo paguei ao gondoleiro diante da Casa Barbolano, a horda Marciano enxameou em volta para mostrar-me o sangramento. Quando acabei de explicar que apenas vazava um pouco, mas agora parara, dois dos maiores homens já me haviam erguido e levado para cima numa cadeirinha feita com os braços. Manter a perna esticada enquanto faziam isso me custou um grande esforço e recomecei a sangrar. Corrado gritou que eu me ferira. A mãe saiu corada da cozinha... Parecia que nenhum deles vira sangue antes, quanto menos meu.

Dirigi-me ao quarto por um breve instante para tirar o casaco. Depois fui dar a informação.

Quando capenguei de volta ao ateliê, o Mestre sentava-se ao lado da lareira. Para meu espanto, a visitante na cadeira verde defronte era uma freira. Pisquei os olhos duas vezes antes de reconhecer Violetta, aliás, Irmã Castidade, e lembrei que tínhamos um encontro para visitar Bianca Orseolo.

O Mestre é pudico demais com cortesãs grosseiras que se prostituem e despreza os homens que as pagam por sexo quando podiam comprar livros, mas não misógino — acha quase todos estúpidos e tediosos, independentemente de gênero. Violetta sabe muito bem disso e esforça-se para encantá-lo. Ninguém é menos estúpido ou tedioso que minha companheira quando quer. Ele come nas mãos da moça e não notaria se ela lhe desse pedras para comer. Desviei-me da escrivaninha porque havia uma carta do meu lado. Fora aberta, decerto.

Caro e honrado amigo,
O homem sobre o qual você perguntou achava-se em sérios apuros financeiros até bem pouco tempo atrás, e teve de empenhar a coleção de livros e parte dos móveis. Há cerca de duas noites, melhorou de situação e pagou todas as dívidas.
Tenho a honra de ser
Seu humilde servo
Isaia

Esse depoimento levaria Imer à forca agora se os Dez o pegassem.

Ao lado do Mestre, o *Midrasch-Na-Zohar* fora fechado e posto de lado, mas o *De Occulta Philosophia* de Nettesheim jazia aberto, de modo que ele ainda não desistira da cabala.

Dirigi-me ao *tête-à-tête* e peguei uma cadeira. De algum modo, Violetta parecia muito menos revoltante na fantasia de freira do que no dia anterior. Teria me acostumado, ou Milana a alterara? Ela ocultara os cabelos desbotados pelo sol e não usava pintura no rosto, mas também era possível que apenas *bancasse* a freira de um modo tão eficiente que não notei a exibição de tornozelo, e seio tão revoltante quanto devia.

O APRENDIZ DE ALQUIMISTA

— Bispo come peão.

Minha companheira ergueu os lábios para oferecer-me um beijo, mas era Aspásia, e portanto deu-me um beijo platônico e polido. Além disso, curvar-me me incomodava no momento.

— Está sangrando, Alfeo.

— Somente outro marido cuimento. — Sentei-me entre eles, encarando o fogo.

— Roque para bispo cinco — disse o Mestre.

— Ah, tragédia! — respondeu Violetta. — Eu devia ter visto! Vou sofrer um xeque-mate em três jogadas, não vou? Devia saber que não posso cruzar intelectos com uma das maiores mentes da Europa, mas agradeço-lhe o jogo, doutor. Você parece muito satisfeito consigo, aprendiz. Devo partir, para que vocês homens discutam negócios?

— Mestre?

— De forma alguma, senhora — ele respondeu. — Sei que Alfeo lhe conta tudo mesmo.

Ele faz isso só para me atormentar, já que ele sabe que eu a defenderia como um cachorro a seu dono.

— Não conto *tudo* a ela! Não conto nada. Neste caso, interroguei-a por ser uma das testemunhas, e muito observadora. Ela me levou a uma valiosa informação sobre Enrico Orseolo, um suspeito de primeira porque será o herdeiro do velho. Além disso, a senhora não sabe mais que o público em geral.

Ele deu um sorriso safado. Eu trouxera de volta o pedaço de pau.

— Disse a ela o que fez com o espelho ontem à noite?

— Não, mas, se me der permissão, digo.

As cortesãs têm que ser discretas, ele sabe disso.
— Então faça. — O Mestre recostou-se para observar.
— Invoquei um demônio, amor — contei. — Perigoso, mas necessário. Por isso voltei à igreja hoje pela manhã.
— Sabia que ela teria sabido da luta de que falava a paróquia. — O demônio me mostrou o rosto do envenenador, e hoje fui visitá-lo com Filiberto Vasco. Tratava-se de Karagounis, não do criado. Quando o interrogamos, ele viu que perdera o jogo e se jogou de uma janela. A esta hora o *vizio* deve estar tentando explicar por que levou de volta um espião morto. Desejo-lhe sorte, muita má sorte, mas encerraram o caso. O assassino em potencial era um agente turco. A morte do procurador não passou de um acidente, com a troca de taças. A verdadeira trama era matar o doge, atraído com astúcia ao encontro.
— Bem, sinto muito pelo velho — disse baixinho Violetta. — É um prazer não precisarmos suspeitar da pobre Bianca. — Agora se tornara Níobe, num aspecto que raras vezes vemos, a mãe em prantos. Bellini ou del Piombo lhe dariam uma olhada e a pintariam aos pés da cruz para admiração de toda a eternidade.
— Não precisamos incomodar Bianca — respondi com um sorriso. — Fecharam o caso.
— É mesmo? — murmurou o Mestre.
Quase caí da cadeira com o susto.
— Perdi alguma coisa?
— Tudo ontem à noite — ele disse com tranquila satisfação.
— Detesto esse olhar sonolento que meu senhor assume. Ia me fazer parecer idiota na frente de Violetta.

O APRENDIZ DE ALQUIMISTA

Falei por entre dentes cerrados:
— Instrua-me, Mestre.
— Você procura uma situação simples, depois que o adverti de que a questão era complexa. — Ele chupou as bochechas em um sorrisinho zombeteiro. — O mal raras vezes é simples. Sim, eu lhe disse isso vezes suficientes, mas também deve lembrar que, embora os demônios sejam tão espertos quanto algumas freiras, sabem o que fazem. Não seria provável um diabo que comete erros cometer um mal menor em vez de maior, no entanto, você me diz que o endemoniado Karagounis envenenou um inofensivo velho e não um chefe de Estado da República. Que interessante! Um demônio se inclinaria muito menos a errar no sentido contrário, como um cão que despreza carne fresca em favor de um monte de carniça fedorenta. Se o capeta tivesse a oportunidade, por vontade ou acaso, de envenenar *Nasone* e não o fizesse, é porque estaria na pista de um mal maior. Devemos esperar que o incidente de hoje o tenha frustrado.

Violetta calou-se e observou-nos sem expressão. Devia ver que o velho patife me provocava.

— Está me dizendo que Alexius Karagounis não matou o procurador Orseolo, apesar do que o outro demônio me mostrou? — perguntei.

Ele assentiu com a cabeça, presunçoso.

— A lógica é inevitável. Com que exatidão você deu ordens ao diabo?

Ele sabia. Eu comunicara cada palavra.

— Primeiro, uma negativa: vá embora "se não havia assassino na véspera do Dia dos Namorados na sala em...". Oh, diabos! O que eu na verdade pensei foi *Maldito!*, que foi que Pútrido me disse.

— Você o entende agora?

— Bem, eu não! — respondeu Violetta com lealdade, na certa uma mentira para me fazer sentir melhor.

— Assassino — expliquei — é a pessoa que matou outra. O velho só morreu no dia seguinte, por isso o envenenador não se tornou assassino até então; a não ser que houvesse matado alguém antes. Até a morte de fato de Orseolo, o crime não passou de uma tentativa de homicídio. Eu devia ter especificado *envenenador*, não assassino.

O Mestre continuou.

— O domado amigo de Alfeo em geral o teria levado ao pé da letra e ido embora, para induzi-lo a pensar que não houvera assassino. Mas *havia*, um dos matadores do sultão. O demônio sem dúvida teria preferido não trair aquele, pois o homem tinha o potencial de causar muito maior dano no futuro, mas precisava obedecer à ordem do aprendiz.

— Que mal maior, Mestre? — perguntou Violetta, ansiosa.

— Só o diabo sabe — respondi. — Karagounis estabelecia-se na cidade, planejava casar-se para poder ficar. Tinha Imer Ottone no bolso. Organizou a venda de livros com o objetivo de conhecer gente rica e importante. Devia ter um plano de longo alcance. Em poucos anos, se tornaria de fato perigoso.

Já se mostrara perigoso o suficiente para derramar um pouco de meu sangue nessa manhã. Conhecia meu nome e meu rosto. Quem mais senão o demônio o teria avisado a meu respeito e ordenado que mandasse *bravi* atrás de mim? Ou me localizado na igreja, lugar aonde não vou tanto quanto deveria?

O olhar de Violetta foi de mim para o velho e voltou-se para mim.
— Então quem matou o procurador Orseolo?
Os dois demos de ombros.
— Não é mais preocupação nossa — respondi. — Os Dez nada sabem sobre os demônios. Devem desconfiar de um informante profano, mas os talentos de meu Mestre muitas vezes são úteis a eles, por isso preferem não perguntar, e mantêm longe a Inquisição. Vasco reconheceu o nome de Karagounis, portanto já o tinham sob suspeita. Os Dez aceitarão a tentativa e fracasso do envenenamento...
Meu amo voltara a sorrir.
— Mas o doge não estava lá, não é?
— Não oficialmente — admiti. — Mas um homem que estava lá saltou pela janela antes de o *vizio* fazer-lhe perguntas. Os Dez não aceitarão a culpa do grego?
Cofiou a barbicha por teimosia.
— Eu, não! Tenho de pensar na minha reputação. O verdadeiro culpado cometeu um assassinato em minha presença, e quero vê-lo morrer diante das colunas! Além disso, você não me contou por que Karagounis se matou.
Intrigado, perguntei:
— Para evitar a tortura?
— Por que isso preocuparia um demônio? Sem dúvida o que possuiu o espião podia tê-lo impedido de denunciar qualquer segredo. Eu teria gostado de vê-lo agonizar.
Violetta franziu o cenho.
— Sacrificou o peão por uma vantagem posterior?
O Mestre repuxou os lábios em um sorriso implícito, mas vi que ele próprio queria revelar isso.

— A senhora é uma jogadora de xadrez muito melhor que Alfeo, senhora. Qualquer que seja a coisa preparada pelo grego, e meu aprendiz talvez tenha razão, não creio que tenha envenenado o procurador.

— O senhor sabe quem foi? — perguntou Aspásia.

Outro sorriso.

— Já há algum tempo, mas quero descobrir que outros males ainda precisam ser revelados, e devo ter provas para convencer o Conselho dos Dez.

Contive uma furiosa discussão. Ou ele apenas tentava impressionar minha amiga ou deixara-me invocar um demônio quando já sabia o nome do assassino.

Aspasia olhou-o e disse:

— Mestre, eu entendo por que o senhor não me conta quem assassinou o procurador, mas por que não conta a Alfeo?

O velho balançou com tanta força a cabeça que abanou as orelhas.

— O rosto de Alfeo o denuncia sempre. Veja-o agora: zangado, e não pode esconder. Falaria bem diferente ao assassino do que à testemunha inocente. Alfeo, você deve visitar Bianca Orseolo. Se alguém viu o assassinato, foi ela. E ainda não sabemos por que Pasqual Tirali compareceu a essa venda de livro, sabemos? Um grande desvio se ia levar a companheira ao Lido.

Violetta não mordeu a isca.

— Preciso jantar primeiro — expliquei. — Não exerga a fome que tenho?

14

Giorgio não aprovava que uma cortesã se vestisse de freira; remou em furioso silêncio. Eu tampouco aprovava, embora baixasse as cortinas da *felze* para desfrutar da culposa diversão de abraçá-la. Podia beijá-la à vontade, pois as freiras não usam pintura no rosto para borrar, mas não falava de coisas românticas.

— Se a descobrirem, será açoitada! — informei-a. — A ideia daquele corpo impecável rasgado e ferido pelo chicote deixava-me nauseado.

— Bobagem! É carnaval! Comprei uma máscara e posso pô-la, se necessário. E por que você usa espada? Com a perna estropiada, não pode lutar nem com um cachorro.

— Posso, se precisar. — A panturrilha parara de sangrar, afinal; felizmente, pois aquilo logo ia me deixar sem roupas. Bruno dormia à base de láudano, mas eu decidira não ir a parte alguma sem a espada enquanto não acertássemos conta com todos os demônios e assassinos. — Você usaria uma máscara de carnaval em uma casa enlutada?

Ela riu e me beijou o rosto.

— Ou diria que sou espiã dos Dez.
Senti um arrepio.
— Não brinque com isso.
— Não brinco, embora desconfie que muitas cortesãs o façam. A ideia de que tomo notas para o *Circospetto* o tiraria do jogo?
Decerto, mas pensar que Raffaino Sciara talvez passasse os dias examinando centenas de páginas pornográficas me fez rir alto.
— Eu teria inspiração para fazer esforços ainda mais heroicos — respondi. Chegara a hora de mudar de assunto e também de diversão, senão eu ficaria distraído demais para meditar sobre os negócios. — Uma questão, amor. Ontem eu lhe perguntei sobre uma mostra de livros e você me disse os nomes dos estrangeiros. Sabia até o endereço...
De repente, vi-me em grave perigo.
— Ouse perguntar a ele que eu lhe arranco os olhos. — Medeia mostrou-me os dentes. Falava sério.
— Pasqual?
— Eu lhe disse isso em segredo, e só porque você já sabia quem me acompanhava naquela noite. *Nunca* discuto clientes.
— Não vou falar, prometo.
Ela suavizou-se um pouco, passou para Aspásia, ainda zangada.
— Ele não é amigo dos outros, até onde eu sei. E eu saberia. Falou-me deles depois. Disse que vêm aparecendo em leilões e fazendo papel de bobos.
— Eu não sabia que Pasqual colecionava livros antigos.

— Não coleciona. Coleciona antiguidades: a múmia do rei Quéops ou bustos de Júlio César. Já notou que muitos romanos famosos não tinham nariz?

Ri e mudei de assunto com uma pergunta sobre Bianca Orseolo. Uma das recompensas do cargo de procurador de San Marco é morar à custa do Estado na Procuradoria, o longo prédio no lado norte da Piazza. Embora tenha menos de cem anos, já a chamam de Velha Procuradoria, porque constroem uma Nova Procuradoria no lado sul. Estávamos quase chegando.

— Ela tem cerca de dezesseis anos — disse Aspásia — e uma completa inocência, criada num convento. A mãe foi chamada ao Senhor no ano passado, e desde então a menina mora com o avô, como companhia e, suponho, anfitriã, embora eu duvide que o velho receba alguém. O pai mora na Casa Orseolo e o irmão partiu para o continente. Ela deve sentir uma solidão terrível. É provável que lhe dessem deveres apenas para ficar de olho no ancião, não muito seguro dos pés. Nem da cabeça. Tive a impressão de que ele se tornou muito difícil, mas a neta parece sentir profunda pena.

— Profunda pena?

Hesitação...

— Não a conheço bem o suficiente para saber.

— Que idade tem o irmão dela?

— Benedetto? Vinte e poucos. Nem ele nem o pai compareceram à festa de Imer, portanto nenhum pode ser o assassino, certo?

— Eu diria que sim. Você falou que Bianca tinha um motivo.

— Mas não disse que ela cometeu o crime. — Aspásia emitiu um ruído de desaprovação. — O velho queria... *insistia* em que ela voltasse para o convento e fizesse os votos. Bianca é uma menina alegre, ou seria se lhe dessem uma chance. Não quis. Agora o pai se tornou chefe da família e talvez se mostre mais compreensivo.

— Eu com certeza pensaria em assassinato se alguém tentasse me obrigar a entrar num mosteiro — respondi. — Negociaria a troca por um convento. Ela teve duas tias freiras, segundo Alessa.

Eu devia saber que não. Era como perguntar por Martinho Lutero ao papa. Ou vice-versa.

— *Repugnante!* — disse Aspásia. — Sabia que pelo menos *metade* das nobres desta cidade é banida para conventos e jamais se casa? A maldita honra da família proíbe a moça de se casar com alguém de classe social inferior, e muito poucos se acham em posição mais elevada que a de Bianca. Essa mesma honra estúpida exigiria que ela levasse ao marido um dote gigantesco, dezenas de milhares de ducados!

— A lei proíbe dotes enormes.

— Mas quem respeita? Nenhuma família se separa com facilidade de tanto dinheiro. Por isso enclausuram a menina e a riqueza familiar fica com os rapazes.

E os rapazes trazem dotes. Trago um nome nobre. Algum dia, um rico cidadão talvez me ofereça uns mil ducados para casar-me com uma das filhas e gerar netos patrícios, uma ninhada de pequenos Zenos.

Violetta já entrara em pleno fluxo.

— Depois se perguntam por que têm problema para encontrar noivas nobres. Por certo é direito os *homens* se casarem com moças de classe inferior, desde que as prometidas tenham dinheiro e poucos irmãos. O pai de Pasqual pediu permissão para casar-se com a filha de um cidadão e o Grande Conselho tapou o nariz e aprovou. O casamento restaurou a fortuna da família e não fez mal à carreira política do noivo. Mas trata-se de filho único. Os pais aperreiam Pasqual para casar-se e produzir um herdeiro.

Alguns dos velhos clãs tiveram enorme crescimento, portanto deve haver cinquenta membros do Grande Conselho com o mesmo nome de família — uns poucos com uma riqueza fabulosa e outros pobres como ratos de igreja como eu. Outros podaram-se demais e morreram.

Violetta não terminara.

— Sabe que alguns pais obrigaram as filhas a fazerem votos a ponta de faca?

Sim, sabia, mas é melhor não discutir essas coisas. Uma mera cortesã não devia falar mal dos superiores. Assustado, observei:

— Querida, o que disse mesmo a Bianca nesse *tête-à-tête* ontem?

Ela deu de ombros, como se a pergunta não tivesse a menor importância.

— Apenas algumas coisas que ela não sabia. Não tem para quem se voltar, sabe, ninguém mesmo. Nem mãe nem irmã para aconselhá-la. Todas as amigas de infância continuam no convento. A menina tem contra si a Igreja, o Estado e os homens da família.

— Deus de misericórdia, mulher, se você aconselhou a filha de um procurador a fazer carreira como prostituta, vão pô-la no pelourinho. Vão marcá-la a ferro, deportá-la... não sei o que lhe farão!

— Não fiz nada disso — respondeu Aspásia, rígida. — Já lhe disse que a moça teve formação num *convento!* O que acha que ela sabe de Ovídio ou Boccaccio? De canções, conhece apenas os salmos. Só há uma maneira de entreter os homens, e essa é a menor parte do repertório da cortesã. Eu disse a ela que seria louca se preferisse o casamento, pois muitas nobres sofrem um confinamento ainda mais severo que as freiras. Dão-lhes marido por motivos dinásticos, em geral homens muito mais velhos, e muitas vezes não têm nem companhia.

— Deus do céu! — exclamei, convencido de que não ouvia toda a verdade.

— Por certo tive de concordar que a maioria, ou pelo menos muitas jovens esposas, adquirem um *cavaliere servente* para alegrar a vida, enquanto os maridos se ocupam de assuntos comerciais.

Arrepiei-me.

— Também relacionei — ela admitiu — algumas das casas mais liberais, como San Zaccaria, onde as freiras usam hábitos de corte atraente e tecido decente, não apenas sacos de aniagem, onde a dieta e o regime de prece não são tirânicos demais. Onde permitem música e assim por diante.

— Tudo certo, presumo — comentei, em dúvida.

— Ou San Lorenzo, Maddalena, San Secondo, e alguns no continente e nas ilhas da periferia, ainda mais misericordiosos, como San Giovanni Evangelista di Torcello...

— Um bordel comum!

— Tem opiniões não convencionais e incomuns, mas permite a muitas das irmãs receberem amigos no parlatório, mesmo os amigos de suíças. E por aí vai.

— Mas você não sugeriu que ela se tornasse cortesã, sugeriu?
— Respondi a todas as perguntas — disse Aspásia, na evasiva. — Ela me perguntou como comecei e quanto dinheiro ganhava. Falei-lhe dos casamentos secretos, que a Igreja reconhece e o Estado não, e o que o pai ultrajado pode ou não fazer depois, sobretudo ao noivo, por certo. Como uma jovem encontra um treinador e protetor... Informação útil que ela queria ter.
Tive um arrepio ainda mais forte.
— Falou de bexiga, cafetões e dos truques nos becos?
— Disse que poucas tinham tanto sucesso quanto eu. Você desconfia, com toda a honestidade, que aquela meiga criança assassinou o avô?
— Tinha a melhor oportunidade — respondi, feliz por retornar ao assunto mais seguro do assassinato. — Quem mais sabia que ele bebia retsina? Ela deve ter chegado perto o suficiente para ouvi-lo escolher. O criado disse que o ouviu rir. Isso não sugere uma piada familiar e uma plateia para apreciar?
— Até onde se distingue o gosto do veneno?
— Não sabemos — admiti num tom débil. — Supomos que tem sabor forte, e portanto o fato de ele ter escolhido esse vinho é importante.
— Se vai discutir desse jeito — disse Minerva —, deve explicar como a menina sabia que haveria retsina. Raras vezes o servem, mesmo nas grandes casas, e eu não esperaria que a oferecessem numa festa dada por um cidadão advogado.
— Você sabe mais disso que eu.
— Ou Nostradamus.

— Ele não sai muito — concordei. Minha amiga tinha razão, como sempre. O assassino devia ter levado o veneno à recepção, portanto, tratava-se de crime premeditado, mas então esperar que a vítima bebesse ou comesse algo de sabor muito forte parecia um estranho jogo. — Quem, além de Imer e Karagounis, sabia que haveria retsina?

— Perguntemos a Bianca — respondeu Violetta, quando a gôndola tocou num poste de amarração.

Agarrei-lhe o braço.

— Espere aqui! É demasiado perigoso sair por aí mascarada de freira. E se topar com o pai dela?

— O irmão dela seria mais perigoso. — Medeia afastou minha mão com um tapa, e me queimou com as chamas dos olhos. — Como acha que um jovem desconhecido e sem ligações como você chegará a falar com uma moça solteira da linhagem e da educação dela? No mesmo dia da morte do avô? Em geral você não é tão estúpido, Alfeo.

— Ah, lisonja. — Desembarquei e estendi-lhe a mão. Ela voltou-se para a porta mais próxima e eu disse: — Não, por este lado.

— Já esteve aqui antes?

— Há dois anos. Entreguei o horóscopo do procurador.

— Então me haviam enviado à entrada dos vendedores, mas eu conseguira com argumentos subir às salas de pompa por recusar-me a entregar o pergaminho a qualquer um que não o grande homem em pessoa. Acabei tantalizado pelos vislumbres de maravilhosos quadros que não pudera examinar direito.

Desta vez esperava-me uma casa que seria um túmulo, envolta em luto e silenciosa como as ruas da Atlântida, mas vi uma barcaça cheia de móveis amarrada na escada para a água. Dois trabalhadores saíram com uma arca. A caminho do andar de cima passamos por um homem que baixava um guarda-roupa.

— A família tem três dias para se mudar — informou-me Violetta.

— Parece uma pressa cruel.

— É o de hábito. Funeral hoje de manhã; no dia seguinte aceitarão as condolências no pátio do palácio. O Grande Conselho elegerá um novo procurador no domingo. Pode ter certeza de que a compra de votos e a força já começaram. — Falava Aspásia, por certo.

— Com certeza a família já foi para a Casa Orseolo — observei.

Uma fila de operários correu a nosso lado para pegar outros móveis.

— Ela ainda não disse. — Helena piscou os cílios ao ver o jovem porteiro que nos acusara. — Irmã Madalena e o *sier* Alfeo Zeno, para ver a senhorita Bianca.

O homem decerto esperava que eu falasse, não ela, e talvez tenha ficado espantado por descobrir que até as freiras tinham cílios. Confuso, murmurou:

— A família não recebe visitas hoje, irmã.

— A senhorita Bianca concordou em receber-nos esta tarde.

Ele foi chamar o mordomo, o que era compreensível, e o outro franziu o cenho, como se tentasse lembrar onde me vira antes. Era mais velho e mais suscetível a uns cílios, mas Helena já baixara o véu e cedera lugar a Aspásia, que deu explicações sobre a amizade com Bianca e o encontro dessa tarde. Introduziram-nos numa sala de recepção que dava para a Piazza. Violetta foi olhar pela janela e a segui, infeliz, em contorções por intrometer-me num luto familiar — nós nem mesmo o puséramos! Haviam esvaziado de móveis metade da sala. Dois homens acompanharam-nos para dentro com um fardo que na certa continha um cravo. Tive loucas visões de que me deixavam para trás, trancado num apartamento com Violetta.

Úmidos ventos de fevereiro varriam a Piazza do lado de fora. O luto oficial também ajudara a reduzir a movimentação habitual, mas os ambulantes nas tendas ainda mercadejavam falsas mezinhas. Os cegos continuavam em evidência, os vendedores, carregadores, sacerdotes, freiras, monges e, óbvio, as inevitáveis multidões de estrangeiros ao léu, vindos de todos os cantos do mundo. Eu não ouvia as vozes, mas adivinhava muitos dos trajes — Egito, Turquia, Dalmácia, Espanha, França, Grécia, Inglaterra.

Ao deixar a deprimente vista invernal, fui admirar o grande Ticiano, um grupo de família em adoração à Virgem: dois homens e cinco rapazes, pois não se permitiam esposas e mães. O pintor morrera quando eu ainda engatinhava, portanto, mesmo que aquela fosse uma obra tardia, como sugeriam as modas, o velho à direita não cabia na geração do procurador assassinado. Reconheci o martirizado Bertucci na figura central de queixo forte que dominava a composição, o suplicante que teria pago o quadro. Usava o traje de conselheiro ducal. As crianças constituíam a ninhada relacionada por Aspásia — dois jovens destinados a morrer no estrangeiro, duas mocinhas que morreriam num incêndio num convento, e Enrico. Após tanta tragédia, parecia maca-

bro manter a pintura em plena vista. Tive uma imagem mental de Bertucci Orseolo clara o suficiente para dizer-me que fora um romântico sentimental que gostava de chorar ao ver os filhos mortos, ou o exato oposto, um espartano com coração de mármore e couro de um crocodilo.
Violetta juntou-se a mim e tivemos o mesmo raciocínio.
— Deve ser Enrico — ela observou, e apontou o jovem rapaz. — O único do grupo ainda vivo.
Os operários haviam levado os últimos móveis e enrolavam um tapete no outro extremo do salão, ignorando-nos. Pelos barulhos que eu ouvia, infestavam toda a casa.
Dirigia-me a outro quadro — uma mitológica confusão entre centauros e nudistas armados — quando o rápido barulho de saltos altos me fez voltar, pois sabia que quem vinha não era Bianca. O homem tinha mais ou menos a minha idade; alto, autoconfiante, mantinha o queixo como competia a um varão cujos ancestrais haviam ajudado a governar a República durante novecentos anos. Usava um traje negro de luto com cauda, boina preta e uma tipoia no braço direito, tudo de belo corte, até mesmo a tipoia.
— Irmã Madalena? Posso saber que negócios a senhora tem para intrometer-se com minha irmã...?
Silêncio.
Minha companheira tornara a erguer o véu, o rosto agora branco como marfim. Senti o coração afundar como uma âncora.
Ela fez uma mesura.
— Minhas mais sinceras condolências por sua perda, Bene.

— *Você não é freira.*
A moça sorriu.
— Como você bem sabe.
— O que deseja com minha irmã? Por que uma prostituta força a entrada para ver uma jovem aristocrata? Ela disse que você esteve aqui ontem, também.
— Vim ajudá-la, Benedetto.
— *Ajudar?* Em que sentido?
O rapaz recuperara-se do primeiro choque e mudara rápido para a fúria. Se estivesse só, eu talvez passasse sebo nas canelas, mas sentia muito mais medo do que poderia acontecer com Violetta que do perigo para mim.
Aspásia permaneceu serena e confiante.
— O que acha de Pádua?
— Não é da sua conta.
— Quem sugeriu que você fosse para lá? — O sorriso da mulher haveria dissolvido o mais duro coração. — Seja justo, Benedetto! Admita que se beneficiou de minha ajuda antes. Quando o recebi na cama, você me chamou de cortesã, não dessa outra palavra.
O rapaz corou.
— Diga a que veio!
Ela deu um suspiro.
— Posso apresentar o *sier* Alfeo Zeno? Quer ouvir o que ele tem a dizer, por favor, Benedetto? Depois verá por que é importante.
Com um olhar, ele avaliou meus melhores trajes como trapos e a mim, como um pobre lixo, na certa cafetão da cortesã. Mal assentiu com a cabeça quando lhe fiz uma mesura.

O APRENDIZ DE ALQUIMISTA

— *Clarissimo* — comecei —, minhas condolências por tão triste perda. A notícia que trago só pode aumentar o sofrimento. Seu honrado avô — e indiquei o quadro — foi assassinado.

O homem eriçou-se.

— Dou-lhe dois minutos para justificar essa observação.

— Um já basta. O senhor sem dúvida ouviu mexericos de que o Mestre Nostradamus profetizou a morte do procurador a ele. Sua irmã talvez lhe tenha dito que o doutor que o ajudou quando adoeceu no banquete era o mesmo homem. Ele reconheceu de imediato os sintomas de um certo veneno. Quer acredite em astrologia, como seu avô, ou a despreze, como Sua Seréníssima Pietro Moro, deve reconhecer que Nostradamus é um médico famoso. Ele diz que seu avô foi assassinado. Eu o ajudo a descobrir quem fez essa coisa terrível.

Sier Benedetto recompôs-se.

— Com base em qual autoridade? O Grande Conselho está tão desesperado a ponto de eleger meninos como inquisidores do Estado?

— Um amigo íntimo de seu avô, o próprio Piero Moro, me instruiu a fazer essas investigações.

O rapaz olhou minha espada e disse:

— Besteira! Já tentou contar isso a meu pai? Espera que eu acredite?

Na verdade não contara, mas decidira continuar tentando, pois a alternativa não tinha muitos atrativos.

— Garanto-lhe, *clarissimo*, que Sua Seréníssima me concedeu não uma, mas duas audiências sobre este assunto ontem. Já soube do grego, Alexius Karagounis, que vendia os livros?

— Ao receber um assentimento, segui em frente, e tentei parecer tão seguro quanto minha amiga. — Hoje pela manhã visitei Alexius Karagounis, auxiliado nas investigações pelo *vizio* Filiberto Vasco.

— E daí? — Mas o nome da autoridade deitara uma semente de dúvida.

— Em vez de responder às perguntas, Karagounis saltou para a morte por uma janela, *clarissimo*.

Operários com escadas haviam começado a baixar os quadros e encostá-los nas paredes, prontos para ser encaixotados por carpinteiros. Eu teria preferido um lugar de encontro mais íntimo, porém na certa nenhum havia na casa.

Em circunstâncias mais felizes, o turbilhão de emoções em conflito no rosto de Benedetto seria divertido.

— Então o senhor se consorcia com o *vizio*, além do doge?

— Com relutância, *Missier Grande* e o *Circospetto* também cooperam. Não tenho cargo oficial, mas a República está por trás de minha investigação.

— *Sier* Alfeo mostra-se modesto, Bene — observou Violetta.

— Foi atacado e quase assassinado hoje pela manhã por um bando de bandidos.

— Não me surpreende sabê-lo.

O uso de uma espada implica certas obrigações, e eu assumira tantas que não se poderia esperar, em termos razoáveis, que as cumprisse. Apesar do latejar de dor na perna, levei a mão ao cabo da arma.

— *Messer*, o senhor se esconde por trás de uma alegação de insulto ou da prostração nervosa causada pelo sofrimento?

O APRENDIZ DE ALQUIMISTA

O homem empalideceu.
— Como *ousa*?
— Tenho o nome escrito no Livro de Ouro. O seu não merece constar.
— Parem com isso, os dois! — Os olhos de Medeia lampejavam como fogo. — Bene, você precisa retirar a sua observação.
Ele mordeu o lábio.
— Falei sem pensar, *clarissimo*.
— E eu, apressado. — Curvamo-nos um para o outro. Minha posição havia melhorado.
— Tenho bons motivos para acreditar que o ataque a mim se relacionou com a questão do assassinato de seu avô.
Via-se que o jovem Benedetto arriava sob o fardo que acabávamos de pôr-lhe nos ombros. Fez um esforço para endireitá-los.
— Meu pai deve ser informado de tudo isso. E a primeira coisa que vai perguntar é por que a inquisição do Estado emprega um... — olhou-me com ar de descrença. — Esse *nobre* para fazer as investigações.
— Trata-se de um tributo à estima em que têm seu falecido avô — expliquei. — Deseja mesmo que sua irmã seja interrogada pelos Três? Todos tentam desviar dos procedimentos formais, que devem ser uma experiência aflitiva para os envolvidos. Por exemplo, aonde foi o senhor na véspera do Dia dos Namorados?
A expressão de ofensa do rapaz não convenceu.
— Atreve-se a suspeitar de *mim*?
— Acha que os Três não suspeitarão?

— Pouco me importa que o façam. — Uma bravata juvenil inconcebível. — Eu nem fiquei na cidade. Achava-me em Pádua, na cadeia. Houve um duelo, e me acusaram de sacar primeiro. — Daí a tipoia, por certo. Sem dúvida um sólido álibi, e não me levaria a parte nenhuma um pedido para ver o ferimento.

— Espero que o tenha matado — disse Helena com toda a doçura.

Ele voltou-se furioso, mas o sorriso de minha amiga derrete qualquer um. Ganhou um minúsculo e envergonhado esgar.

— Nem cheguei perto dele. Mas chegarei da próxima vez — disse. E virou-se para mim. — Se o que diz é verdade, *clarissimo*, o suicídio do grego constitui uma admissão de culpa.

Dei de ombros.

— Meu amo tem bons motivos para acreditar que não, por mais estranho que pareça. Mas sem dúvida você tem razão, se acha provável os Dez aceitarem essa explicação. Nesse caso, o assassino do velho escapará e desfrutará das vantagens do crime. O senhor e seu pai aceitam isso?

Antes que o jovem respondesse, continuei:

— É óbvio que, se se achava em Pádua, não foi você o assassino. Seu pai tampouco compareceu à casa de Imer. Mas sua irmã foi. Não! — Ergui as mãos para conter uma explosão. — Não estou sugerindo que ela envenenou o avô. Mas pode ter visto alguma coisa vital. Peço-lhe, *clarissimo*, que nos permita fazer algumas perguntas simples à menina. Não demorará muito.

Benedetto metera-se em águas estranhas. Ainda precisava amadurecer muito.

— Faça-me as perguntas que eu as transmito.
Cerrei o maxilar no ponto chamado *teimosia*.
— Meu senhor me deu ordens para falar com a moça em pessoa, *messer*.
— Então deve visitá-la na presença de meu pai.
— Só tenho mais um dia para concluir a investigação e comunicá-la às autoridades. Devo dizer que sua honrada irmã se recusou a responder às perguntas?
— Que mentira suja!
— Então devo falar a verdade: não lhe deram permissão. Espere a visita de *Missier Grande* amanhã. — Fiz uma mesura e ofereci o braço a Violetta.
Ela chorou:
— Oh, não, Alfeo. Que coisa mais terrível para a menina!
— Espere! — rosnou Benedetto. — Você falou a ela de nossa intimidade um dia?
Os olhos de Violetta faiscaram como estrelas.
— Só um dia, Bene? Você jamais se satisfez com uma só vez. Mas não. Por certo não falei disso a ela. Jamais discuto clientes com ninguém.
— Se eu permitir, você continuará a ser Irmã Madalena e jamais voltará a ter qualquer coisa com minha irmã, combinado? Nada de visitas, cartas, ninguém?
— Bene, você sabe que pode confiar em minha discrição. Decerto.
— E você jamais a importunará tampouco, Zeno.
— Por certo. — Fiz uma mesura.
— Esperem aqui! — Ele saiu com um bater de calcanhares e atravessou o terraço até a porta.

— Fez um belo trabalho, meu querido — ronronou Helena, e arrancou-me do Ticiano quando a equipe da escada se aproximou. Fomos em direção ao canto vazio do grande salão.

— Você mais que eu. Há quanto tempo é amiga de *messer* Benedetto?

Ela deu um sorriso enigmático.

— Jamais discuto clientes.

— Então discuta o avô. Por que alguém o odeia o suficiente para matá-lo?

Pensei por um momento que obteria uma resposta, mas ela apenas pensava no que me contaria.

— Era severo, tinha ideias próprias. Sabia que as famílias ricas às vezes contratam cortesãs como tutoras quando um menino chega à idade de estudar caligrafia?

— Escrever?

— Contorções juntos.

Dei uma risada.

— É, Aspásia.

— E a intimidade física pode desabrochar em amizade. Lembro-me de um jovem muito perturbado e desesperado que me pediu conselho. Disse que o avô planejava lançá-lo na carreira política de imediato, fazendo-o entrar na loteria do Dia de Santa Bárbara.

Todo dezembro o Grande Conselho admite trinta jovens, de até vinte anos, o mais fino creme do creme, herdeiros destinados à grandeza. As possibilidades de conquistar um assento são boas para todos, e me surpreenderia muito se um Orseolo não ganhasse, pois há meios de ajeitar loterias.

O APRENDIZ DE ALQUIMISTA

Pútrido daria um jeito por ordem minha. Deve-se saber a essa altura que eu jamais o faria, mas outros praticam ocultismo na República, e alguns nada mais têm a perder.

— O jovem em questão — ela prosseguiu — não queria. Queria sair de casa, coitado do riquinho. Balbuciava que se apresentaria como voluntário para ser arqueiro numa galé. Ambicionava ser marinheiro, um grande mercador, como os ancestrais. O avô o teria impedido. Sugeri que pedisse para estudar direito na Universidade de Pádua. O velho aceitou essa concessão. Pelo menos tirou-o da cidade.

— Benedetto é bom espadachim?

— Se você quer dizer no sentido literal e não vulgar, não faço ideia. Por quê?

— Eu só queria saber.

Em torno de qualquer universidade encontram-se quase tantos exímios espadachins quanto pulgas. É puxar uma briga com um bom o bastante para alegar primeiro sangue sem causar qualquer dano sério, ser o primeiro a sacar para que acabemos na cadeia, e temos um excelente álibi. Eu não imaginava por que Benedetto Orseolo precisava de álibi. Não passo de um cínico.

15

Bianca entrou trazida pelo irmão. Vinha envolta em negro, até no véu completo, embora eu distinguisse o suficiente das feições por trás da renda para lembrar a descrição dela feita por Giuseppe Benzon como "ígnea". Na verdade, linda, com o rosto em forma de coração e olhos do tamanho das rodas de um carrinho de mão. Trocou cumprimentos com a Irmã Madalena e correspondeu à minha mesura.

— Lembre-se — disse Enrico — de que não precisa responder às perguntas desse homem, nenhuma. — Armou-me uma carranca que em nada ajudava.

— Senhorita — apresentei-me —, eu sou aprendiz do Mestre Nostradamus, a quem a senhorita conheceu uma noite dessas. Há motivos para crer que seu honrado avô foi envenenado na recepção, e tentamos descobrir o culpado para levá-lo à justiça. Lamento muitíssimo intrometer-me neste momento de dor, mas concordará comigo que a ofendo por uma boa causa?

Ela assentiu com a cabeça e manteve os olhos baixos mesmo por trás do véu. Os trabalhadores na outra ponta do salão tiravam madeira para começar a encaixotar os quadros, como se determinados a tornar ainda mais difícil a entrevista.

— A senhorita acompanhava-o muitas vezes a esses acontecimentos sociais?

A moça balançou a cabeça. Eu aguardei

— Não — ela sussurou. — Ele raras vezes deixava a Procuradoria. Estava tornando-se tão inseguro... — Outro silêncio.

— Viu-se obrigado a usar bengala e ficou com a mão direita torta. Dizia que eu era as mãos dele, *clarissimo*.

— Naquela noite, ele foi direto deste prédio à mostra de livros?

Outro assentimento, mas desta vez a menina falou com mais firmeza.

— Sim. Fomos na gôndola. Não é longe. Ele não via bem no escuro e chovia um pouco. Mas ele queria muitíssimo adquirir alguns dos livros. Empolgou-se muito.

Maravilha das maravilhas! Eu encontrara por fim uma testemunha que cooperava.

— Ele comeu ou bebeu alguma coisa antes de sair daqui? Mais ou menos uma hora antes?

— Não era possível. Estivera numa reunião no andar de baixo, nos escritórios. Mandou um amanuense chamar-me e desci para encontrá-lo.

— Excelente! Informação muito importante! Não desejo espionar sem necessidade, mas seu avô disse alguma coisa fora do comum na gôndola? Zangara-se ou perturbara-se com algo?

— Não, *messer*. Falou de um dos livros, de uma peça. Disse estar convencido de que era autêntico, mas queria dar outra olhada. Teria prazer em pagar vários milhares de ducados, declarou. Mas eu não devia dizer a nenhum dos outros compradores que ouvira isso.

— E que aconteceu quando chegaram à casa de Imer?

— Subimos juntos a escada — disse Bianca, e agora parecia ávida para contar a história. — Ele andava devagar. O advogado Imer nos recebeu, e apresentou a esposa... Levou vovô à sala dos livros. Desculpei-me com a senhora e segui-os, pois achava que ele podia precisar de minha companhia.

— Quando lhe ofereceram vinho?

— Ah, antes disso, ao chegarmos.

— E qual a senhorita escolheu?

— Tomei malvasia. Vovô, retsina.

Esperei alguma menção a uma brincadeira de família, mas não veio. Mas ela fez! Ela emitiu um ruído de irritação e ergueu o véu, como se a atrapalhasse. Não foi bem um sorriso que me deu — na verdade, nem me olhou de frente, o que teria dado ao irmão motivo para interrompê-la —, mas achei a mudança uma grande melhora. O criado, Giuseppe Benzon, tinha excelente tato com o temperamento feminino. Chamara-a de ígnea. A menina era bastante núbil para ver-se envolvida em meus fortes braços e confortada por palavras de solidariedade murmuradas na orelhinha semelhante a uma concha.

Fiz uma profunda mesura, admirado, e provoquei carrancas de Medea e Benedetto.

— Como é bem-vindo o sol quando rompe entre as nuvens! — Esse tipo de conversa seria uma bem merecida novidade para uma beleza enclausurada como Bianca. —

Fale-me do panorama, então. Quantas pessoas se sentavam à mesa quando você chegou?
A história dela confirmava a do Mestre. Quando entrara, ele já se encontrava lá, e também Karagounis, o senador Tirali e o avô. Depois chegara o casal estrangeiro e começara a fazer ao Mestre muitas perguntas, numa língua que ele não conhecia.
— E depois... outro homem...
— Sei a quem se refere — observei. — Um velho amigo num traje roxo?
A jovem sorriu então, mas não direto a mim.
— Julguei estar vendo coisas.
— Quem era esse velho amigo? — interveio o irmão.
Eu não pude deixar de dizer:
— Isso é segredo de Estado. Depois, voltando-me para ela:
— Ele veio falar com seu avô?
Bianca respondeu:
— Oh, sim, *clarissimo*. Eles se cumprimentaram com simpatia. O amigo perguntou a meu avô se a saúde o deixaria ir jantar na... hum... casa dele, e ele disse que sim.
Ficara empolgada com a ideia de que poderia ter de visitar o palácio também.
— Eles discutiram os livros? — perguntei.
Ela pensou um pouco.
— Acho que, hum, o outro perguntou se se tratava dos mesmos que tinham visto antes. E vovô respondeu que pareciam. Concordaram em que um podia ser falso, não sei qual. Creio que o Mestre Nostradamus vinha afirmando que era falso, também.

Imaginei por um breve instante se os dois velhos amigos haviam mentido um ao outro sobre o suposto Eurípides, e se mesmo a avaliação de meu senhor fora completamente honesta. Os colecionadores às vezes são implacáveis como hienas. Contudo, o doge retirara o lance após isso, ou pelo menos foi o que disse. Fora dissuadido, ou decidira deixar o velho companheiro ficar com o tesouro? Ou mentira-me?

— Senhorita, lembra-se de onde estavam todos?

— Que pergunta mais ridícula! — rosnou Benedetto. — Bianca, você não tem de suportar isso.

— Sinto-me ansiosa para ajudar ao *sier* Alfeo Zeno. Eles continuaram a andar. Todos queriam ver os livros, entenda, mas nenhum desejava mostrar demasiado interesse naqueles que julgavam especial, para não denunciar-se aos outros. — Bianca era uma jovem inteligente, óbvio. — Assim, andaram de um lado para outro ao longo da mesa, pegando e largando os volumes. O grego corria ao lado, e tagarelava o tempo todo. *Lustrissimo* Imer veio um pouco depois. Logo em seguida, outro homem a quem eu não conhecia, mais jovem, falou ao senador Tirali. Uma dama o acompanhava.

Apesar dos olhos baixos e do cuidadoso tom neutro, percebi na hora que Bianca sabia muito bem quem era Irmã Madalena. Não deixava de ser uma jovem muito observadora. Se o disfarce de Violetta não a enganara no dia anterior, nem a mim, ela enganava agora o pomposo irmão e desfrutava da brincadeira. Talvez San Giovanni Evangelista di Torcello fosse o lugar que merecia, afinal.

— Era o *sier* Pasqual, filho do senador. Mais alguém?

O APRENDIZ DE ALQUIMISTA

— Dois criados entraram algumas vezes, para oferecer mais vinho. — A menina dava excelentes descrições de Benzon e Pulaki Guarana. A saída empolgara-na, e ela observara detalhes que as testemunhas velhas não viram ou esqueceram. — Recusei mais, após beber muito pouco. Vovô deixou-os encher a taça uma vez. Não vi quanto bebeu, *messer*. — Tivera esperteza suficiente para saber o que eu queria ouvir. Os operários agora envolviam os quadros em tela e corda. Pelo menos não haviam começado a serrar e martelar.

— Quando foram juntar-se aos outros convidados, as pessoas levaram as taças consigo?

Pela primeira vez, Bianca voltou os olhos direto para mim. Se as circunstâncias permitissem, eu poderia ter-me derretido ali mesmo de um modo bastante realista.

— Não sei o que os outros fizeram, *messer* Alfeo. Larguei a minha para ajudar a meu avô. Ele esgotou a taça e entregou-me em troca da bengala, que eu segurava. E fez uma careta.

— *Que tipo de careta?* — quis saber o irmão.

A moça tornou a baixar os olhos.

— Uma careta. Como se não tivesse gostado do sabor. Não disse nada. Nem eu perguntei. *Sier* Alfeo, teria feito alguma diferença se...

— Nenhuma — respondi. — Não há antídoto conhecido. A senhorita nada poderia ter feito. Se percebesse o envenenamento, um dedo na goela para induzir vômito talvez o ajudasse nesse estágio inicial, mas mesmo isso podia ser perigoso para um velho. Talvez ele tivesse sufocado. A senhorita não tinha motivo para suspeitar de um jogo sujo. Ele não desconfiou, é óbvio. Quem não encontrou

de repente borra amarga no fundo de uma taça? E talvez não passasse disso.
Duvido que ela acreditasse, mas sussurrou:
— Obrigada.
— Envenenaram o vinho? — perguntou Benedetto, furioso.
— Interrogaram os garçons?
— Outros beberam da mesma garrafa — respondi. — O procurador largou a taça quando olhava os livros, senhorita?
Ela assentiu.
— E, quando passava a outro, eu as vezes pegava-a e levava-a, mas em geral ele próprio o fazia. Tenho certeza de não haver pegado a taça errada, e quase certeza de que tampouco meu avô. Por isso eu fora ali, para ajudá-lo.
Bianca fora a testemunha em melhor posição, mas nem ela vira o ataque do assassino. Houvera um assassino? Minha esperança de denunciá-lo descera ao fundo do Mar Adriático.
— Não se angustie com tais ideias — aconselhei. — Muito poucas pessoas beberam retsina. Ele teria sabido se por acaso tomasse a bebida de outro, conheceria pelo cheiro antes do primeiro gole. A morte de seu avô não foi culpa sua, porém tampouco foi por acaso. Ou envenenaram de propósito a taça ou trocaram-na com outra que havia sido envenenada.
— Não, *messer*! Se alguém houvesse mexido na bebida, não me haveria passado despercebido.
— Bianca! — cortou o irmão. — Cuidado com o que diz.
— A menina só está tentando ajudar — expliquei. — Ninguém desconfia dela. — Eu não imaginava aquele rosto angelical numa pecadora culpada de alguma coisa. — Não

teria feito essa declaração se ela tivesse envenenado o vinho. Seu avô comeu ou bebeu mais alguma coisa? Antepasto? Ela balançou a cabeça, negando.

— Nós nos juntamos aos outros convidados no *salone*, mas ele recusou mais vinho. À mesa, ele começou a passar mal antes de o antepasto ser servido.

O mistério agora parecia mais impossível que insolúvel. O Mestre enganara-se, o procurador morrera de causas naturais.

— A senhorita foi extraordinariamente útil, senhorita — agradeci. — Aconteceu mais alguma coisa na sala de livros que eu deva saber?

A menina sorriu.

— Houve uma briga! Bem, uma discussão. O anfitrião descobriu os dois estrangeiros e perguntou-lhes os nomes. Depois mandou-os partir, com educação a princípio. O homem se tornou ofensivo e disse que tinha sido convidado. Trouxeram à discussão o ilustre Karagounis. O Mestre Nostradamus teve de traduzir de um lado para outro. A certa altura, o estrangeiro pegou uma bolsa e sacudiu-a na cara do advogado Imer.

Antes de perguntar qualquer outra coisa, ouvi passos e voltei a cabeça para a encrenca que se aproximava. O Grande Ministro Enrico Orseolo, que tentara me vencer em dez ducados a três por uma obra já entregue quando parara diante de um quadro de Tintoretto do tamanho da Piazzetta.

Sempre que um nobre abaixo dos vinte e cinco anos aparece em público, veste trajes longos até o chão, palatina no ombro, e um chapéu chato e redondo como um bolo. Os magistrados usam cores; os outros, negro. Como grande ministro, Enrico Orseolo devia usar violeta em vez de negro, mas agora o luto o trouxera de volta a essa cor, um traje com cauda como o do filho. Alessa descrevera-o como frio por fora, quente por dentro, mas eu o julgava um homem de sangue-frio. Dava-lhe em particular o nome de Camaleão, pelo rosto esquelético e descarnado. Dizia-se que se mostrava um político de políticos, um conciliador, um fazedor de acordos, e constava-me que era o tipo de sujeito que valoriza o acordo pelo acordo, sem ligar para a honorabilidade dos termos — tudo se negociava. As ofertas que fizera para acertar a conta de meu Mestre haviam subido um ducado de cada vez.

Mas no fim acabei por receber a quantia toda.

Enrico Orseolo, filho do procurador, último sobrevivente da família que eu inspecionara antes, às vezes cliente de Alessa, possível futuro membro do Conselho dos Dez, parou e examinou-nos com vítrea indiferença. Não nos esticou uma língua bifurcada, mas imaginei. Não se achava nesse dia em um clima de acordo.

— Quem é essa gente, Benedetto? O que fazem todos aqui? — Fixou o olhar em mim. — Não o conheço?

Curvei-me para beijar-lhe a manga.

— Alfeo Zeno, Excelência, aprendiz do doutor Nostradamus, o médico que...

— O astrólogo. Sim, lembro. Ele se aproveitou da credulidade de um velho, e você foi uma peste insolente. O que faz aqui? Você, cubra o rosto! — Dirigiu esta última observação a Bianca e a seguinte a Benedetto. — Você devia supervisionar os criados.

Filha e filho apressaram-se a sair. Sua Excelência tornou a voltar-se para mim. Comecei pelo princípio, com o colapso do pai dele. Não fui muito longe.

— *Quem* envenenou o vinho?

— É o que tento...

— Minha filha viu o que se passou?

— Parece que não, Exce...

— Então confio em que não tenha acontecido de modo algum. Se seu amo charlatão julga ter prova de jogo sujo, deve levá-la aos Dez. Não vou tolerar mexericos maldosos sobre minha família ou meu falecido pai, e a próxima vez que você ou ele se meterem em meus assuntos, rapaz, eu os denunciarei como charlatães aos inquisidores do Estado.

Agora ia voltar os olhos reptilianos para a freira. Violetta tornara a velar-se, embora eu não visse movimento nenhum, mas talvez o homem a reconhecesse como a famosa cortesã. Precisei distraí-lo, o que foi muito fácil. Tolero insultos, mas não fico parado, deixando as pessoas denegrirem meu Mestre.

— Charlatão, *clarissimo*? Aquele horóscopo que o senhor repetidas vezes descreveu como um imprestável pedaço de pergaminho teria salvo a vida de seu pai se Sua Excelência ou ele lhe dessem maior atenção. Meu amo advertiu que tivesse cuidado com a vinda do amante, e assassinaram-no na véspera do Dia dos Namorados. Eu julgaria dez ducados um preço muito pequeno a pagar por...

S*ier* Enrico tinha esperteza suficiente para ver o potencial do ridículo se tentasse cumprir a ameaça. Estufou mais ainda os olhos.

— Fora daqui! Fora daqui! — Virou-se para Violetta. — Quem é você e por que veio aqui?
— Outra charlatã. — Ela falou com a voz de Medeia.
— Podemos perdoar seus modos em vista do luto, pelos quais apresento meus pêsames e preces. Vamos embora, *sier* Alfeo.

Enrico Orseolo bufou ao ouvir o título. Na certa ficou e viu-nos partir, mas não me virei para olhar. Odeio ser expulso tanto quanto qualquer outro, mas aquele parecia o momento propício de partirmos.

— Bela moça — disse a freira quando descemos a grande escada.

— Suponho que sim.

— Supõe? Tive medo de que alguém pisasse em sua língua, de tão esticada. E o pai é um absoluto encanto. Vocês são companheiros de brincadeiras, não?

— Alguma coisa parecida — admiti. — Meu amo tem uma regra segundo a qual os horóscopos são confidenciais e devem ser entregues nas mãos do próprio cliente. Muitas vezes tenho de subir na hierarquia com base na conversa, de camareira a criado e mordomo, e a pessoas com títulos. E depois preciso cobrar o dinheiro, o que às vezes exige muitas visitas. Necessito conhecer muito bem a família Orseolo.

Ela me apertou o braço.

— Em minha profissão, temos outros meios de cuidar dos caloteiros.

— Mandam bandidos cortar gargantas?

— Ainda não. Até agora, sempre bastou uma discreta ameaça.

O APRENDIZ DE ALQUIMISTA

Barcos amarrados boiavam no Rio di Cavalletto. Uma gaivota em cima dos postes muito coloridos olhou-me com ar sério, mas não desprovido de simpatia. Giorgio amarrara a embarcação num dos mourões várias portas adiante, mas me viu e acenou.

— Tenho amigos que têm outros amigos — declarou Violetta, séria. — Se quiser saber mais sobre o bando que o atacou, posso perguntar por aí. Sei que os Dez os encontrarão muito antes de mim.

— E, se pertencerem à força de trabalho do mesmo nobre — expliquei —, os Dez os esquecerão. — Quando nosso gondoleiro encostou, ordenei: — De volta ao convento, por favor.

16

— Quer dizer que agora seguiremos para a Casa Tirali? — quis saber a Irmã Castidade quando nos abraçamos mais uma vez na intimidade da *felze*.

— Faço o que o amo ordena — respondi. — Mas me convenci de que o procurador foi chamado ao Senhor da forma normal. A verdade talvez tenha de esperar o Dia do Julgamento. Em termos de morte, não descobrimos nenhum motivo verdadeiro, nem oportunidade, pois Bianca teria visto o ato do crime.

— Hum? — fez Violetta.

Ergui as sobrancelhas.

— Perdi alguma coisa?

Ela se soltou do abraço.

— Acho que há um motivo óbvio. Quanto devia valer o suposto manuscrito de Eurípides?

— Talvez nada, trata-se de uma falsificação moderna. E uma bela soma se for falsificação antiga. Mas, mesmo que seja a única cópia sobrevivente da peça de Eurípides de Atenas, escrita há dois mil anos, continua a ser apenas papel medieval ou velino, com marcas de tinta. — Fosse como

O APRENDIZ DE ALQUIMISTA

fosse, agora repousava no compartimento secreto da arca em meu quarto. Talvez eu não conseguisse milhares por ele, mas sem dúvida poderia comprar um maravilhoso presente para minha amada, ouro e rubis, o tipo de joia milagrosa que os clientes lhe dão. Ideia emocionante.

— Acho que você não tem razão — ela disse. — Um artigo único não é uma garrafa de vinho nem um pão, para os quais o Estado pode decretar um preço justo. Valerão mais se alguém se dispuser a pagar, e isso significa um ducado a mais que o segundo melhor lance. O vencedor talvez nem seja o do lance mais alto no leilão, apenas o mais louco.

Segui-a por aquele labirinto mental.

— E o procurador Orseolo talvez fosse o mais louco, é isso quer dizer? — Em público, o homem fora o Grande Velho, e em particular, um tirano; tinha enorme riqueza e relutava em pagar aos comerciantes; mas essas coisas se aplicavam a muitos nobres. — Acha mesmo que alguém chegaria ao assassinato apenas para impedir outro homem de dar um lance maior num monte de papel cheio de orelhas?

— Acho que você deve acabar o trabalho, meu querido Alfeo. Vá fazer a Pasqual Tirali as mesmas perguntas que vem fazendo aos outros. Ele me levará ao carnaval hoje à noite, por isso deve estar em casa agora, aprontando-se. Não tenho ideia se o senador vai ou não.

— Pasqual é suspeito? — perguntei, incrédulo. — Você estava com ele. Pode ele ter envenenado o velho sem que você visse?

A voz de Giorgio desfez-se ao fim de um verso. O remo rangeu no calço; outras vozes continuaram a melodia ao longe.

— Não o vi fazer qualquer coisa suspeita — explicou Aspásia. — E não o imagino assassinando alguém por qualquer motivo. Mas eu não estava vigiando o senador. Ele é o homem mais encantador que se espera encontrar, mas com fama de implacável. Sei que é um bibliófilo fanático.

— Sem dúvida, vou passar na Casa Tirali — declarei, e imaginei se não acabara de dar uma pista. Tentaria não assassinar o caro Pasqual em um ataque de furioso ciúme.

A Casa Tirali é vizinha próxima da Casa Barbolano, situada no outro lado do rio San Remo, à vista mas não ao alcance da voz. Após entregar Violetta em segurança no número 96, pedi a Giorgio que me levasse lá e depois eu seguiria a pé.

— Com essa perna, não, senhor — respondeu o velho. — Vou mandar um dos rapazes esperá-lo. Ele pode correr e pegar-me quando o senhor estiver pronto.

Deitado na gôndola, quase esqueci o ferimento, mas doía ao andar, por isso concordei. Pode-se dizer muito a favor da autocomiseração decadente. Desembarquei e bati com a aldrava. Dei meu nome e o do Mestre ao porteiro, e esperei que me deixasse criando mofo no saguão de entrada enquanto subia devagar a escada e voltava com ordens para jogar-me no canal. Então me veria obrigado a soltar insinuações cuidadosas sobre o assassinato e o Conselho dos Dez.

Errado. O lacaio fez uma profunda mesura.

— É esperado, *sier* Alfeo. Se tiver a bondade de seguir-me.

Tive a bondade, mas também me ericei de medo como um porco-espinho quando ele me identificou. E *esperado*? Não me agrada ser surpreendido quando pode haver

O APRENDIZ DE ALQUIMISTA

assassinos à solta. Aquela recepção lembrava muito a da manhã, quando fora *esperado* na igreja.

Eu jamais falara com qualquer membro da família Tirali, e ficaria pasmo e magoado de saber que minha amiga algum dia falara de mim a Pasqual. Conhecia-o de vista, e o homem me aguardava no topo da escada.

Jovem, rico e de uma beleza deslumbrante, vestia gibão de seda rendada, calções até os joelhos e um manto sem mangas de veludo azul debruado de pele branca, pois não usa traje formal em casa. Haviam-no admitido no Grande Conselho no ano anterior e esperava-se que fizesse uma notável carreira na política, seguindo o pai. Podia dar-se ao luxo da mais fina e linda cortesã da República e fazer as estrelas baixarem do céu por puro encanto e criar para ela um bracelete. Só de olhá-lo eu me perguntava por que Violetta se incomodava em dividir o tempo comigo, quanto mais o travesseiro.

Ele desceu com um sorriso de boas-vindas.

— *Sier* Alfeo! Eu esperava que fosse o senhor quando soube. Sou Pasqual Tirali. É um grande prazer.

— A honra é toda minha, *clarissimo*. — Ia curvar-me e beijar-lhe a manga, mas o homem me tomou num abraço com o qual os nobres recebem os iguais.

— Entre e tome uma taça de vinho comigo — convidou.

— Meus pais estão tão ávidos por conhecê-lo quanto eu. — Levou-me até o outro lado da sala, com teto de estuque dourado, sustentado por colunas de jaspe. A lareira era de mármore negro, os candelabros, flamejantes fantasias coloridas de cristal de Murano, e as estátuas, mármores originais ou bronzes. Notei vários romanos sem nariz e algumas antigas urnas e tigelas gregas, sem dúvida artigos da coleção que minha amiga mencionara. Não vi o rei Quéops por perto, mas qualquer um que pode comprar esse lixo antigo deve ter um sério excesso de riqueza. Os tapetes no chão valiam resgates de reis e os quadros nas paredes me fizeram babar como a fonte do Nilo. Devo ter ficado boquiaberto ao passar; Pasqual observou.

— Amante da arte, *sier* Alfeo?
— Esse é da família Bellini, *sier* Pasqual?
Ele sorriu.
— De fato. Jacopo Bellini. Deixe-me mostrá-los enquanto ainda nos resta um pouco de luz... — Esquecendo os pais à minha espera, levou-me a uma excursão pelas pinturas gloriosas e brilhantes, classificou os artistas e modelos, comentou várias vezes as técnicas, indicou a influência de Tintoretto na obra tardia de Ticiano, e assim por diante. Impressionou-me tal conhecimento. Queria odiá-lo e fiquei encantado contra a vontade.

Poucas vezes antes me senti lisonjeado como desta vez, e sempre por pessoas que desejavam algo que eu decidira não dar — *Pré-julgamento não é julgamento*, como me diz muitas vezes o Mestre.

Pasqual acabou por levar-me a um pequeno mas luxuoso *salotto* e ali me apresentou ao senador e esposa, senhora Eva. Giovanni Tirali era um homem robusto na casa dos cinquenta, com olhos brilhantes e curiosos e um sorriso cativante. Não parecia nem implacável nem fanático, mas Violetta também o chamara de charmoso, e nisso não havia

O APRENDIZ DE ALQUIMISTA

como discordar. Abraçou-me, deu-me boas-vindas e fez de modo impecável o papel de um distinto e gracioso nobre.

A esposa, graciosa matrona, ainda retinha grande parte do que devia ter sido uma beleza espetacular. Ela não era nobre por nascimento, não causara a eliminação do marido do Livro de Ouro por desposá-la; a carreira política sobrevivera e prosperara. Sem dúvida, ela lhe trouxera um estupendo dote. O Grande Conselho tolera esse tipo de matrimônio.

Deram-me um assento com vista para o canal e perguntaram-me que vinho preferia. Um criado trouxe-o. Luz de estrela na língua.

— Estávamos lendo um soneto de Petrarca juntos — disse a dama, fechando um livro. — É amante da poesia, *clarissimo*?

Oh, que doçura!

— Adoro os sonetos como adoro as estrelas, senhora, e conheço alguma coisa.

— Mas de espadas entende. Soubemos que escapou por muito pouco hoje pela manhã.

Dei de ombros, modesto.

— Eram apenas seis.

O riso convenceu.

— Observei que manca — disse Pasqual.

— Acho que me picaram a panturrilha, mas talvez seja obra minha mesmo. Eu me debatia feito um alucinado. — Picar com uma espada larga seria difícil.

— Espero que sim — falou o senador, com um inocente sorriso de querubim. — Teve sorte de eles tentarem atacá-lo com facas. Alguns bandidos em geral usam espadas e sabem usá-las. Não esperam encontrar-nos armados, é óbvio.

Mais uma vez, graças à incrível clarividência de meu Mestre. Mas como Tirali sabia disso?

— Na certa pensaram que seis espadachins desconhecidos seriam conspícuos e chamariam a atenção dos moradores locais — expliquei.

— Muito bem. Você teve uma manhã agitada. Foi ver um homem num quartel grego. Soaram apitos de alarme. O que se passava ali? Como ele sabia?

— Está bem informado, Excelência. Sabia até que eu vinha visitá-lo.

O homem riu.

— Tenho amigos em altos postos. Veio perguntar se notamos alguma coisa fora do comum na Casa Imer naquela noite? — Tinha uma voz rica e sonora, de orador que podia falar durante toda a extensão do salão do Grande Conselho e fazer-se ouvir por mais de mil pessoas.

Agora me sentia mais do que um pouco acuado.

— E notaram alguma coisa?

— Eu, sim. Meu filho, não.

— Nem eu — acrescentou a esposa.

— Mas você não se achava na sala de exposição, minha querida, e é isso que interessa ao *sier* Alfeo.

— Por quê, Excelência? — perguntei em voz baixa.

O sorriso dele me revelou que fora fisgado.

— Um amigo me disse. — Tomou um gole de vinho, e quando voltou a falar abandonou a bravata e mudou de tom para dar mais significado às palavras seguintes, como o orador treinado que era. — Interessa-me conhecê-lo, *sier* Alfeo.

O APRENDIZ DE ALQUIMISTA

Admiro o que faz. Temos demasiados nobres empobrecidos parados na crença de que a República lhes deve sustento e que o trabalho nobre está abaixo da maldita dignidade deles. Choramingam no Conselho, exigem sinecuras e falsos cargos com muitas recompensas e poucos deveres. A carreira que o senhor escolheu é incomum, mas bastante honrosa. Muitos aristocratas adiam a entrada na política até a meia-idade e dão-se bem, apesar disso.

Imaginei se todo aquele óleo não tornaria o chão perigoso, e se o homem me elogiava ou apenas alfinetava o filho inútil.

— Muita bondade de Vossa Excelência.

Giovanni Tirali sem dúvida tinha graça, mas Violetta o chamara de implacável. Achei Enrico Orseolo repulsivo, mas com fama de negociador, articulador. As pessoas são complicadas sem necessidade.

— Falo sério — ele disse. — Falo mesmo! Fiquei muito abalado com a morte de Bertucci. Tinha vinte anos mais que eu, sempre o respeitei. Naquela noite em casa de Imer parecia frágil, mas muito competente e animado, e no entanto se fora no dia seguinte. *Dominus dedit, Dominus abstulit, sit nomen Domini benedictum.*

— Amém — respondemos em coro.

— Mas...

Pausa calculada. Uma deixa para mim.

— Mas? — repeti.

— Naquela noite, depois de olhar todos os livros e contar todas as mentiras que desejava sobre o que pensávamos deles, nosso anfitrião sugeriu que nos juntássemos aos outros convidados. Esvaziei minha taça. Tenho certeza de que Pasqual esvaziou a dele. E Bertucci também. Vi-o fazer uma careta, como se achasse o gosto ruim.

— Borra?

Sua Excelência deu de ombros.

— Foi o que supus, embora os criados bem treinados saibam filtrar sedimentos. Não tive chance de voltar a falar com ele. Na hora, fiz pouco caso. Quando Bertucci adoeceu depois, lembrei o incidente. Após o serviço fúnebre hoje de manhã, procurei meu amigo e contei-lhe minhas preocupações. E ele me disse que havia uma séria possibilidade de o falecido ter sido envenenado.

Mais uma vez o senador fez uma pausa de efeito. Imaginei se proferia discursos para a esposa na cama.

— Um amigo de chapéu esquisito?

Ele sorriu.

— É, esse. Perguntei se os Dez investigavam o caso. Ele me respondeu que o Conselho era formado de bombardeiros que explodiam tudo e feriam os circunstantes; tudo se resolveria com um estilete. Pusera o próprio Mestre Nostradamus na questão, e o aprendiz Alfeo Zeno. E, se estes não conseguissem resolver, os Dez jamais chegariam perto da verdade.

Eu mal conseguia deixar de ronronar ou revirar de costas.

— Tanta lisonja me faz mal ao fígado, Excelência. E nem devo sonhar em contar a meu amo o que o senhor acaba de dizer. Ele se tornaria insuportável.

Os olhos do senador me pregaram na poltrona.

— Foi assassinato?

— Não vejo como pode ter sido. Outra testemunha viu o que o senhor viu, mas como poderia alguém pôr veneno no vinho com tanta gente olhando? Ninguém viu. — Olhei para Pasqual.

Ele balançou a cabeça, sugerindo de certa forma sutil que o Velho ficava maluco às vezes.

— Não vi nem o que meu pai viu. Perguntei à dama a quem acompanhava e ela não notara qualquer coisa indevida. Violetta não falara disso.

— Obrigado — agradeci. — Parece improvável alguém ter envenenado o procurador sem ser visto. Não descubro qualquer motivo para um tão terrível crime. Pode sugerir um?

Três cabeças balançaram.

O senador acrescentou:

— Todo político tem inimigos, mas não saímos por aí envenenando gente na República, como os Bórgia fizeram em Roma. O Conselho dos Dez tem fama de eliminar as pessoas assim, mas não aqui na cidade, só com inimigos que vivem em outra parte, fora da jurisdição deles. Eu podia nomear muitos homens que anseiam ser procuradores de San Marco, porém poucos têm uma chance razoável de eleição, e nenhum se achava presente naquela noite. Por certo não imagino um sujeito que aspira a tal posto subornando outro... um criado, digamos... para cometer um assassinato. Seria chantageado pelo resto da vida.

— Agradeço a Vossa Excelência a análise de especialista. Vou comunicar ao Mestre Nostradamus que nada descobri que fosse sinal de jogo sujo.

— Então por que — quis saber Pasqual, em uma voz baixa e sutil — o grego se atirou pela janela hoje de manhã? Vocês o ameaçaram?

Incluí o pai na resposta.
— Os senhores entenderão, *messere*, que não tenho permissão para discutir tudo relacionado a este caso.
— Sem dúvida. — O velho não mostrou ressentimento.
— *Sier* Alfeo, o senado me prestou a maravilhosa honra de eleger-me embaixador em Roma.

Parabenizei-o e à dama e fiz-lhes um brinde. O sorriso dela parecia genuíno, e na certa era. Dois terços do Conselho dos Dez assassinariam por essa nomeação. Estabelecia o marido da senhora como um membro do círculo interno, os mais ou menos cinquenta homens que de fato governavam a República e traficavam altos postos entre si. Oferecia vislumbres tantálicos de uma chance de chegar a doge dentro de vinte anos ou por aí assim.

— Quando eu for a Roma — disse Tirali —, Pasqual ficará aqui para cuidar dos assuntos da família. Como de costume, levarei uns poucos nobres comigo, na condição de auxiliares e para ensinar-lhes os segredos do serviço à República. Preciso em especial de um secretário. Embora o senhor seja mais jovem do que aqueles em consideração, sei de sua fama há algum tempo. Disponho-me a pagar um estipêndio bastante generoso a alguém em quem se possa confiar para cumprir os deveres com inteligência, diligência e discrição. O senhor seria o terceiro na embaixada.

Consegui enrubescer. Na verdade enrubesci sem querer, e com muito mais calor do que desejava.

— Excelência, isso é totalmente inesperado...

— Pare! — O homem ergueu a mão. — Não fale uma palavra! Posso dizer-lhe que o próprio doge o recomendou,

O APRENDIZ DE ALQUIMISTA

e também vários homens a quem consultei... muito depois dos próprios netos, de qualquer modo. A decisão que tomar influenciará o resto de sua vida, por isso insisto em que tire alguns dias para pensar.

Eu não queria pensar na proposta. Queria recusá-la sem rodeios, antes que começasse a me roer como uma raposa espartana. Ele me oferecia proteção e uma carreira política. Jamais me ocorreria pensar no cargo de doge, que exige enorme riqueza e poderosas ligações de família, mas podia tornar-me um verdadeiro nobre, desposar uma mulher com dinheiro, ter um cargo, viver em conforto, ser digno de meus ancestrais. Uma perspectiva estonteante.

— Deve desculpar-me, Alfeo — disse Pasqual. — Preciso preparar-me para um compromisso hoje à noite. Mas espero que aceite a oferta de meu pai. Poucos dos meus contemporâneos parecem saber o que é o verdadeiro trabalho. Sei que ele tentou explicar-me muitas vezes, e ainda me escapa.

Não tinha um óleo tão escorregadio quanto o velho. Aquele tratamento pelo primeiro nome tão cedo em nosso conhecimento ultrapassava os limites.

— Acredite, Pasqual — respondi —, o que ele oferece não parece nem um pouco trabalho verdadeiro. Excelência, o senhor terá minha resposta dentro de poucos dias, mas agradeço agora, uma gratidão eterna... — E por aí fui.

Violetta exortara-me a ir à Casa Tirali. Ela saberia o que me aguardava ali?

Queriam subornar-me para ignorar um assassinato?

17

O senador mandou o gondoleiro levar-me para casa, mas encontrei Giorgio à minha espera no portão de acesso à água. Ao dispensar Tirali, senti um impulso louco de dar-lhe alguns ducados de gorjeta pelos dois minutos de tempo. A oferta de Roma já me fazia a cabeça girar como um moinho.

— E os rapazes? — perguntei ao embarcar.

— Saíram em alguma incumbência para o Mestre — Giorgio respondeu, e acrescentou num tom melancólico.

— Espero que ele não pague demais.

— Aposto tudo que tenho como não pagará.

— Nada de apostas.

Retornei então à Casa Barbolano, enquanto o dia virava noite e um nevoeiro marítimo frio de rachar flutuava pela cidade. Ao chegar ao ateliê, surgiram os gêmeos, que sussurravam excitados e pareciam perigosamente satisfeitos consigo. Mal me notaram. Dentro, encontrei o Mestre à escrivaninha, curvado sobre um livro feito uma aranha negra, como de hábito. Também como de hábito não se dera ao trabalho de acender mais que uma única vela. O fogo já quase se extinguira. Aticei-o e acrescentei mais lenha.

Ele ergueu os olhos com uma carranca.
— Explique esta frase...
— Não — respondi, e afundei na cadeira. — Não devia ler *Hermes Trismegistus* tão tarde. Sabe que sempre lhe causa um ataque de cólera. Não houve assassinato.
Ele olhou-me sem expressão.
— Assassinato?
— O procurador Orseolo.
— Ah, sim. — Deu-me um desagradável sorriso. — Envolvi-me em questões mais importantes. Descobri o verdadeiro motivo pelo qual os antigos estabeleciam distinções entre a natureza de Hermes e Mercúrio em alguns textos.
— Eu descobri que não houve assassinato nenhum. Falei com todos que se encontravam na sala. A neta ficou ao lado do homem o tempo todo. Ninguém poderia ter envenenado o vinho. Duas pessoas contaram que o viram fazer uma careta quando esvaziou a taça, mas isso nada prova. Além do mais, ninguém tinha motivo. O veneno de que o senhor suspeita não existe na cidade. Talvez nada disso baste para impedir os Dez de prendê-lo e interrogá-lo, no mínimo.
Ele grunhiu.
— Aqueles meninos...
— Corrado e Christoforo? O que há com eles?
— Dei-lhes cinquenta *soldi*. Cinco para cada um e duas liras para as despesas. Registrados.
— Macacos me mordam! O que fizeram para o senhor... assassinaram alguém?
Ele me ignorou.
— Você parece cansado.

— E estou! — rebati, irritado. — Foi um dia daqueles. — Começara com seis valentões que desejavam matar-me, continuara com um espetacular suicídio e terminara com alguém tentando reorientar toda a minha vida.

— Deixe ver essa perna.

— Está ótima.

— Mostre-me!

Retirei a meia longa e estendi a perna na escrivaninha.

— Vou ficar com uma cicatriz.

— Não será a primeira. — Ele trouxe a vela perto demais para produzir o cheiro de pelo chamuscado. — Parece avançada. Se você não sucumbir ao tétano ou à febre traumática, ficará novinho em folha. Ponha a atadura de volta. "Se envolverdes vosso espírito na carne e humilhar-vos, dizendo: 'Nada sei, nada posso fazer; temo a Terra e o mar, não posso ascender ao céu; não sei o que eu era, nem o que serei', então que tendes que ver com Deus?"

— De onde tirou isto?

— *Hermes Trismegistus*. — O velho pegou o livro e a vela, e mancou até a lareira.

— E o que significa? — perguntei, em contorções para enfaixar a panturrilha no escuro, sem curvar o joelho.

— Que o procurador foi assassinado, sei quem foi e como.

O velho patife recusou-se a dizer mais. Não devia ter ridicularizado o desprezo dele por *Hermes*. Podia dar-se ao direto de insultar o livro; eu, não. Não me pediu que contasse como passara a tarde, um mau sinal. Fui ao quarto lavar-me.

Quando retornei, dois terríveis gêmeos me interpelaram. Trocaram olhares conspiradores.

O APRENDIZ DE ALQUIMISTA

— Eu soube que tiveram um dia bom.
— Temos os lábios selados — disse Corrado.
— Juramos segredo — explicou Christoforo.
Pausa. Pergunta:
— Alfeo? Quanto se precisa para... Quanto custa uma, hã...
— A vizinha... Se o sujeito quiser...
— Não queremoos *velha*...
Os dois a essa altura tinham adquirido um forte rubor. Dei um suspiro.
— Depende.
— Depende do quê? — perguntaram em uníssono.
— Do nível de inquietação de vocês. E se querem contrair pústula francesa ou não. Deixe-me falar com uma amiga minha, que os oriento.
Os gêmeos concordaram, aliviados. Saí à procura de Giorgio e encontrei-o sozinho, ou quase, pois se achava no quarto, curvado para Matteo segurar-lhe os dedos numa lição de como andar. Matteo não iria repetir o que conversamos, pois não falava melhor do que caminhava.
— Devia ter aceitado minha aposta — eu disse. — O Mestre teve uma ideia genial.
Ele olhou-me, assustado.
— Quanto?
— Não sei. — Não sabia, porque talvez tivessem guardado parte do dinheiro das despesas, além dos pagamentos.
— É óbvio que julgam ter o suficiente para se meter em sérios apuros. Se lhe aprouver, posso cuidar disso para que não sofram nenhum dano.
Nenhum pai gosta de ter a autoridade desconsiderada. Giorgio ficou rubro. Começou com:

— Vou açoitá-los até deixá-los com as costas em carne viva. — Continuou com: — Dou-lhes muito dinheiro! — E concluiu: — Precisamos desse dinheiro para comprar as roupas deles! — e pôs-se a arengar sobre o fogo do inferno. Reagi com a pústula francesa e argumentos semelhantes. No fim, o orgulho paterno venceu. Ele concordou que se tratava de Veneza, afinal, e não era muito mais velho que os filhos quando... e alguns dos irmãos... Suspirou e pediu-me que cuidasse do caso, desde que jurasse não contar à Mama.

O Mestre continuava a ler na poltrona de veludo vermelho. Ignorou-me por completo, assim eu soube que planejava alguma coisa que não ia me agradar, e tive um forte palpite do que seria. Escrevi um bilhete a Alessa, pedindo que dessem aos dois portadores um tratamento de qualidade e prometendo que seria generoso no saldo do pagamento, se algum houvesse. Lacrei-o e levei-o a eles.

Corrado empalideceu e Christoforo enrubesceu muito.

— Agora? — perguntou Corrado. — Agora mesmo?

— Prefere esperar até elas ficarem ocupadas e quererem que se apressem?

Ele tomou a carta e desapareceu escada abaixo, o irmão em disparada perseguição. Aquilo era Veneza.

Perderam uma esplêndida ceia. A codorna com filhote de lula da Lombardia feita por Mama é sempre divina, e nessa noite ela se superou.

O Mestre trouxe *Hermes* consigo e apoiou-o na mesa. Prestava muito mais atenção ao livro que à comida, resmungava furioso sobre cada página e ignorava-me. Sentia-me bastante feliz por saborear a comida e sonhar com o maravilhoso presente que daria a Violetta quando vendesse o manuscrito de Eurípides. Rubis, decidi.

Tão logo limpei o prato com a última casca de pão e recostei-me com um suspiro de felicidade, o velho fechou o volume com força.

— Traga um copo d'água.

Meus receios confirmaram-se.

— Levarei o *Hermes* — informei. Ele já tinha suficiente dificuldade para manejar o cajado.

Voltou apressado ao ateliê como uma formiguinha preta, foi direto à bola de cristal e retirou a coberta. Depois acomodou-se na cadeira, largou o bastão no chão ao lado e esfregou as mãos na expectativa. Gosta tanto de uma profecia quanto eu detesto.

Pus o *Hermes* na escrivaninha e o copo d'água ao lado do cristal.

— Não é de fato necessário — queixei-me. — Posso lhe dizer tudo de que precisa saber sem a bola.

— Qual a cor das cortinas no escritório do advogado Imer?

— Acho que não há cortinas. Por que...

— Mas não sabe! — disse meu amo, triunfante. — Da próxima vez que eu perguntar, vai me dizer a cor exata. Dizer o que desejo. Tem luz demais. Baixe o fogo. E tranque essa porta para não nos incomodarem.

Pus lenha nova sobre as brasas. Tranquei a porta e apaguei todas as luzes, menos uma vela. Não consigo forçar-me a entrar num transe profundo o bastante para ver o futuro no cristal, como o Mestre. Clarividência. Profecia é falar a verdade, e para isso ele me põe em transe. Proporciona-me uma perfeita lembrança e descreve tudo que vi. O que odeio é não lembrar nada do que ele me pergunta nem do que respondo. Perco uma hora da vida, e pelo que sei o velho bisbilhota todo tipo de detalhes pessoais que não lhe dizem respeito.

— Julguei ouvi-lo dizer que desvendou o mistério. — Eu me mexia o mais lentamente possível.

— Desvendei. Soube a resposta ontem à noite, mas preciso de provas que convençam os Dez. Amanhã você levará uma carta à Boca do Leão, anunciando que tenho a solução. Venha cá e sente-se.

Instalei-me diante dele, que moveu a vela para o cristal brilhar com fogo. Encarei o sol, que ardia dourado na total escuridão do espaço.

— Você teve um dia difícil. Sente-se cansado, sonolento.

Era verdade, sentia-me mesmo.

— Recite os doze portões da alquimia, segundo o erudito Ripley.

— Calcinação, solução, separação, conjunção, putrefação, congelamento, nutrição, sublimação, fermentação, exaltação, multiplicação e projeção.

— E de trás para diante?

— Projeção, multiplicação... exaltação...

Eu me fora.

18

Giorgio levou-me de barco ao Molo antes do amanhecer. O nevoeiro cobria a cidade como cimento molhado, e até o desanimado esparrame de ondulações. Ao atracarmos, o sino *Maragona* trovejou anunciando o início do dia útil. Ressoava bem acima, mas eu mal via meus pés na lama, quanto mais a torre do campanário. Desci na Piazzetta, acelerado por uma onda de quebrar pescoço causada por Bruno, logo atrás. Embora ele não tivesse a mínima ideia do motivo de minha necessidade de companhia, achava essa andança no escuro muito engraçada. Em instantes, já chegara a meu lado. Como eu deixara a espada na gôndola e não lhe pedira que trouxesse o ferro, o barqueiro não tinha nenhuma preocupação.

Eu, sim.

— Espero que não demore muito — informei.

— Posso esperar — respondeu Giorgio. — É o que faço melhor.

— Bebês é o que você faz melhor.

— Aí, é com a Mama. Não tem nada a ver comigo.

Acenei ao meu gigante e segui pela galeria que chamam de *broglia*. Trata-se da parte da Piazzetta onde os nobres se reúnem e fazem conluios antes das reuniões do Grande Conselho. Onde se compram e vendem votos, fecham-se acordos e negociam-se cargos. Também onde cada jovem nobre precisa esperar ansioso na primeira apresentação até o chamarem à introdução e o recebimento do conveniente suborno para dar o voto. Jamais pensei a sério em algum dia tornar-me um deles, mas, se tivesse o senador Tirali — a essa altura ex-embaixador — como protetor, tudo seria possível.

Houvera uma mudança de plano. Até a previsão, o Mestre pretendera que a carta fosse entregue na Boca do Leão, mas em meu transe eu lhe falara da ordem do doge para apresentar-me a Raffaino Sciara, por isso era o que ia fazer. O problema seria encontrá-lo. O *Circospetto*, como *Missier Grande*, não cumpre horários regulares. Comparece ao Senado e ao Conselho dos Dez, que se reúnem às tardes e às noites, respectivamente. Fora à Casa Barbolano no meio da noite. Parecia muito improvável que recebesse alguém ao amanhecer. Até o principal secretário do Conselho dos Dez devia dormir às vezes, portanto, eu na certa teria de marcar um encontro para vê-lo e voltar depois.

O segundo problema era que o doge não agia segundo as regras.

Já afirmei, não foi, que a República gosta de complicar tudo? Como ninguém no governo confia em mais ninguém, resolvem-se as questões de modo que todos vigiem uns aos outros. O Conselho dos Dez consiste em dezessete homens, com um procurador do Estado presente para aconselhá-los sobre a lei, e às vezes o acréscimo de quinze ou mais homens, quando tudo parece tão detestável que se deve dispersar a responsabilidade de forma generalizada. Os três "chefes dos Dez", reeleitos a cada mês, estabelecem a agenda e precisam permanecer dentro do Palácio dos Doges durante os mandatos. Cada um guarda uma das três chaves necessárias para abrir a caixa de depósito da "Boca de Leão" dos Dez. Era a eles que me cabia comunicar as provas do crime, e, se exigissem saber por que desejava encontrar-me com Raffaino Sciara em pessoa, eu teria de usar a criatividade.

Há vários caminhos para o palácio. Eu escolhera ir pelo da Piazzetta e da Porta della Carta, pois talvez precisasse mandar Bruno embora e seria mais fácil para ele encontrar Giorgio refazendo os passos do gondoleiro — o Rio di Palazzo é tão estreito que não se permite a parada de gôndolas no portão de acesso à água. Atravessamos a pequena praça e entramos na grande passagem em arcos, onde as luzes de lampião pendiam como esferas douradas no nevoeiro, e mal chegavam ao piso de baixo. Um guarda bateu com a coronha da lança e exigiu saber quem vinha. O que se via do homem, entre o peitoral e a aba do capacete, parecia trinta anos mais velho do que devia ser, mas acho que só o primeiro vislumbre de Bruno o deixou com a voz muito esganiçada e infantil.

Apresentei-me e expliquei que tinha um assunto urgente a tratar com o *Circospetto*. Recebemos ordem de esperar. Um homem foi até a sala da guarda, dois outros saíram para ficar de olho no surdo. Mandaram um quarto comunicar-se com alguém. O tempo passava. O frio de cemitério infiltrava-se em meus ossos; o malévolo nevoeiro saturava-me todas as roupas. Gostaria que alguém me oferecesse um assento, de preferência perto de uma lareira.

O mensageiro retornou e correu a fazer um relatório à sala da guarda. Dois sujeitos surgiram e um deles mandou que o seguíssemos; bom sinal, supus. O outro veio atrás. No meio do caminho do pátio, os sinais tornaram-se péssimos quando vi que rumávamos para o portão da água ao lado dos Porões, por onde levavam os visitantes ilustres a qualquer lugar. Com toda certeza, conduziam-nos pela mesma escada estreita que eu subira quando Sciara me trouxera. Uma provação para Bruno, que tinha de curvar-se muito para passar por alguns dos arcos de tijolo.

Três andares acima, deixamos o vão da escada e entramos na sala dos chefes dos Dez, bastante esplêndida, sobretudo as pinturas do teto, de Veronese e Ponchini. Não me deram nenhum tempo para admirá-las, mesmo que a luz fosse boa o suficiente. Passamos a outra sala e nos levaram à dos inquisidores, os Três. Tintoretto pintara o teto e ricos painéis decoravam as paredes, mas duvido que vários dos visitantes ao menos se preocupassem com a arte exposta. No balcão, sentava-se um único homem, via-se que sem nada a fazer, além de esperar-nos. Idoso e imponente, tinha a barba prateada e o rosto envelhecido, pesado, que parecia talvez ter pertencido a um enérgico marinheiro na juventude, e agora decadente. Usava o suntuoso manto escarlate e a capa de veludo de conselheiro ducal, além da carranca nada amistosa.

Adiantei-me. Bruno manteve-se perto, ao lado, mas a escolta deve ter ficado na porta, pois não ouvi os passos. Parei e esperei que me anunciassem. Não o fizeram.

O APRENDIZ DE ALQUIMISTA

Curvei-me. Bruno também.
— Excelência, sou...
— Sei quem é — ele grunhiu. — Conhece-me?
— Creio ter a honra de dirigir-me ao conselheiro ducal de San Paolo, *sier* Marco Donà.

São seis conselheiros ducais, um de cada divisão da cidade, cada um eleito para um mandato de oito meses. Têm a tarefa de conter o doge, que nada pode fazer sem o apoio de no mínimo quatro deles. Como o doge, tornam-se membros automáticos do Conselho dos Dez. Eu ignorava de que lado ficava Donà, pois não sabia sequer por que eram necessários lados.

— Também sou inquisidor do Estado.

O exato motivo de meu medo.

Os inquisidores são os Três — já avisei que era complicado. Os Três não são chefes dos Dez, mas de um subcomitê deles, que consiste sempre em dois membros comuns e um conselheiro ducal. Os Dez podem delegar algum ou todos os poderes aos Três.

Sem saber o que dizer, curvei-me mais uma vez. Bruno também, pois sabia apenas que o homem de roupa elegante devia ser importante, se Alfeo se mostrava tão respeitoso.

— Quem é ele? — exigiu Donà.
— Um mudo e inofensivo homem, a não ser quando atacado.
— Para que veio aqui?
— Alguns homens armados tentaram me matar ontem, Excelência.
— Ele não pode ajudá-lo aqui. Mande-o embora.

Eu combinara três sinais com Giorgio: *Eu... em apuro... vá para... casa* significa ruim. *Vá para... casa... volte... depois*, esperança. *Tudo... está bem... espere*, inadequado, óbvio.

Para Bruno, fiz os códigos: *Diga... a Giorgio... vá para... casa.* O rapaz fechou a expressão e encarou o conselheiro. A surdez o limita, mas ele está longe de ser tolo, e às vezes parece sentir coisas por meios que nós, mortais mais afortunados, desconhecemos. Não queria deixar-me. Repeti as ordens.

Ele fez: *Você... vai para... Giorgio.*

Bati com o pé, apontei, mexi dois dedos, abanei o braço como um remo: *Não!... você... vai para... Giorgio.*

Ele apontou o peito, apontou o piso. *Eu... fico.*

Mais uma vez bati com o pé no chão. *Não!*

Desta vez o criado fez que sim com a cabeça, o que muito me aliviou. Ainda com óbvia relutância, virou-se e dirigiu-se à porta. Tornei a voltar a atenção para Donà.

— Declare a que vem.

— Meu amo me enviou com uma mensagem para o ilustre Raffaino Sciara.

— Entregue-me. Se for adequada para recebê-la, cuidarei disso.

Agora me achava em considerável apuro, pior que dois dias atrás. Contestar a ordem direta de um inquisidor do Estado seria insanidade além da obrigação, e o Mestre sem dúvida não esperaria que eu tentasse.

— Excelência, meu amo, o erudito doutor Nostradamus, tem provas de que o procurador Orseolo foi assassinado. Sabe o nome do assassino. Instruiu-me a pedir ao secretário que combinasse uma reunião na casa do advoga-

do Ottone Imer, na qual o doutor demonstrará que deram veneno ao procurador.
— E a quem denuncia seu amo?
Esse era o problema.
— Não sei, Excelência. Ele não quis me dizer.
— Espera que eu acredite nisso?
Água gelada gotejava-me pelas costelas.
— Juro que é verdade, Excelência.
— Seu amo espera que lhe demos liberdade de ação para caluniar alguém que ele fantasia? — O velho fez um gesto de impaciência. — Vou perguntar mais uma vez. Se não responder à pergunta de bom grado, vai respondê-la de má vontade e a grande custo pessoal. A quem acusa eu amo?
— Não me disse. Acredite, Excelência, de fato perguntei. Implorei que me dissesse. Meu senhor respondeu apenas que tinha muitos bons motivos.
— Levem-no e ensinem-lhe melhores maneiras.
Virei-me. Os guardas da escolta haviam sido substituídos por três homens bastante corpulentos em uniforme de trabalhador, e com eles se encontrava meu companheiro do dia anterior, o *vizio* Filiberto Vasco, nosso juvenil César, sob a refinada capa vermelha.
Sem qualquer escárnio ou júbilo maligno visíveis, ele me indicou com um gesto que o acompanhasse. Encabeçou a fila, com uma lanterna, e segui-o. Outros passos fortes, e lanternas vieram atrás.
Quando chegamos à escada, interpelei-o:
— Espere! Aonde vamos?
— Sabe muito bem aonde, Alfeo.

— Mas ele não pode fazer isso, pode? — Eu ouvia minha voz ficar mais aguda a cada palavra. — Não precisa de um voto dos Dez ou pelo menos da aprovação de outro inquisidor? — Aquela experiência tinha um tom irreal. Poderiam trancafiar-me até o Mestre vir desculpar-se, e as explicações sempre constituíam um risco, mas nunca sonháramos com tortura improvisada.

O *vizio* sorriu sem humor.

— Ele só precisa de homens que obedeçam, Alfeo. Deseja a ponta de uma espada nas costas?

Não desejei. A escada pareceu mais curta do que eu esperava, mas não podia ser bastante longa para mim. O tamanho da câmara de tortura surpreende, mas também desempenha um importante papel no governo. Olhei ao redor, desesperado.

Vasco observava-me.

— Mostre-lhe as dependências, Carlo.

Um dos carcereiros disse:

— Se *messer* fizer o favor de vir por aqui... — Apavorou-me a imensidão do homem... não podia ser maior que Bruno, mas eu me sentia de uma pequenez estranha. Conduziu-me ao redor da sala, e explicou com toda a educação a maquinaria para quebrar, torcer, queimar, sufocar, apertar, deslocar, esmagar. Na verdade, a coleção inteira parecia muito insignificante, apenas um saco de ferramentas espalhadas no chão; o que de fato tinha importância era a corda que balançava no centro.

Quando concluímos o circuito, vi-me de volta ao *vizio*. Tinha consciência de que ele devia ver minhas mãos trêmulas e ouvir o chocalhar dos dentes. Sem a menor dúvida, os torturadores sabiam o tempo exato que eu resistiria antes de quebrar. E, quando o fizesse, não teria condições de dizer-lhes o que haviam mandado descobrir. Precisaria falar ou enlouquecer, mesmo sabendo que se tratava apenas da prova de terror.

— Gosta dessa parte do trabalho?

— Não, odeio-a — respondeu sério Vasco. — Gostaria de vê-lo levar quarenta ou cinquenta chibatadas, Alfeo, mas nem você merece isso. Por sorte, não tenho de ficar e assistir ao que acontece. Tão logo o prendam em segurança, estou livre para ir embora. Quer fazer isso da forma fácil ou da dolorosa? A fácil é muito melhor.

Covarde como era, eu faria qualquer coisa para adiar o início da dor. Tirei o chapéu e entreguei-o ao monstro que assomava acima. Depois capa, gibão, camisa, até ficar nu da cintura para cima. Ele pegou-as tão educado quanto um valete, depois se virou e jogou-as num canto ao lado de um balde.

— Pode conservar as bragas — disse o chefe. — Por enquanto. — Apontou o balde. — Precisa usar aquilo?

Para minha vergonha, precisava, sim, usar aquilo, e todos os quatro olharam enquanto o fazia. Humilde como um camundongo, rastejei de volta até a corda, onde me esperavam.

— Queira o *messer* perdoar... — O torturador grandalhão puxou-me os braços para trás, amarrou-me os pulsos e os antebraços com a corda, e ergueu-me os ombros juntos. Teme-se mais a tortura conhecida como a corda, ou *strappado*, que o cavalete. O homem que nega o crime na corda não pode ser enforcado depois por ele. Como não mais terá qualquer uso dos braços, trata-se de uma duvidosa bênção, e não concedida com muita frequência.

Um momento de alívio, depois uma roldana estalou e a corda começou a esticar-se, erguendo-me os braços e curvando-me o torso para a frente. Não se podia curvar os cotovelos de modo algum naquele ângulo, os ombros muito pouco. Quando me nivelaram a cabeça com a virilha e fiquei nas pontas dos pés, uma voz disse:

— Amarre aí.

Vasco curvou-se mais para perto de minha orelha.

— Resista o máximo que puder — sussurrou. — Se desistir fácil demais, eles não vão acreditar, e então é terrível.

Mandou Carlo prosseguir e saiu, deixando a lanterna. Eu tremia com mais força que nunca, batia os dentes sem controle. O frio fazia parte daquilo, mas o pavor deixou-me fora de mim e não o nego. Um dos torturadores aproximou-se e agarrou-me o ombro com a mão calosa.

— Dos fortes — comentou com os outros. — Vamos precisar de pesos. — Deu-me uma palmada de brincadeira no traseiro. — Não vá embora. Voltaremos.

Eles saíram e a porta bateu violentamente atrás deles.

19

Achei que ficara sozinho, mas não tive certeza. Só ouvia o crepitar do fogo, um ruído que sempre considerara alegre até então. Via apenas o balde e meus pés atormentados. A sala exalava um fedor indefinível, originado, sem a menor dúvida, de séculos de cada secreção corpórea imaginável. A dor nos polegares já começava a tornar-se insuportável, mas qualquer tentativa de movê-los punha mais pressão nos ombros. Quando o verdadeiro tormento começasse, por certo, me ergueriam direto do chão, com ou sem pesos, e com ou sem saltos, como preferissem.

O doge disse:

— Você parece em apuros mais uma vez, rapazinho.

Tive um sobressalto, e arquejei tão alto de dor que mesmo aquele breve movimento me causava. Com um esforço, fiz a boca trabalhar mais ou menos normal.

— Trata-se de uma imitação muito boa.

— Acho mesmo que deve sair antes da volta daqueles delicados pecadores. Por que não chama o pequeno Pútrido para ajudar?

A voz vinha bem do meu lado, mas eu não conseguia ver os pés de quem falava. Embora em poder de um demônio, senti um laivo de esperança. Toda aquela experiência era ruim demais para ser verdade. Até os Três devem ter alguns procedimentos, e um inquisidor do Estado que agia sozinho e enviava a testemunha direto à tortura não parecia plausível. O rei da França pode trancar um homem na Bastilha por capricho, um conde francês mandar açoitar ou enforcar um camponês, mas em Veneza um nobre que agride um criado será acusado e punido. A República jamais tolerou déspotas.

— Não acredito numa palavra que diz. Vá embora.

Um frio e escamoso dedo arranhou-me as costas de cima a baixo, fazendo toda a pele contrair-se de medo.

O demônio suspirou.

— Veremos. Que tal esta voz?

— Senador Tirali.

— Muito bem! Homem encantador. Temos grandes esperanças para ele. Por que não vai aceitar a oferta que lhe fez?

— Como sabe que não vou?

— Vai, sim. Você acha que não, mas vou convencê-lo a aceitar. Violetta adoraria ir para Roma com você, sabe disso.

Eu pensara, Roma com Violetta...

Ouvi a voz de minha amiga:

— Não pode esperar que uma prostituta seja fiel, querido, mas não se importa de dividir a cama comigo e sabe que não pode me desposar. Sairia do Livro de Ouro num instante se o fizesse. Nós, mulheres, somos *tão* volúveis, Alfeo! Cansamo-nos dos brinquedos dos meninos. Mais um ou dois meses, se tiver sorte, e o mandarei embora e procurarei outro.

De volta ao tom sedoso do senador Tirali:

— Você precisa de dinheiro, de muito, para ser benfeitor dela e pagá-la. Tem aquele manuscrito. É bastante autêntico e a única cópia sobrevivente de *Meleager*, de Eurípides. Vendê-lo aqui seria muito perigoso. Terá problemas com a proveniência, Alfeo. Muitas pessoas sabem dele. Mas em Roma? Ou, ainda melhor, pare em Florença no caminho. O grão-duque Ferdinando tem loucura por esse tipo de lixo. Você será um homem rico antes mesmo de chegar a Roma. Assim, pode ser benfeitor de Violetta, tê-la quase toda só para si. E as oportunidades! Um confidente do embaixador veneziano? Milhões poderá ganhar lá.

— Já pensei em tudo isso — respondi. — Vá embora. Tenho de dizer minhas preces.

O demônio riu. Mudou para a áspera voz envelhecida do Mestre.

— E há eu. Sabe onde guardo o ouro, Alfeo, minha linda caixa de ducados. Ninguém mais sabe da existência dela, por isso ninguém irá procurá-la. Também sabe o que valem todos os meus livros, cada um. E deixei-os todos para você em testamento.

Comecei a rezar um pai-nosso e fui impedido por um monstruoso soco no rim. Não me dou ao trabalho de descrever os resultados... imagina-se. Gritei com toda a força dos pulmões. Ele me deixou vomitar e soluçar... Oh, meu Deus! Se um soco me fez chorar assim, o que faria uma hora na corda?

— Não me interrompa durante a tentação — disse o demônio na voz do inquisidor Donà. — Você precisa de

dinheiro, Alfeo. Precisa do dinheiro para manter Violetta desejosa. Precisa do dinheiro para restaurar o nome da família. Sim, seria uma vergonha trair o Mestre que lhe ensinou tanto, mas ele não pode durar muito mais tempo, pode? Você sabe usar todos aqueles venenos, mas um travesseiro será melhor. Quando o Mestre se deitar esta noite. Você é um rapaz forte e ele tão frágil que não terá tempo de perceber o que acontece. Trabalho de dois minutos e o mundo será seu, Alfeo! Riqueza, mulheres e poder.
— E não precisarei ir ao palácio pela manhã.
O demônio irrompeu em risinhos.
— Por certo que não! É um moço inteligente, Alfeo. É disso que gostamos em você. Fará grandes coisas para nós... desde que não apareça aqui no palácio de manhã. Se o fizer, estaremos à espera, e dessa vez será real. Vamos apreciar, mas você não.
Alguém estalou os dedos.

Arquejei diante do clarão da luz e quase caí da cadeira.
Minha boca era um deserto. Olhando com os olhos semicerrados, procurei o copo d'água. Vazio. O fogo extinguira-se em cinzas. A luz não passava de uma única vela reduzida a um toco, a chama refletida no globo de cristal.
— Quanto tempo estive fora? — murmurei.
— Ah, não sei — respondeu meu Mestre. — Uma hora? Na certa quase duas. Foi muito interessante. — Examinou-me. — Tudo bem?

— Podia ser pior. Preciso de uma bebida.

Cambaleei um pouco ao levantar-me. Fui até a lareira em busca de um lampião, acendi-o e encaminhei-me inseguro até a porta. Meu próprio quarto ficava mais perto do que a cozinha, e tinha água, que me encharcou os tecidos como um elixir vital; acalmou as batidas cardíacas; orvalho passado por tripla destilação. Ajoelhei-me para destrancar o baú, mas tinha as mãos bastante trêmulas e precisei tatear; fiz três tentativas até acionar a lingueta e abrir o comportamento na tampa. Arquejei alto de alívio quando vi que o manuscrito continuava ali. Se não, talvez eu tivesse saltado pela janela.

No ateliê, fui direto à lareira e acendi outros lampiões para iluminar a sala. Cada sombra guardava um demônio à espreita. Eu precisava de luz do sol, muitíssimo sol do meio-dia. O dia seguinte ia ser nebuloso. Sentei-me de pernas cruzadas no tapete diante da lareira, curvado perto do calor.

Dois baques... o Mestre caminhou pesado até o outro lado e acomodou-se na poltrona preferida com um suspiro de contentamento.

— Você não me falou sobre o *Circospetto*.

— Sciara? Dizer o quê dele?

Eu alentava as brasas, tentava levantar uma chama.

— Que o doge o mandou apresentar-se a ele.

— Eu lhe haveria dito quando você estivesse preparado para dar a informação.

— Bem, eu ia escrever aos Dez, mas é óbvio que há um imbróglio político em andamento, portanto é melhor fazermos o que Sua Sereníssima quer.

— Sei que há, mas preferiria escrever uma carta.
— Não. — Ele juntou as pontas dos dedos e começou a preleção. — Você tem de procurar Raffaino Sciara pela manhã bem cedo e dizer que preciso de todos os suspeitos de volta à residência de Imer à noite. Podemos reencenar o assassinato, e mostrarei quem o cometeu e como.
— E não vai me dizer quem foi, vai? — Eu fizera as chamas saltarem muito alegres.
— Não — respondeu firme o Mestre. — Deve ser feito a meu modo. Acredite, tenho bons motivos. Se lhe contar de antemão, talvez lhe arranquem o nome amanhã.
— Não é impossível. — Estremeci à lembrança, ao cheiro da câmara de tortura, à dura mordida da corda nos pulsos.
— Até onde se pode confiar em clarividência?
— Hein? — Nostradamus empertigou-se para poder espreitar-me com um ar desconfiado. — Por quê?
— Tive uma visão.
— Teve? Excelente, excelente! A clarividência constitui um sinal de maturidade. Significa que você começa a tirar da mente aquela mulher de vez em quando. Não por muito tempo de cada vez, talvez, mas... — Interrompeu-se e fechou a carranca. — Mas o pus em transe, e ordenei-lhe que visse o passado, não o futuro. Portanto, qualquer coisa que tenha visto não foi clarividência. O que viu?
— A quintessência última de absoluto desastre. Responda à minha pergunta, por favor. O que previ é inevitável, ou pode-se impedir?
— Claro que se pode prevenir! De que serviria a clarividência se o futuro fosse inevitável? Embora — ele disse com

toda a cautela — seria mais correto dizer que se pode às vezes modificar, não negar, o previsto. O sagaz Zosimos de Panoplis escreveu sobre um homem a quem informaram a hora ordenada de sua morte e por isso fugiu para Mênfis, só para ser morto lá pela queda do cano de uma chaminé na hora e lugar predestinados. Podemos desviar-nos o suficiente da principal investida de uma profecia, desde que encontremos o fulcro, o único ponto crucial necessário para mudar e desviar a virada dos acontecimentos, pois a história é uma poderosa torrente que leva tudo de roldão, e só quando se pode encontrar o lugar onde inserir um seixo... O que está fazendo, Alfeo?

— Desvio a poderosa torrente — respondi, pondo mais papel na lareira. — Cometi um erro terrível.

Meu Mestre emitiu um grito estrangulado e tateou à procura do cajado.

— O que está queimando?

— A última cópia sobrevivente de *Meleager*, de Eurípides.

Ele lamuriou-se.

— Não, não! É inestimável.

— Sabe que não. Há um preço que não pagarei por ele. — Joguei o resto do manuscrito em um único maço e recostei-me para ver as folhas enegrecerem-se e enroscarem-se. Cruzei as pernas e equilibrei os antebraços nos joelhos. Já me sentia melhor.

— Como o conseguiu? — resmungou o velho, olhando para o fogo, não para mim.

— Um presente do demônio. O senhor, por certo, não me perguntou as últimas palavras de Karagounis. Ele disse que podia me ajudar! Mas deixou o manuscrito na escrivaninha e um jovem idiota mentecapto decidiu que podia fazer melhor uso de... — expliquei.

— Não! — A luz do fogo fazia brilharem as lágrimas do Mestre como diamantes, enquanto ele via o papel queimar.

— Você não é ladrão! Foi uma armadilha montada com muita inteligência, Alfeo. Karagounis era dispensável. Mesmo que os Dez já não soubessem, você o denunciou. Por isso o demônio dele usou a morte dele como uma poderosa carga para romper suas defesas normais, como montar uma mina sob o muro de um castelo. Seu demônio o tinha traído ao demônio do *chaush*, e ele conseguiu abrir-lhe um portal, por isso você ficou vulnerável. Enfeitiçado!

Essa ideia ajudou.

— Mas se eu tivesse escutado o que ele disse...

— O que ele disse não tinha importância, apenas para distraí-lo da armadilha. Sem querer, você engoliu a isca preparada pelo demônio. O que quer que tenha visto na bola de cristal não era clarividência, mas um mensageiro, uma alucinação do inferno. O que foi que viu?

— O anzol. Então rompi a linha? — Contei de forma resumida minha visão da câmara de tortura e a tentação da oferta de Tirali. Não incluí a sugestão do demônio de que assassinasse meu Mestre pelo tesouro de ducados. Dizem que só podemos ser tentados pelos nossos próprios pensamentos, e eu tinha consciência dessa possibilidade fazia anos. Todos sabemos de lugares soturnos na alma dos quais nos afastamos, e Nostradamus talvez soubesse desse na minha.

O APRENDIZ DE ALQUIMISTA

Ele pensou por um momento e depois assentiu com a cabeça, olhando com grande melancolia a confusão carbonizada na lenha incandescente.
— Você se arrependeu e pagou penitência. Cuspiu a isca. Deve estar seguro agora.
No dia seguinte eu teria certeza.
— Diga-me o que quer que eu faça pela manhã.

20

O nevoeiro parecia mais espesso do que me lembrava, mas a maresia salgada e o esparrame das ondulações tinham uma familiaridade assustadora. Tudo acontecia como antes — Giorgio levou-me de barco ao Molo e o sino *Maragona* bateu, como na visão. Saltei na Piazzetta, ajudado pela mesma e inesperada força de Bruno, que eu esquecera. Ele subiu a meu lado.

— Serei o mais rápido possível — informei.

— Posso esperar — disse Giorgio. — É o que faço melhor.

Resisti ao impulso de contar a piada dos bebês.

— Fique de ouvido aberto a mexericos sobre o assassinato, sim?

Com Bruno ao lado, segui pela galeria aberta sob os arcos. O mundo exterior desenrolava-se como antes, apenas eu tinha pensamentos diferentes. Agora sabia que nunca ficaria ali à espera de um chamado à *broglia* e apresentação por um influente benfeitor. Já escrevera a Tirali recusando a oferta de Roma por lealdade ao Mestre; Corrado prometera com toda a fidelidade entregar o bilhete e Christoforo, cuidar de que o fizesse.

O APRENDIZ DE ALQUIMISTA

Se tivesse descrito minha visão com mais detalhes, o Mestre sem a menor dúvida me teria dado outras instruções. Então, por que não o fiz? Por que eu estava ali? Quebrara a maldição ao queimar o livro, mas por que não jogar seguro e mudar o futuro por completo mandando outra pessoa entregar uma carta ao *Circospetto*? Por que correr o risco de o desfecho ser *quase* o que eu previra? Não sabia a resposta. Uma obstinada determinação de provar coragem, talvez, ou a recusa a deixar-me intimidar pelo diabo. *Deixe o medo detê-lo e o diabo o vencerá,* diz o Mestre.

Hesitei um instante na Porta della Carta, para que Bruno avançasse mais um passo e se virasse à minha procura, mas então forcei os pés a se moverem mais uma vez e entramos no túnel. O mesmo guarda disparou o mesmo olhar assustado a Bruno, bateu a coronha da espada na mesma laje e fez a mesma pergunta.

Dei-lhe a mesma resposta. Como antes, recebemos ordem de esperar. O tempo passou ainda mais devagar que antes, porque tive de combater um intenso desejo de dar meia-volta e fugir no nevoeiro. O mensageiro acabou por retornar e mais uma vez atravessamos o pátio. Mas agora se quebrara o padrão, pois apenas um homem foi conosco, e não na mesma direção. Tão logo percebi que nos conduzia à escada dos censores, inalei grandes haustos de ar e mandei o coração acalmar-se, pois aquele era o caminho que levava os convidados honrados aos salões da justiça.

Tivemos de subir com a mesma rapidez, mas a escada era larga e alta, e desse modo muito mais fácil, sobretudo para Bruno. No topo, indicaram-nos uma antecâmara que levava ao salão dos Dez e ao aposento menor destinado aos chefes dos Dez. Ocupavam-na no momento dois guardas *fanti* e o cadavérico Raffaino Sciara, o *Circospetto*, de manto azul. Nosso guia partiu pelo caminho por onde havíamos chegado. O futuro desenrolava-se como devia.

— Bem, *sier* Alfeo? — O secretário exibia olhos sepulcrais como sempre. — Você teve dois dias bem ocupados.

— Sciara sorriu com desdém, mas na certa um rosto tão semelhante a uma caveira não pode sorrir de outra forma.

Curvei-me e aquiesci. Bruno fitava os murais.

— Por que pede para me ver, *sier* Alfeo? A esta hora profana da manhã?

— Um amigo mútuo sugeriu que eu devia comunicar ao senhor as conclusões de meu amo, *lustrissimo*.

O *Circospetto* fechou a cara. Havia testemunhas.

— O homem que você viu naquela manhã?

Assenti com a cabeça.

— Tenho certeza de que o ouviu mal.

— Devo ter escutado, sim, *lustrissimo*. Sinto muito.

— Os relatos sensíveis são feitos aos chefes dos Dez. Por acaso, a escolha da ocasião é excelente. Ainda há pouco eles discutiam o ataque que você sofreu ontem. — Apontou para Bruno, que olhava boquiaberto as pinturas de Tintoretto no teto. — Ele vai permanecer aqui?

— Eu poderia insistir que sim, *lustrissimo*, mas não fará mal algum se ele for comigo. Não ouve.

Sciara balançou a cabeça e levou-me pela porta do canto à sala dos chefes dos Dez. Bruno apressou-se a seguir-nos bem perto. Três homens sentavam-se atrás da grande mesa

O APRENDIZ DE ALQUIMISTA

no pódio; todos idosos, com os mantos negros da nobreza, de mangas largas, denotando a filiação como membros do Conselho dos Dez. Estolas vermelhas sobre o ombro esquerdo mostravam que eram de fato os três chefes. Tinham as cabeças unidas, trocavam ideias. Os papéis à espera de atenção continuavam empilhados de forma impecável, e as velas longas e apagadas nos castiçais dourados sugeriam que mal se iniciara o trabalho da manhã.

A uma mesa lateral, sentava-se um também um venerável espectador com traje e barrete de procurador do Estado; ao lado, *Missier Grande* Gasparo Quazza de azul e vermelho, sólido como uma escada de mármore. Olhou-me sem o mínimo sinal de reconhecimento

Se o doge tivesse desejado manter os Dez fora do caso Orseolo, não conseguira, mas pelo menos desta vez eu não ia enfrentar o inquisidor Marco Donà. Fiz um gesto a Bruno para ficar num canto e curvei-me bastante, enquanto Sciara dava meu nome. Ele retornou ao assento atrás do promotor e mergulhou a pena num tinteiro.

O chefe à direita tinha uma longa barba branca; o da esquerda era corpulento. O do meio devia ser o presidente dessa semana e eu soube tratar-se de um dos pacientes do Mestre, Bartolomeo Morosini. O Mestre não lhe dissera que o coração ia esgotar-se muito em breve, mas um vislumbre daquele rosto colérico e inflamado em qualquer espelho ofereceria uma forte insinuação.

No tom demasiado alto dos que têm dificuldade de audição, Morosini proclamou:

— É o cidadão Alfeo Zeno, auxiliar do doutor Nostradamus?

— Sou Alfeo Zeno, Excelência. Tenho a honra de constar da lista do Livro de Ouro.

Todos os três chefes olharam-me com ar de reprovação por não me verem vestido como um *nobile homo*. Eu não ia receber mais gorjetas de Morosini quando ele chamasse o médico no futuro.

— *NH* Alfeo Zeno, então, mas um auxiliar. Depõe perante este tribunal sob pena de perjúrio. Foi atacado por um bando de bandidos ontem?

— Fui.

— Sabe quem eram?

— Não, Excelência.

— Nem por que o escolheram?

Vi o chefe imponente estremecer com a objetividade da pergunta de Morosini. Deixou-me pairando acima de um longo abismo. Murmurar insinuações de clarividência a *Missier Grande* em particular já era bastante ruim. Depor sobre demônios sob juramento em registros do Estado seria suicida.

Respondi:

— Posso apenas supor que o fizeram para impedir-me de denunciar o estrangeiro Alexius Karagounis como agente do sultão, *messere*.

— O homem que saltou da janela quando foi procurá-lo mais tarde em companhia do *vizio*?

— Esse mesmo, *messere*.

— E como soube que...

Por achar-me no nível do térreo, e os chefes sentados num balcão acima, vi o Corpulento bater o sapato contra o tornozelo do presidente, que se sobressaltou e olhou furioso o companheiro.

O Corpulento disse:

— Não decidimos arquivar o relatório sobre o estrangeiro Alexius Karagounis, após o suicídio? Os três chefes escolhem o que todo o Conselho dos Dez discutirá ou não. Se o doge quisesse manter o próprio envolvimento fora da mesa, o sucesso ou fracasso se decidiria ali.

Barba Longa pigarreou com estrépito.

— Interrogamos a testemunha Zeno sobre o ataque que sofreu antes no mesmo dia. Este caso não está encerrado, mas temos apenas a palavra dele... admitida especulação... de que existe alguma ligação. Sob juramento, testemunha, tem conhecimento como fato da existência de alguma ligação?

— Não, *messer*, quer dizer, *messere*.

— Muito bem, então — disse Corpulento. — E o rapaz não foi convocado como testemunha, veio aqui para oferecer de espontânea vontade alguma informação. Por que não ouvimos o que tem a dizer?

Morosini encolheu os ombros e mandou com um gesto Sciara largar a pena.

— Tem três minutos, *sier* Alfeo.

Aliviado, mas cônscio de que o adiamento da provação seria apenas temporário, declarei:

— O doutor Nostradamus instruiu-me informar a Vossas Excelências que o falecido procurador Orseolo morreu em consequência de um veneno na noite anterior, em casa do Cidadão Imer. Meu amo...

Todos os três chefes tentaram falar ao mesmo tempo.

Corpulento expressou a mais alta indignação:
— Administrado por quem?
— Ele não ousa dizer ainda, *messere*. Juro — apressei-me a continuar — que não confiou nem a mim o nome da pessoa de quem suspeita. — A câmara de tortura ainda permanecia aberta para serviços um andar acima.
— Por que esse velho louco não nos escreve uma carta? — gritou Morosini. — É assim que se fazem as coisas.
— Porque ainda não pode oferecer prova absoluta, *clarissimo*. Convenceu-se, porém, de que, se as pessoas presentes na exibição de livros naquela noite tornassem a ser reagrupadas na mesma sala, incluindo ele, decerto, teria condições de reconstruir o assassinato, mostrar como foi feito e quem fez.
A sugestão foi tão bem recebida quanto um risoto de esterco de porco.
— Bertucci morreu de velhice — resmungou Barba Longa.
— Concordamos em que não tínhamos motivo algum para acreditar em outra coisa.
— Deixe-o descansar em paz — aprovou Morosini.
Contradizer os chefes dos Dez exige extremo tato ou total insanidade, ou melhor, as duas coisas juntas. Curvei-me.
— Sem questionar a sabedoria ou o conhecimento de Vossas Excelências em qualquer sentido, meu amo humildemente alega que tem mais provas e pode levá-las à atenção de todos, mas isso exigirá a demonstração que descrevi.
— Ele precisa nos dizer o nome da pessoa a quem pretende acusar.
— Ele insiste em que tem motivos para guardar segredo, o que se tornará óbvio na ocasião.

O APRENDIZ DE ALQUIMISTA

Eu tinha na barriga motivos para o ninho de enguias que ali se contorciam, a maioria lembranças da câmara de tortura.

Aqueles homens podiam ou não saber que o doge fora à exibição de livros sem ser convidado, mas deviam ter conhecimento de que um dos homens presentes na tal noite era o novo embaixador designado para a Santa Sé. Envolver Giovanni Tirali num caso de assassinato nesse momento seria tão constrangedor quanto se se tratasse do próprio doge. Os chefes *queriam* o caso arquivado. Queriam enterrá-lo nas entranhas dos arquivos do Estado. Não um famoso sábio lançando acusações loucas e embaraçosas.

Morosini bateu na mesa com um punho fechado.

— Nostradamus espera que apenas nós compareçamos à sua arlequinada ou o convite é para todo o Conselho dos Dez? Quanto vai ele cobrar pela entrada?

— Espera apenas que Vossas Excelências permitam a demonstração e enviem um observador de confiança.

Os três chefes curvaram as cabeças para conferenciar. Se as expressões serviam de guia, iam mandar *Missier Grande* buscar o Mestre em um barco rápido e ordenar que me açoitassem pela insolência de distraí-los enquanto esperavam.

— O velho charlatão insinua que não confia em nós! — resmungou Corpulento.

Por certo que sim.

— Jamais ouvi tamanha audácia — grunhiu Barba Longa.

Raffaino Sciara pigarreou muito baixo.

Corpulento tinha a melhor audição.

— *Lustrissimo?*

— Creio que houve precedentes, Excelências. Um caso semelhante... lembra-se dos detalhes, *Missier Grande?*

Os membros do Conselho dos Dez são eleitos para mandatos de um ano, embora se tornem elegíveis depois de mais um. *Circospetto* e *Missier Grande* conhecem tudo, pois têm cargos vitalícios.

— O Mestre Nostradamus ajudou o Conselho em várias ocasiões — disse o chefe de polícia. — Lembro duas vezes em que fez dramáticas demonstrações.

Sciara assentiu com a cabeça.

— Aquele caso do gondoleiro morto no telhado? Bizarro!

— Incrível!

Os chefes franziram os lábios, enfurecidos. Barba Longa perguntou:

— Que caso de qual gondoleiro morto em qual telhado?

— Parece que o homem tinha sido morto a pancadas e deixaram o corpo num telhado, ao qual era de todo impossível ter chegado sem feitiçaria.

— E Nostradamus explicou?

Sciara deu de ombros.

— Com um pêndulo, Excelência... uma corda comprida amarrada à torre de sino próxima. Tinha sido uma aposta de bêbedos. O sábio até agora ainda não se revelou errado, mas por certo envelheceu.

Morosini armou uma carranca. Ninguém gosta de ouvir insinuações de que tem um médico senil.

— Se alguém de fato envenenou o velho Bertucci — admitiu —, então usa colarinho de seda.

Os outros dois resmungaram em concordância. Eu via bolas clicarem nos ábacos mentais — os Dez fazem os relatos ao Grande Conselho, e uma condenação de verdadeira

O APRENDIZ DE ALQUIMISTA

dramaticidade traria grande crédito aos atuais chefes e impulsionaria as perspectivas políticas.
— O senhor disse que houve outros precedentes, *lustríssimo?*
Sciara deu aquele sorriso cadavérico.
— Nostradamus fez algumas demonstrações surpreendentes em presença de testemunhas do Estado. Duvido que o erudito doutor não espere o comparecimento de todo o Conselho dos Dez.
Os chefes trocaram quase imperceptíveis olhares e acenos de cabeça.
— Não vejo motivo — proclamou Morosini — para proibirmos o tipo de charada que sugere o Mestre, desde que deixemos claro tratar-se de uma função privada. Quantas pessoas têm de ser reunidas? — Dirigiu-me os olhos baços e as escarlates dobras adiposas sob o queixo.
— Cerca de uma dúzia, Excelência. Cinco ou seis casas teriam de ser notificadas. Um homem e um barqueiro entregariam os mandados em duas horas.
— Por quê *cerca de* uma dúzia? — perguntou Corpulento.
— Você não sabe contar?
Olhei para o *Circospetto.* Sciara tivera uma necessidade urgente de coçar o ouvido direito, o que por sua vez exigiu abanar a cabeça, com extrema leveza. Tomei isso como uma insinuação de que não devia convidar o doge.
— Meu amo gostaria que o criado Pulaki Guarana comparecesse à demonstração, e também o tal Domenico Chiari. Ignoramos o atual paradeiro dele. Será que o Conselho sabe?
O presidente respondeu:

— Nem nós temos como saber tudo, rapaz. Você quer mandados? Suponho que... Podemos ordenar a esse Imer permitir a invasão de sua casa, *Avogadoro*?

O promotor deu um sorriso fino.

— O erudito advogado tem certeza de que é dever de todo cidadão ajudar o Conselho dos Dez nas investigações. Desde que a aquiescência seja voluntária, seriam adequados convites verbais.

E a não aquiescência seria à primeira vista prova de culpa, decerto. O presidente olhou os companheiros e os dois assentiram com a cabeça. Sciara pegou mais uma vez a pena.

— É preciso registrar — declamou Morosini — que os chefes não suscitaram objeção alguma a que o suplicante organize uma festa privada para reencenar os acontecimentos na residência de Imer... dentro das leis existentes que governam assembleias. O suplicante assim foi aconselhado, e... — mais olhares e acenos de cabeça — *Missier Grande* instruído a garantir que a proposta se realize de forma ordenada.

Curvei-me, recuei três passos e tornei a curvar-me.

Bruno também se curvou. *Missier Grande* dirigiu-se a passos largos ao nosso lado para abrir a porta e conduzir-nos à antessala. Um dos *fanti* fechou-a atrás.

— Procure o *vizio* — disse-lhe *Missier Grande*. — Rápido. Vigiarei esta porta. — Os dois desapareceram até o vão da escada. Ele virou-se para mim com um olhar mais frio que os picos das Dolomitas. — Aquele homem que você levou a suicidar-se de pavor ontem... nós o mantínhamos sob observação há meses. Os Dez quase me esfolaram por causa de sua intromissão.

O APRENDIZ DE ALQUIMISTA

Desta vez não consegui pensar em nada para dizer, por isso nada disse.

— O advogado Imer sabe que vocês querem representar uma farsa na casa dele?

— Ainda não, *Missier*.

— Algum dos "convidados" sabe?

— Ainda não, *Missier*.

Ele grunhiu.

— Então agora vou ter de enviar Vasco lá fora com você mais uma vez, e fazê-lo perder outro dia, como se não tivesse nada melhor a fazer? Aviso-o, Alfeo Zeno, que, quando ele voltou com um cadáver ontem, os chefes arrancaram-lhe os colhões e o obrigaram a comê-los. O *vizio* gosta menos de você do que eu. Agora vou mais ou menos pô-lo sob suas ordens, portanto sugiro que não as dê! Se tentar subjugá-lo, ele talvez o perca num canal em algum lugar, e, se o fizer, não pretendo chefiar o grupo de busca.

Filiberto Vasco tinha em mente quarenta ou cinquenta chibatadas para mim, lembrei. Talvez acrescentadas dez pelo desastre da véspera; o resto vinha aumentando ao longo dos anos.

— O Mestre é muito seguro de si — observei em voz baixa.

— Tem certeza de que Karagounis não envenenou o procurador e que outra pessoa o fez.

Missier Grande grunhiu.

— É melhor ter certeza mesmo. Você não deve mencionar os chefes, entende? Não fale com a autoridade deles.

— Se eu não puder dizer que o Conselho dos Dez deu permissão, ninguém vai se apresentar.

O homem grunhiu mais uma vez, por mais tempo.
— A presença de Vasco dirá isso.
Por um momento, fez-se silêncio, porém desconfortável demais para durar.
— Suponho que manterá Pulaki Guarana trancafiado? — perguntei.
— Farei com que esteja lá hoje à noite.
— E Domenico Chiari, o intérprete?
— Nunca ouvi falar. — O monstruoso olhar de *Missier Grande* desafiava-me a chamá-lo de mentiroso. Não o fiz.
— Aqui, só entre nós, *sier* Alfeo, a quem acha que seu amo vai acusar?
Eu não ia cair naquela cilada. Qualquer opinião que aventurasse seria usada contra mim por alguém.
— Honestamente, não sei, *Missier Grande*. Aprendi a jamais tentar superar o Mestre em adivinhação.
Um olhar furioso de Gasparo Quazza fulminaria Medusa de terror.
— Se ele se sente tão amedrontado para citar o nome de antemão que não diz sequer a você, aprendiz de confiança, isso não sugere que a pessoa a quem acusará é alguém importante?
Óbvio. Também poderia sugerir que o Mestre julgava o assassino possuído. Karagounis talvez houvesse morrido para salvar outro demônio da revelação e expulsão. Falar dessa teoria iria deixar-me em apuros ainda piores.
— Como doutor, ele considera todo mundo importante, *Missier Grande*.
O silêncio tornou-se então mortal. Por sorte, nesse momento meu querido amigo chegou correndo, a capa a rodopiar.

O APRENDIZ DE ALQUIMISTA

Recuou ao me ver e expôs os dentes como um cavalo. Suava também como um, da corrida por toda aquela escada acima.
— Mais notícias ruins — informou-o Quazza. — Os chefes concordaram em deixar Nostradamus organizar festas. O anfitrião ainda não sabe e nenhum dos convidados vai querer comparecer. Por isso você terá de acompanhar esta peste pela cidade e certificar-se de que todos entendam que não se acham de modo algum sob imposição de cooperar, mas, se não aparecerem, a ausência será notada. O comparecimento é apenas voluntário, mas Deus ajude os que não forem. Nada de ameaças, porém. Entendido?
O *vizio* mediu-me com os olhos para o cavalete de tortura.
— E quando arranco a verdadeira história de Alfeo Zeno? Logo, por favor?
— Amanhã, talvez. Se o amo deste rapaz não levar a cabo outro de seus milagres esta noite, Vossas Excelências ficarão muito contrariadas. Então acho que podemos sem dúvida trazer Alfeo para interrogatório.
Vasco deu um sorriso faminto.
— Aguardo ansioso.
— Eu também. Assumirei a primeira hora. Prossiga.
Missier Grande Quazza retornou à sala de reunião.

21

— Que o Senhor esteja convosco, *vizio* — desejei, com toda a educação.

— Talvez você precise mais dele. — Vasco estremeceu sob o olhar atravessado do troglodita Bruno, que o conhecia e até tinha um sinal para ele.

Bruno também sabia que às vezes Alfeo não gostava do algoz, além de desaprovar tais pessoas. Como Alfeo sorria no momento, o *vizio* agora devia ser um amigo, por isso o criado ficou feliz.

— Venha comigo, e acabemos logo com isso — eu disse.

— Sinto-me nervoso por ser visto em sua companhia.

Enquanto descíamos a escada, expliquei com mais detalhes a situação. Ouvia a contagem das chibatadas continuar na cabeça do *vizio*: sessenta, setenta... Quando chegamos à galeria, já empalidecera de fúria.

— Você me julga sob suas ordens agora?

— Bem, *Missier Grande* sem dúvida me disse que sim, porque as notícias talvez lhe provocassem excessiva secreção de bílis negra. Tenho certeza de que se sairá bem, desde que

O APRENDIZ DE ALQUIMISTA

demonstre o respeito correto para eu não precisar repreendê-lo na frente de testemunhas. Seu barco ou o meu?
— O seu. Você afundou o meu, lembra?
Corremos pela escada dos gigantes abaixo e atravessamos o pátio para sair pelo Portão Frumento direto no Molo. O nevoeiro continuava forte, as pessoas surgiam e então e de repente se desviavam ao reconhecerem o *vizio* quase ao lado. Até Giorgio, em geral imperturbável, assustou-se ao ver o novo passageiro e fez-lhe uma mesura. Indiquei-lhe a casa de Ottone Imer, e lá fomos nós. Vasco deixou a Bruno os bancos descobertos e molhados e juntou-se a mim na *felze*, sentando-se ao meu lado como se fosse morder-me a orelha.
— Viu o amigo do turco? — perguntou de repente.
— Não.
— Enforcado entre as colunas, na Piazzetta.
— Isso não o torna muito mais morto.
— Suponho que não.
Para minha surpresa, ele deu risadinhas. Ou resolvera aproveitar ao máximo a situação ou decidira por uma bela centena redonda de chibatadas.
Após um momento, perguntou em voz baixa.
— Como soube que se tratava de um espião turco?
— Apenas entre nós?
— Juro.
— Perigoso demais para dizer.
Ele encarou-me, nervoso.
— Você ou o Mestre?
— Neste caso, eu.
— Tem mesmo tais poderes?

— Ele me ensinou alguns truques.

— E esses truques não lhe dizem quem mandou os bandidos o liquidarem ontem?

— Não posso pedir favores especiais, mas tenho absoluta certeza de que foi porque tinha sabido sobre Karagounis. A ideia era silenciar-me antes que eu pudesse denunciá-lo.

— Eu não transitaria no meio de tanto mal — declarou Vasco num tom pomposo.

— É perigoso — reconheci. — Tenho pesadelos. Às vezes incluíam-no.

E, no entanto, fazer visitas ao *vizio* constituía um perverso prazer. Talvez ele não conseguisse reprimir uma rebelião apenas por aparecer, como faria *Missier Grande*, mas de fato brilhava com certa glória refletida. As pessoas quase caíam das *fondamente* nos canais para sair do caminho dele. Portas pareciam abrir-se por vontade própria quando o algoz se aproximava. Ao chegarmos a San Zulian, deixei Bruno com Giorgio e amarrei a espada. Vasco sempre saía armado, mas na verdade não precisava.

Até o apagado auxiliar de Imer, que tentara ser obsequioso comigo dois dias antes, simplesmente caiu para trás de horror quando o *vizio* se aproximou. Apontei a porta do outro lado. Vasco marchou direto até lá sem esperar permissão e mandou o cliente do advogado ir embora, o que ele fez com toda a rapidez. O advogado acovardou-se atrás da escrivaninha e prestou atenção com fúria em constante intensificação enquanto eu explicava o que queríamos.

— Sob a autoridade de quem? — coaxou quando terminei.

— Filiberto? — chamei.

Vasco disparou-me um venenoso olhar e em seguida respondeu:

— O senhor tem o dever de cooperar com o Conselho dos Dez, *lustrissimo*. Preciso retornar e informar que se recusa?

— O Conselho ordenou isso?

— Encontro-me aqui sob instruções do *Missier Grande*.

Imer contorceu-se.

— A que horas?

Respondi:

— Uma hora após a da última prece litúrgica do Angelus será suficiente.

— Terei de servir vinho de novo?

— A menos que deseje, não. Mas precisamos dos mesmos móveis, taças e alguns livros ou documentos. Também queremos a presença do criado Giuseppe Benzon.

— O que mandar, *apprentice*. — O olhar furioso do advogado teria congelado o Grande Canal. Vasco era intocável, porém eu fizera mais um inimigo.

Ao sairmos lado a lado, comentei.

— Deve ser bom ter tanto poder.

Vasco é um pouco mais alto que eu e nunca perde uma chance de olhar-me de cima.

— Sim e não.

— Qual é o não?

— Também tenho pesadelos.

De vez em quando, ele mostra um veio humilde que considero muito irritante.

Mandei Giorgio seguir para a Casa della Naves, instalei-me à vontade, abri as cortinas e preparei-me para desfrutar o passeio. Embora pensasse em silêncio quase o tempo todo, Vasco de vez em quando fazia, como quem não queria nada, uma pergunta simples sobre nosso trabalho em andamento. Eu respondia com franqueza, e admirava o talento do sujeito. Sem nunca pressionar, ele logo soube tudo que valia a pena saber relacionado ao meu encontro com os chefes.

— Então seu amo não lhe confiou o nome do assassino?

— O seu contou-lhe que Karagounis se achava sob observação? — rebati.

Não houve resposta.

— Sabe alguma coisa sobre Domenico Chiari?

Vasco perfurou-me com o frio olhar escuro.

— Deveria saber?

— Sim. O casal estrangeiro que vamos visitar o contratou como intérprete e guia, portanto, é certo como a Sagrada Escritura que ele espionava para os Dez. Semana passada, desapareceu. Eu gostaria de saber se os abandonou, recebeu ordens de fazê-lo ou apenas vai aparecer flutuando de bruços em algum lugar na lagoa.

— Você é melodramático.

— Vimos quatro mortes violentas em três dias e escapei por um fio de outra.

Vasco suspirou.

— A vida tem grandes tristezas. Conheci um Domenico Chiari. Recebemos aulas do mesmo professor, mas não o vejo há séculos. Trabalha para um banqueiro. Não sei se espiona para os Dez. Só o *Circospetto* teria certeza.

Ao subirmos pela escada ecoante, bolorenta e coberta de crostas da Casa della Naves, comentei:

— Sir Bellamy Feather se encontra aqui na cidade há uns dois meses, e compra quadros e outras obras de arte para colecionadores do norte da Europa. Lady Hyacinth, a esposa, é do tamanho de uma barcaça de dragagem do canal e mais esperta do que finge ser. Não foram convidados à festa de Imer, mas compareceram assim mesmo, e Imer os pôs para fora. Não têm qualquer motivo sabido para matar o procurador.

— Sucinto relatório, delegado.

Esse desdém o fez avançar alguns pontos, por isso resolvi tentar com mais empenho. Martelei a porta. Esperamos. Permaneceu fechada.

— Posso descer correndo e buscar Bruno — sugeri.

O *vizio* levantava um punho oficial para tentar a sorte quando a porta se abriu, e eis o próprio Sir Feather, gola redonda franzida, bigode do tamanho de um remo e ombros altos. De fato, não tão pequeno quanto eu me lembrava, mas também a mulher não se achava presente.

— Está atrasado! Nós os esperávamos — disse o dono da casa naquele francês execrável. — Ali estão eles. — Afastou-se para revelar uma pilha de baús e caixas amarradas. Então me viu. — Você de novo? Como ousa retornar a esta casa?

— Em carne e osso. — Curvei-me. — E apresento-lhe...

— Vá embora antes que eu chame a polícia! — Tentou fechar a porta, mas a longa perna da lei interveio... Vasco enfiou a bota.

— *Je suis um gendarme, monseigneur.* O senhor tem alguma queixa contra este homem? — O maldito falava francês melhor que eu e era mais musculoso que Feather, porque a porta se abriu, apesar dos melhores esforços do inglês para segurá-la. Sei por travar lâminas com ele em muitas ocasiões que Vasco tem pulsos mais fortes que os meus, outra falha de caráter.

Feather lançou-nos um olhar furioso, como se não soubesse qual odiava mais.

— Ele se enfiou nesta casa anteontem à noite, sob falsos pretextos, e forçou minha esposa a entrar no quarto com a peta de que desejava inspecionar os quadros que colecionamos, e, se eu não retornasse no momento oportuno, poderia...

— Sim? — disse Vasco, ofegante.

— Tê-la assustado muito.

— Trata-se de uma seriíssima acusação — comentou o *vizio*, e o olhar de esguelha que me deu vinha impregnado de puro êxtase. O Céu atendera-lhe as preces. — Precisarei ouvir todos os detalhes. Sou Filiberto Vasco, vice-chefe de polícia da serena República. — Exibiu o distintivo prateado no cinto, enquanto avançava aos poucos apartamento adentro e tocava Feather em frente.

— Não há tempo! Minha mulher e eu vamos partir agora mesmo. Os homens que vão chegar para pegar as bagagens se atrasaram.

Nesse momento, surgiu a senhora da casa, matraqueando alguma pergunta gutural ao marido. Vasco arregalou os olhos diante da visão. Encarou-me como a perguntar-se como uma acusação de tentativa de estupro resistiria perante os juízes. E então, para minha intensa irritação, passou para o inglês. Ficou claro que não tinha fluência no idioma, mas falava no mínimo tão bem quanto qualquer um de nós o francês. Os dois gritaram de alegria e os três começaram a tagarelar numa miscelânea de duas línguas.

Mais um ponto para Vasco! Aquele dia não estava saindo como devia.

Não fui bem excluído, pois consegui adivinhar o que acontecia pelas palavras francesas e observando as expressões. Os Feather logo iam deixar a cidade com destino a Roma. Mas Vasco recebeu ordens para certificar-se de que comparecessem à festa do Mestre naquela noite, e tratava-se apenas de estrangeiros, portanto, ele tinha toda a autoridade necessária. Agora que Sir Bellamy me acusara de tentativa de estupro, explicou, seriam obrigados a permanecer na cidade até que se realizasse uma investigação.

Os ingleses gozam da reputação de ser uma raça fleumática, mas Feather explodiu como um canhão. Bateu os pés, gritou e em determinado ponto pareceu prestes a desembainhar a espada. Não me preocupei com isso, pois sabia que Vasco tinha grande destreza com o florete e seria um prazer constar que o estrangeiro se revelara destro. Esperei, recostado no batente da porta, uma vez ou outra reprimindo um bocejo. Hyacinth observava a rixa com toda a atenção, sem nada dizer.

Três homens subiram com lerdeza a escada e pararam assustados ao ver o *vizio* discutindo com um estrangeiro louco. O próprio Vasco, que começava a acalorar-se, saiu ao corredor.

— Se vieram para levar a bagagem dos estrangeiros, não são necessários hoje.

Os carregadores deram de ombros e retiraram-se sem uma palavra. Ele virou-se e a porta bateu-lhe na cara com um estrondo. Riu.

— Melhor dia do que esperava? — perguntei.
— Ah, muito melhor! Fique aqui, Zeno. Não creio que tentem escapar sem a bagagem, mas preciso buscar alguns reforços. — Partiu depressa escada abaixo.
Fiquei à espera de que a porta se abrisse, o que ocorreu alguns minutos depois. Hyacinth espreitou pela fresta e depois surgiu de corpo inteiro.
— Exigimos ver o embaixador inglês!
— Não posso ajudá-la, senhora. A questão está nas mãos dos magistrados.
Ela encarou-me, pensativa.
— Eu poderia recompensá-lo bem se levasse uma mensagem a ele. Dois ducados?
Suspirei e balancei a cabeça com profundo pesar.
Ela mudou de sinais, baixou as pálpebras e franziu os lábios rechonchudos.
— Se pudesse me ajudar, eu teria uma *grande* dívida com o senhor, *lustrissimo*.
Que os santos me protejam! Imaginei uma luta com aqueles imensos membros e apressei-me em vez disso a pensar em Violetta.
— De nada adiantaria. O *vizio* foi buscar guardas. Se vocês tentarem deixar a cidade, serão detidos, senhora. Lamento.
Ela tornou a entrar e bateu a porta.
Vasco reapareceu no pé do primeiro lance de escada e acenou-me para que descesse até lá.
— Tudo resolvido? — perguntei. — Foi rápido.
Ele sorriu com ar presunçoso.
— Tudo.

O APRENDIZ DE ALQUIMISTA

Veneza não conta com nada semelhante às grandes forças policiais encontradas na maioria das cidades, mas o Conselho dos Dez tem agentes em toda parte. Sem dúvida, alguém já comunicava ao palácio e outros vigiariam para que os Feather não fugissem.

Ao voltarmos para a gôndola, perguntei:

— Vou ser acusado de tentativa de estupro?

— Espero que possamos acertar isso — disse rindo o *gendarme*. — Desconfio que vai depender do que acontecer esta noite. Se precisarmos de uma forma para resolver o problema de nosso Alfeo Zeno, e os Feather de permissão para deixar a cidade, é possível encontrar uma solução para nossa satisfação mútua, embora não para a sua.

— Decerto — concordei. — Automática sentença de morte comutada para dez anos de trabalhos forçados nas galés?

— Eu não contaria com essa última parte se fosse você.

Outro ponto para ele.

— Você comentou que dividiu um professor com Domenico Chiari. Que matéria estudavam? — perguntei.

— Inglês e alemão.

— Para quê?

— Acha que consegui esse emprego só pela boa aparência?

— Óbvio que não. — Conseguira por ser sobrinho de alguém, mas seria mesquinho dizê-lo. — Então Domenico foi plantado junto aos estrangeiros com a missão de espionar para os Dez, mas só admitiu saber francês, não inglês, para poder escutar às escondidas as conversas privadas do casal?

— Isso é bastante óbvio, Alfeo. Simplista ao extremo.

— Sinto muito — respondi. — Não passo de um *monseigneur* idiota. Domenico Chiari agora retornou às atividades normais no banco e espiona as transações monetárias estrangeiras? Chegamos ao ancoradouro, e já havíamos entrado na gôndola sem que eu obtivesse uma resposta ainda. Mandei Giorgio levar-nos à Casa Orseolo. Quando me juntei a Vasco na *felze*, ele respondeu:
— Não sei o que aconteceu com Domenico. Não é meu amigo íntimo, só amigo. Mais um motivo para os Feather não partirem de Veneza hoje.

22

A Casa Orseolo ficava diante do Grande Canal, certamente. Velha demais para ser um dos palácios de verdadeiro esplendor, ainda desprendia um cheiro de dinheiro que me causava intensa irritação quando lembrava a dificuldade que tivera para receber o pagamento do Mestre pelo malfadado horóscopo. Duas grandes barcaças de carga achavam-se amarradas no portão de acesso ao canal quando chegamos, e Giorgio teve problema para ancorar. Embora Florença seja um grande centro de tecelagem, Veneza comercializa lã que vem da Inglaterra e de Flandres, algodão do Egito e seda do norte da China. Eu sabia que aquela casa era uma das principais importadoras de tecidos acabados, e contei dez homens descarregando fardos. Dentro do *androne*, vi pilhas de móveis que na certa haviam acabado de chegar das Procuradorias.

Sozinho, e sobretudo após a disputa de cuspe a distância da véspera, eu teria precisado do apoio de uma brigada de mosqueteiros para chegar perto de qualquer membro da família. Eu tinha o caro Vasco, em vez disso. Sem hesitação, ele entrou com arrogância no *androne*, rumou direto para um homem que dava ordens e exigiu ser levado sem demora ao nobre Enrico. E lá seguia ele comigo, um sorriso de satisfação ao lado. Nem sequer tivemos de subir. O Camaleão e o filho encontravam-se fechados numa sala de contabilidade próxima, com um escriturário idoso e uma dezena de maciços livros contábeis. Nenhum deles usava luto formal, portanto a dor fora afastada com estoicismo em favor do cálculo da herança. Ou talvez o jovem Benedetto ouvisse uma aula sobre os negócios da família. A tipoia ainda lhe pendia do pescoço, mas não continha o braço, cuja mão segurava uma caneta, e ele fazia anotações. Curara-se rapidamente, óbvio.

Pai e filho olharam com irada descrença os intrusos, de Vasco a Zeno e de novo do último ao primeiro. Vasco afastou-se com um floreio para dar-me o palco. O escriturário, com todo o tato, saiu correndo e fechou a porta.

Fiz uma respeitosa mesura.

— Excelência... *sier* Benedetto... lamento profundamente intrometer-me mais uma vez na sua dor. Informei Vossa Excelência ontem que oficiais da República apoiavam minha investigação da morte de seu honrado pai. — Interrompi-me para Enrico comentar. Ele apenas apoiou os braços na mesa e encarou-me com aqueles olhos bojudos como Júpiter disparando raios.

Continuei:

— Hoje à noite, uma hora após o Angelus, as pessoas presentes na residência de Imer na noite do dia treze tornarão a reunir-se lá, ocasião durante a qual meu Mestre, doutor Nostradamus, demonstrará como e por quem o procurador foi assassinado. Como sua filha foi uma das testemunhas, solicitamos que ela compareça.

Enrico esperou para ver se era tudo, depois dirigiu os olhos de serpente ao meu acompanhante.

— Você é o autêntico *vizio*, Filiberto Vasco?

— Sou, Excelência.

Perguntei-me se o grande conciliador ia oferecer-nos um acordo, algo que envolvesse apenas metade de minha cabeça numa bandeja.

— Eu queria ter toda a certeza. O vigarista ao seu lado invadiu nossa casa na manhã de ontem afirmando falar pelo Conselho dos Dez e acompanhado por uma prostituta fantasiada de freira. Criou um distúrbio e chegou a ameaçar atacar meu filho desarmado. Surpreende-me a companhia com quem anda, *vizio*.

O dia de Vasco apenas continuava a ficar melhor. Eu não imaginava como ele conseguira impedir-se de dar aqueles risinhos.

— Causa-me profundo choque ouvir essas acusações, Excelência. São gravíssimas e tenho certeza de que os Dez reagirão com grande severidade.

— É ele um *nobile homo* como afirma?

Vasco suspirou.

— Ai de mim, sim, no momento, mas, mesmo que escape da forca, será, sem a menor dúvida, riscado do Livro de Ouro quando o enviarem aos trabalhos forçados nas galés.

— Deu-me um sorriso caloroso. — O amo dele tem de fato permissão para apresentar uma reencenação à noite, porém, e a ação contra os dois terá de esperar até a conclusão do evento. Espero que o próprio *Missier Grande* compareça, e com certeza obsequiará um ministro de sua eminência levando Zeno preso tão logo termine a farsa. Posso comunicar que sua filha comparecerá?

Eu mantinha um olho em Benedetto, que parecia transtornado. Alfeo, com o apoio do *vizio*, era uma ameaça muito mais verossímil que Alfeo sem ele.

O pai disse:

— Como membro do *Collegio*, faço grave objeção a essa importunação em um momento de luto. O Conselho dos Dez aprovou a farsa que o senhor descreve?

Vasco não teria chegado aonde se achava sem algum talento natural para a confusão.

— Os chefes não fizeram objeções à proposta do Mestre Nostradamus, mas tampouco lhe concederam imunidade. Ele e Zeno talvez fiquem vulneráveis a uma acusação no mínimo por delito maldoso.

— Cuidarei para que os dois sejam acusados — disse Enrico, lançando-me um olhar venenoso. — Minha filha estará presente.

Quando voltamos ao ancoradouro, Vasco aconselhou:

— Se tem algum juízo, rapaz, comece logo a correr e não pare até chegar a algum lugar no interior do Reino do padre João, já de barba longa.

— Gosta dessa perspectiva?

— Ajuda-me a suportar as agruras da vida.

Mandei Giorgio seguir para a Casa Tirali.

Por vários motivos, eu temia o iminente encontro com o novo embaixador. Primeiro, embora lhe houvesse recusado por carta a incrível e generosa oferta, sem dúvida encontraria uma amável e cortês resposta à espera quando voltasse à Casa Barbolano. Segundo, sentia forte desconfiança de que ele fora possuído, como Karagounis, pois a oferta não era apenas incrível em si, viera próxima demais após eu ter sido seduzido pelo manuscrito. E terceiro, mesmo minha imprudência tem limites. Tirali pai pertencia ao círculo interno do governo. Como um dos seis grandes ministros, Enrico Orseolo integrava outro, por certo, mas Vasco e eu não havíamos exigido que ele comparecesse à reunião, apenas pedido que enviasse a filha.

Não precisei do *vizio* para ser admitido, pois o porteiro me concedeu honras de nobre. Mostrou profundo pesar porque o embaixador Tirali já partira para o palácio, mas Pasqual se achava na residência. Se o *clarissimo* quisesse ter a bondade de acompanhá-lo... Levou-nos pela majestosa escada acima e deixou-nos no imponente *salotto* enquanto ia comunicar nossa presença. Dirigi-me a um quadro de Palma Vecchio que admirara na véspera.

Vasco mal percebera a diferença em minha recepção. Encaminhou-se devagar para junto de mim.

— Amigo da família?

— Vizinho — respondi, examinando as pinceladas com o nariz quase na tela. — Alimento o gato quando saem da cidade.

— Hum? — ele disse, e após um momento: — Tem alguma teoria sobre *o motivo* de seu amo lunático mostrar tão diabólico sigilo sobre o nome do assassino?

— Tenho. Qual é a sua?

— Acreditam, por engano — ele murmurou —, que o Conselho dos Dez, embora muitas vezes demonstre uma insana suspeita dos membros da nobreza que julga tramarem traição com estrangeiros, não seja às vezes tão assíduo quanto deveria ao acusar os mesmos aristocratas de comportamento apenas criminoso. Se seu amo partilha dessa sediciosa ideia equivocada, talvez ache que poderia forçar a mão dos Dez denunciando o culpado em público.

— Isso pressupõe — respondi — que ele pretende acusar um nobre. Também que os Dez já sabem ou suspeitam de quem se trata e decidiram deixá-lo de fora aceitando o suicídio do grego como uma confissão de culpa, e os chefes não gostam dessa simulação de justiça e aproveitaram a oferta do meu amo como uma forma de frustrar a vontade da maioria. Você está tirando uma pilha de conclusões precipitadas, *vizio*.

— Então, qual é a sua teoria?

— Que ele dizia a verdade quando afirmou que uma acusação não convenceria, mas uma demonstração, sim.

— Só isso?

— Não. — Recuei para admirar a composição de longe. — Ele também é um verdadeiro bufão que adora se exibir.

— Ele vai andar numa corda muito bamba hoje à noite, então.

Antes que eu pudesse contestá-lo, Pasqual Tirali entrou, com uma aparência malcheirosa, como se houvesse sido arrastado da cama e vestido às pressas. Perguntei-me se passara a noite toda se divertindo com Violetta e logo repeli a ideia. Embora fosse uma hora inescrupulosa para visitar um inútil aristocrata, ele abraçou-me e reconheceu a reverência de Vasco com um amável balanço da cabeça.

Expliquei nossa missão.

O rapaz olhou-me com desagrado.

— Você nos disse ontem, Alfeo, que não encontrara nenhuma prova de que a morte do procurador se devia a um crime.

— Eu continuaria a dizer o mesmo, mas meu amo discorda. Ele insiste em que vai desmascarar o assassino esta noite.

Ele deu o irresistível sorriso da família Tirali.

— Então não podemos perder a emoção. Meu pai está muito ocupado no momento, apronta-se para o novo cargo, mas o avisarei. Quanto tempo vai durar?

— Espero que não mais de uma hora, Pasqual.

— E devo levar a mesma dama que me acompanhou naquela noite? — Não revelava no rosto qualquer sinal de zombaria nem conhecimento secreto. Se ele sabia que dividia Violetta comigo, era um ator de espantoso talento.

— Seria muita gentileza de sua parte.

— Será um prazer. Minha mãe?

— Não, ele pediu apenas os que se encontravam na sala de exposição.

— Conhecendo minha mãe, ela talvez não aceite não como resposta. — Com toda a sutileza, começou a conduzir-nos em direção à porta. — Meu pai ficou muito decepcionado quando recebeu sua carta hoje de manhã, Alfeo.

Murmurei desculpas.

— Sei que ele lhe enviou uma resposta deixando a oferta em aberto, caso você mude de ideia.

Isso me fez sentir ainda mais ingrato, sem dúvida. A inevitável pergunta veio quando Vasco e eu descemos a escada de mármore.

— Que oferta?

— O gato. Ele queria que eu cuidasse do bichano enquanto permanecia em Roma.

— Eis o meu chiqueiro — informei, ao nos aproximarmos da Casa Barbolano. — Giorgio o levará aonde você quiser ir. Espero que não se importe se eu não convidá-lo a entrar. Os vizinhos ficariam chocados.

— Entendo completamente — rebateu Vasco. — Em minha função, sou obrigado a associar-me com a pior escória imaginável. Vamos tornar a nos encontrar esta noite, espero. Mas também tenho a esperança de que não seja pela última vez.

— Amém — consenti. — Gosto muito de nossas rodadas de esgrima.

Quando saltei da *felze*, captei o olhar de Giorgio e avisei *Volte rápido* na linguagem de sinais de Bruno. Ele apenas assentiu com a cabeça, um gesto que significa a mesma coisa para o surdo e eu, como para todos os demais no mundo, exceto os gregos. Com Vasco a bordo, a gôndola partiu a toda pelo canal.

Nossa chegada passara quase despercebida, pois os batalhões de Marciana encontravam-se todos fora no cais, em meio à competição de gritos com os trabalhadores no sítio de construção do outro lado. Insultos e gestos obscenos voavam de parte a parte. Divertiu-me notar que Corrado e

O APRENDIZ DE ALQUIMISTA

Christoforo, no outro lado, berravam xingamentos tão alto quanto qualquer um aos amigos do lado de cá. Não me dei ao trabalho de perguntar a causa da disputa. Apenas por ser Veneza, desconfiei. Mandei Bruno subir e recostei-me na ombreira da porta para julgar o insulto. O exército de Marciana venceu por omissão dos adversários quando o capataz oposto conseguiu levar todos de volta ao trabalho.

Giorgio retornou num tempo espantosamente curto e fez a gôndola esvoaçar com rapidez pelo rio San Remo, como uma ave marinha. Encostou no cais e subi cambaleante a bordo. Gostaria de dizer que saltei a bordo, mas a perna latejava de novo.

— Aonde foi ele?
— Ao Rialto.
— O mais depressa possível! — gritei, e desabei num banco. Quase nunca peço isso a Giorgio, e ele reagiu com uma violenta guinada do remo, fazendo rodopiar a gôndola no eixo debaixo de grandes gritos furiosos de outros barcos que passavam por nós, e depois disparando-o de volta pelo caminho que percorrera como uma bala de mosquete.

Eu sabia o motivo exato pelo qual Vasco fora a Rialto, mas tinha muito pouca esperança de encontrá-lo. A área fica no centro comercial de toda a República. Tem a única ponte sobre o Grande Canal, onde se realizam as transações bancárias, se aloja a maioria dos estrangeiros e ficam os grandes mercados de secos e molhados — não surpreende que esteja o tempo todo apinhada de gente.

Giorgio disparou a gôndola entre duas outras diante do Palazzo dei Dieci Savi e gritou:

— Por ali! — Desembarquei com dificuldade e capenguei o mais rápido que pude ao longo da Ruga degli Oréfici, abarrotada de pessoas que se dirigiam aos lares para a refeição do meio-dia. Os banqueiros congregam-se sobretudo perto da igreja de San Giacomo di Rialto, escrevendo em livros-razão abertos sobre mesas embaixo dos pórticos. Se Domenico Chiari tinha mais ou menos a mesma idade que Vasco e eu, como Vasco dera a entender, não passaria de mais um auxiliar, um subordinado que se poderia despachar em serviços externos para qualquer parte da cidade. Por isso o policial talvez houvesse sido malsucedido e retornado ao palácio para apresentar-se a *Missier Grande*.

Mas não o fez. San Giacomo atendeu às minhas ofegantes preces, e captei o vislumbre de uma capa vermelha. O *vizio*, em pé perto de um pilar, tinha uma amistosa conversa particular a dois com um rapaz da nossa idade, só que mais baixo, rechonchudo e de óculos. A multidão observara a capa e deixara um claro espaço no meio. Assim mesmo, os dois conversavam em sussurros. Por sorte, Vasco dava-me as costas, por isso pude aproximar-me sem ser notado e parar bem atrás do ombro dele. Olhei de soslaio como um tubarão para Domenico, de modo que não lhe permitisse deixar de ver-me — escutar às escondidas fica abaixo de minha dignidade e honra, a não ser que possa fazê-lo sem ser observado.

Ele acovardou-se. Com os óculos equilibrados no arrebitado e quase cômico nariz, parecia muito apalermado.

Vasco rodopiou numa meia-volta e expôs-me as presas.

— O que você quer?

— Uma conversa com o ilustre Domenico.
— Vá embora! — disse o *vizio* — Ou o prenderei por distúrbio público. Dom, não responda a qualquer pergunta que esse sujeito lhe fizer. Se o atormentar de algum modo, jogue-o no canal.
Chiari deu um sorriso nervoso.
— Acho que não consigo fazer isso sem ajuda.
— E muita ajuda — sugeri.
— Quatro escrivães e dois controladores de mercadorias bastariam?
Oh, um engraçadinho!
Vasco tampouco achou graça.
— Vá embora, Zeno.
Dei de ombros
— Pouquíssimas perguntas, muito inofensivas. Ele espiona para o Conselho dos Dez?
Chiari, por azar, não empalideceu nem se encolheu como um culpado. Riu como se fosse a mais engraçada sugestão que ouvira em muitos anos.
Vasco disse:
— Não é da sua conta. Tenho de aturá-lo, mas não permitirei que incomode os amigos. Agora vá!
Diversão é diversão, mas, se eu ocultasse informação apenas para superá-lo em pontos, iria estender-lhe um porrete com o qual me bater depois. Além disso, ele alcançara vários pontos de manhã.
— Trégua? — propus. — Apenas escute enquanto lhe faço duas perguntas. Responda ele ou não, você ficará satisfeito.
— Não!

— Ele mente para você. Pela minha honra e como espero a salvação. — Persignei-me.

Cooperamos antes, Filiberto Vasco e eu, embora não com muita frequência. Ambos odiamos fazê-lo, o *vizio* na certa mais do que eu, mas sabe que jogo limpo. Nem sempre tenho tanta certeza em relação a ele.

Ele olhou-me de cara feia.

— Trégua, então, pois San Marco é minha testemunha. Dom, este é *sier* Alfeo Zeno e você continua desobrigado de dar respostas.

Chiari examinou-me com educação por cima dos óculos.

— Como posso ajudá-lo, *clarissimo*?

— O Milagre da Santa Cruz — respondi. — Pintado por Ticiano. Aconselhou o *sier* Bellamy Feather quando ele o comprou?

Desta vez a resposta veio mais reservada.

— Traduzi para ele durante as negociações. Não simulo ser especialista em arte.

— Mas você é veneziano? Pois fala como um. Deve ter reconhecido a ponte no fundo do quadro.

— Parecia muito semelhante à do Rialto, mas os pintores...

— Eu me lembro da época em que concluíam a nova ponte — interrompi. — Como também deve se lembrar. Em que ano morreu Ticiano, *lustrissimo*?

— Não me lembro, *clarissimo*. Não sou...

— Em 1576.

Se vi o brilho de suor na testa dele, Vasco com certeza também viu.

Eu não precisava fazer mais perguntas. O intérprete tinha o rosto pálido como cinza e o do policial, escarlate de fúria.

O APRENDIZ DE ALQUIMISTA

— Acho o quadro no estilo do mestre, pintado por um dos alunos, messer – disse Chiari.
— Sem dúvida, mas passa por ter sido pintado por ele. Quanto custou a Feather?
— Não me lembro.

Não precisei fazer mais perguntas. Ele ficara pálido como cinza, e Vasco, escarlate de raiva.

— O que está insinuando, Zeno?
— Trégua, lembra? Um ou dois peixes estragados na rede eu poderia entender, mas a associação dos Feather com *seu amigo* acabou por ser espantosamente desafortunada para eles. A senhora me mostrou seis quadros, e apenas um deles bom. *Seu amigo* deve associar-se com negociantes muito inescrupulosos. Ele espiona para os Dez?
— Sim — respondeu Vasco por entre dentes cerrados.

Domenico olhou-o boquiaberto de horror.
— Então, quando um rico estrangeiro e a esposa chegaram e alugaram uma luxuosa...
— Não! — guinchou Chiari. — Os banqueiros dele em Londres escreveram à Casa Pesaro antes mesmo da chegada do inglês...
— Irrelevante — afirmei ao Vasco. — A Casa Pesaro informou aos Dez o pedido de Londres... ou os Dez abriram a correspondência deles, talvez. Na certa as duas coisas. Disseram à Casa Pesaro que designasse *seu amigo* aos Feather, pois os estrangeiros muito ricos são suspeitos. Ele descobriu que o casal tinha mais dinheiro que conhecimento, sem nenhuma má intenção. Passou a enganá-los e a oferecer o tipo de lixo pintado apenas para turistas ignorantes.

Talvez tenha até enfeitado com bordados as informações que passava ao *Circospetto*, a fim de fazer os Feather parecerem perigosos o bastante e justificar a vigilância. Que tipo de propina supõe que os falsários pagavam? Metade? Um terço? Então os britânicos descobriram o que ele fazia e o puseram na rua, ou os Dez julgaram os estrangeiros inofensivos e o retiraram do caso. Lembro a você, meu caro Filiberto, que, embora nós, venezianos, sejamos os regateadores mais duros do mundo, sempre mantemos a palavra. Enganar clientes não existe apenas nas cartas.

Vasco rosnava.

— Terminou?

— Por certo. Demonstrei que tenho razão, não?

— A trégua terminou. Dê o fora.

— Tenho de comunicar esse roubo à Boca do Leão?

— Eu cuido dele. Fora daqui! — repetiu Vasco, furioso.

Domenico Chiari desabou no chão num desmaio mortal, e fez várias cabeças voltarem-se. Espectadores gritaram, assustados, com um tom implícito de raiva contra o ameaçador *vizio*. Curvei-me com um irônico floreio e deixei o policial cuidar da situação.

Uns dez pontos para mim.

Ao atravessar de volta o *campo*, capengando, refleti que devia ter jogado minhas cartas com um pouco mais de sutileza. Não descobrira a verdade sobre a visita dos Feather a Karagounis. Os dois haviam insistido em que o grego os convidara à exposição de livros na casa de Imer; ele negara. Sem dúvida, Domenico Chiari criara esse mal-entendido para seus próprios fins. Bem, embora Karagounis estivesse além do interrogatório, Chiari não estava, e os torturadores dos Dez logo iriam arrancar-lhe a verdade sob a tortura da corda.

— Você parece muito feliz, Alfeo — disse Giorgio, enquanto remava muito sereno pelo Grande Canal.

— Foi uma manhã tão esplêndida! Eu não me divertia tanto desde quando tinha quatro anos e arrancava asas de moscas.

— Agora arranca plumas do *vizio*?

— *Adorado* Filiberto!

— Cuidado, Alfeo. Ele tem um inimigo perigoso.

— Ele é um maravilhoso inimigo. Ele nunca para de tentar.

— Foi o que eu quis dizer — avisou Giorgio.

Era cedo demais para visitar Violetta, por isso subi para ver se o Mestre abrira e lera minha carta do embaixador Tirali.

Fizera-o, decerto. Depois usara-a como marcador de livro, para eu precisar perguntar e ele ter de encontrá-la. Continuava em profunda concentração na busca de Hermes e Mercúrio. Enquanto relatava as duas últimas horas, tentava pôr alguma ordem na incrível confusão amontoada que se acumula tão logo dou as costas.

Ele balançou a cabeça.

— Satisfatório. Há algumas cartas a escrever, e... sobre esta noite... — Fixou-me um olhar áspero. — Use a espada.

Ele sabe perfeitamente que usar uma espada durante a noite é ilegal.

— Sem dúvida, embora eu não seja muito bom com ela. Minha perna ainda dói.

— Refiro-me às aparências. Quanto custaria vestir-se como um verdadeiro nobre?
— Sou um verdadeiro nobre. — Deixei transparecer irritação. — O senhor mesmo vasculhou minhas lembranças ontem à noite, não?

O velho conseguiu parecer surpreso.

— Fiz apenas perguntas importantes sobre o assassinato, nada particular. A questão é que não posso gritar. Nem intimidar as pessoas. Preciso que você mantenha o controle da reunião esta noite. Deve ter a aparência adequada ao papel. As roupas falam. Quanto?

— Quer que eu controle *Missier Grande*, o *vizio*, um poderoso ministro, um embaixador, o filho do embaixador, um advogado, e talvez todo o Conselho dos Dez? — perguntei, intimidado. — Essa confiança me lisonjeia. Será que o doge não me emprestaria o *corno*? Vestir-me como um nobre a partir do zero levaria no mínimo uma semana, mas as casas de penhor no gueto têm muitas peças boas. Posso procurar lá e mandar alterar tudo para me cair bem. Quatro ou cinco ducados. Dez seriam melhor. Do contrário, pareceria pretensioso e falso.

Ele engoliu em seco, como magoado.

— Vá e faça. Anote no livro-razão.

— Como o quê?

— Manutenção de aparência. Apresse-se, antes que eu mude de ideia.

23

Bruno tinha meios estranhos de saber das coisas, e, quando voltei à casa com a valiosa indumentária, ficou empolgado e perguntou se o Mestre ia precisar dele mais tarde. Depois que assenti com a cabeça, correu a pegar a cadeira de arruar e prepará-la. Nas duas horas seguintes, vagou por ali num devaneio sobre se devia usá-la, uma ameaça ao trabalho artístico da Barbolano toda vez que dava meia-volta.

Mas acabei ficando pronto também. O azul sempre fora a minha melhor cor. Realça-me a beleza sensual, ou algo assim. Escolhera um gibão de seda azul-pavão, bordado em ouro, de larga gola branca preguada, mangas bufantes amarradas nas pontas com fita prateada, e tiras de linho franzido em rufos que espreitavam pelos cortes. Botões de âmbar em forma de pérolas e morangos também âmbar decoravam o cinto. Sob a cintura muito baixa, eu ostentava bragas até os joelhos e meias de seda brancas apertadas e transparentes o bastante para revelar cada volta da atadura na panturrilha. O manto curto de brocado prateado e debruado de pele pendia dos ombros de modo que não escondia as mangas; o chapéu em forma de saco elevava-se a cinquenta centímetros de altura. Eu esperava que Violetta conseguisse controlar-se quando pusesse os olhos em tamanho esplendor. Com um ajuste de última hora na queda do florete e adaga, entrei andando afetado no *salone* com sapatos de fivela dourada.

Christoforo gritou e caiu ajoelhado. Corrado e Archangelo chegaram disparados para ver o que houvera, e ainda mais sobrepujados tombaram no chão, contorcendo-se e gemendo. Então surgiu uma torrente de irmãos e irmãs mais moços, a própria Mama, e Giorgio metido no melhor vermelho e preto. Com risadinhas aos irmãos bufões, a criançada começou a curvar-se e fazer mesuras. A alegria terminou quando pisadas fortes anunciaram a chegada do Mestre com a túnica preta de físico — até os gêmeos atentavam nas maneiras perto dele, após terem sido advertidos tantas vezes de que ele poderia transformá-los em sapos. O que o restante de nós julgaria um aperfeiçoamento, veja-se bem.

Bruno aproximou-se esbaforido e ajoelhou-se para oferecer a cadeira. Fui assistir, deslocando-me com cuidado para o caso de a capa cair e envergonhar-me. O Mestre encarou meu esplendor com intensa aversão.

— Quanto custou tudo isso?

— Acho que uns vinte ducados. Não é metal e vidro, o senhor sabe.

— Obsceno! — disse o velho, e subiu desajeitado na cadeira.

Tão logo ele se instalou, bati no ombro de Bruno para informá-lo de que podia levantar-se, e os três seguimos Giorgio até o andar térreo. Fazia uma bela noite, e os foliões do

O APRENDIZ DE ALQUIMISTA

carnaval já haviam tomado as ruas, barcos lotados os transportavam cantando junto com os gondoleiros, mesmo no sonolento rio San Remo. O Mestre e nós nos acomodamos à vontade sob a *felze* — eu com alguma dificuldade para ajeitar espada e chapéu, admito. Bruno sentou-se na proa para tapar a vista como só ele fazia. O gondoleiro deu a partida.

— Os vinte ducados, amo? Posso registrá-los no livro-razão?

O velho avarento deu uma risadinha.

— Registre o que gastou. Mas amanhã precisa levar as roupas de volta ao gueto e obter o que puder por elas. Registre o que conseguir como crédito.

Jamais consigo enganá-lo. Representamos essa farsa antes, quando ele quer que eu me vista com elegância, e sempre resolvo o problema da mesma maneira. Atravessei o *campo* até a Casa Tron San Remo do outro lado, moradia do amigo Fulgentio, agora escudeiro ducal. Como já disse, temos o mesmo tamanho, e por sorte encontrei-o em casa. Quando expliquei que precisava brilhar diante de algumas pessoas importantes, ele logo mandou chamar o valete e ordenou que me vestisse. Recusei-me a cooperar até fazê-lo prometer aceitar as roupas de volta no dia seguinte e não tentar transformá-las num presente. Concordou com relutância, e resmungou que raras vezes chegava a usar coisas decentes, agora que tinha de passar disfarçado de gárgula em trapos de escudeiro durante dias inteiros e metade das noites.

O Mestre não fazia ideia de como isso me humilhava. Eu vivia me prometendo que da próxima vez o levaria ao pé da letra e gastaria de fato parte do monte de ouro. Até então jamais fizera. Ele choraria.

Passei aos negócios.
— Mestre, preciso de instrução. O senhor decifrou o resto da quadrinha? O ouro e os olhos da serpente giravam sobre o atentado à minha vida. Mas *Assim triunfa de longe o amor impensável* soa como uma pista para o assassinato.
— Bem pode ser que sim.
Resistindo à tentação de ranger os dentes ou arrancar-lhe a soco os dentes, expliquei.
— Tentei uma leitura antes de sairmos.
— Tarô? Bobagem de mulheres velhas.
— Bem pode ser que sim.
— O que disseram as cartas?
— Para a pergunta, assunto, ou presente, joguei Fogo, o Trunfo XV. Isso me intriga. É óbvio que não representa nem a mim nem ao senhor nem um assassino. — O Fogo mostra uma torre atingida por raio, com um homem e uma mulher caindo. — Pode significar perigo para a República?
Ele deu uma risadinha.
— Não neste caso. Alegra-me que você não tenha sido idiota o bastante para rejeitá-lo e recomeçar. Conte-me o resto. Era óbvio que já entendia mais do que ia me dizer, mas pelo menos mostrava verdadeiro interesse e parara de zombar.
— Para passado, problema ou perigo, virei o dois de copas. Essa parece fácil. Deve representar os dois cálices trocados.
— Ou os dois garçons?
Grunhi, pois não pensara na possibilidade.
— Para futuro, objetivo ou solução, abri Trunfo XII, o Traidor, invertido. E esta com toda a certeza não entendo!

O APRENDIZ DE ALQUIMISTA

O Traidor retrata um homem suspenso de uma árvore por um dos tornozelos. Pendurar o cadáver de cabeça para baixo é a forma tradicional italiana de depreciar um traidor, mas em meu baralho ele parece vivo e feliz na estranha posição, e tem um punhado de cabelos dourados em forma de halo. Não se trata apenas de um criminoso condenado.

— O que foi que lhe ensinei sobre o XII? — perguntou meu amo, cauteloso.

— Que pode representar uma mudança de lealdade ou opinião, ou um renascimento, pois todos inalamos a primeira respiração de cabeça para baixo. Mas *invertido?* O que significa isso? Nenhuma mudança repentina de opinião... tínhamos razão o tempo todo?

Após um significativo silêncio, meu amo respondeu:

— Neste caso, acho que talvez seja uma advertência para não tirar conclusões prematuras. O que mais descobriu?

— Para ajudante ou caminho, desvirei o dois de paus, que não entendo em absoluto. E, para advertência, a armadilha a ser evitada, tirei o valete de espadas, o que hoje à noite deve me representar. — Presunçoso de espada, talvez.

O Mestre balançava a cabeça em movimentos afirmativos.

— Esta é muito boa! Excelente, uma excelente previsão. Você anda se tornando muito talentoso com o tarô.

— Congratulações, vejam só!

— Mas por quê o valete de espadas como advertência? Vou cometer algum erro fatal?

As risadinhas saíram como uma galinha que chama os pintinhos.

— Eu não pensaria assim. O programa parece razoavelmente infalível. Talvez o valete de espadas signifique outra pessoa. Benedetto Orseolo, por exemplo?
— Seria um páreo medíocre, embora a ferida em minha perna seja pior do que a do ombro dele. O que significa o resto da sequência de cartas?
— Diz quem cometeu o assassinato e como devo revelar a verdade. Pense nisso.
Resisti à compulsão de atirar a velha múmia no canal. Bruno o salvaria, muito simples, e eu talvez molhasse o traje de Fulgentio.

No topo da escada, Bruno ajoelhou-se para deixar o Mestre desmontar. Ottone Imer esperava-nos com a toga preta de advogado, e divertiu-me vê-lo contrair a boca algumas vezes quando registrou minha apoteose de alfaiate. Eu quase imaginava aquele cérebro virando da página de Aprendiz para a de *NH*. O amo tinha razão, como de hábito... *as roupas falam*.
Fiz ao anfitrião uma pequena reverência.
— Vejo que nos proporcionou suntuosidade, *lustrissimo*.
— Embora o corredor fosse apertado, ele não economizara em velas. Viam-se garrafas de vinho e taças de vidro carmesim dispostas numa mesa, e o criado Benzon esperava ali. Fitava desejoso meu ouro e âmbar.
— Bem-vindo de volta à minha casa, doutor Nostradamus. Espero que esta seja uma visita mais feliz que a última. Posso lhe oferecer vinho?
— Não. Não o fez na última vez, quando cheguei. Espero que possamos duplicar a última vez de forma tão próxima

quanto possível. Decerto as pessoas não chegarão na mesma ordem. Detesto ficar...
— Imer conduziu o Mestre à sala de jantar. Observei que Bruno se livrara da cadeira de arruar e levava-a para algum canto subterrâneo da casa, na certa a cozinha, onde esperaria paciente como uma montanha a noite toda e assustaria as jovens criadas com sorrisos. Não vi motivo para não provar uma taça de vinho. Fui até Benzon.
— Louvado seja, Giuseppe. Tem os mesmos vinhos que aquela noite?
Ele balançou a cabeça.
— Sim, *messer*.
— Qual deles foi envenenado?
— Todos, Alfeo. — O amigo estreitou os olhos. — Qual prefere?
Eu mandara-o chamar-me Alfeo. Ri.
— O arsênico. Provarei o grego com sabor de resina, por favor. — Quando ele me serviu uma generosa taça cheia, sugeri: — Quem sabe seu amigo Pulaki volta logo para ajudá-lo.
— Não é meu amigo de jeito nenhum — disse Benzon, mal-humorado. — Nunca o vi antes daquela noite.
Tomei um gole e fiz uma careta.
— Você não brincava sobre o veneno.
— E desejo que você não o faça! Não envenenei ninguém!
Percebi que o homem se apavorara, um anão colhido num choque de titãs. Desculpei-me.
— Não tem com que se preocupar — tranquilizei-o.
— Não? Jura?

— A não ser que tenha envenenado o velho. Mestre Nostradamus sabe quem o fez e vai denunciá-lo. Portanto, relaxe. — A menos que o dois de copas do tarô significasse os garçons, por certo.

Imer saiu pavoneando-se da sala de jantar.

— O doutor Nostradamus quer que os convidados se apresentem ao *salone* — disse a Benzon —, e o vinho só será servido mais tarde. — Observou minha taça de vinho, mas nada comentou. — Quantos virão, hã... *clarissimo?*

Fiz um gesto gracioso com a taça.

— Não sei o número exato. Havia treze na sala no dia treze, mas dois morreram... o procurador e Alexius Karagounis. Duvido que o doge torne a aparecer, mas outro pode representar o papel. Espero o grande ministro Orseolo, *Missier Grande,* e talvez o *vizio.* Talvez outros de...

Imer inspirou fundo e forte; torceu a boca. De túnica azul e vermelha, *Missier Grande* subia a escada. Gasparo Quazza é uma visão sinistra em qualquer ocasião, porém eu observava o jovem acompanhante, o criado grego Pulaki Guarana, que se movia com dificuldade, segurava a balaustrada com uma das mãos e apertava a outra, envolta em pesada atadura, com força no peito. Usava as mesmas roupas da manhã anterior, mas pareciam em pior estado. Como ele também, rosto pálido sob uma pesada sombra de barba, olhos afundados em poços profundos.

Imer emitiu um coaxar de boas-vindas. Larguei a taça e curvei-me para *Missier Grande.*

— Só estou aqui para observar — ele disse ao anfitrião. — Este homem é um prisioneiro de Estado. Concordou em cooperar com o procedimento da noite.

O APRENDIZ DE ALQUIMISTA

Pulaki assentiu com a cabeça como se concordasse com qualquer coisa que adiasse o retorno à prisão.

— Eu apenas cumpro as ordens de *sier* Alfeo Zeno — contorceu-se o dono da casa, para dissociar-se de alguma coisa horrível que pudesse acontecer e que na certa aconteceria. M*issier Grande* desviou o olhar para mim. Percorreu-me do chapéu aos sapatos e voltou aos olhos.

— Então, quais são as ordens, *clarissimo*?

Acho os gracejos de Gasparo Quazza enervantes.

— Creio que só observar, *lustrissimo*. A ação a tomar cabe ao senhor. A reunião será realizada naquela sala ali. Até agora, apenas meu amo se encontra presente. Domenico Chiari participará?

— Não. Tem outros compromissos. — Perguntei-me se os olhos de Quazza sempre haviam sido tão frios, ou se o trabalho os tornara assim. Ele virou-se e entrou na sala de jantar. Ouvi-o cumprimentar o Mestre.

— O que *fizeram* a você? — sussurrou Benzon.

Pulaki apenas balançou a cabeça, sem querer ou incapaz de responder.

— Ainda não precisamos de você — informei. — Vá esperar ali, por favor. — Apontei o *salone*, e ele afastou-se capengando, enquanto os três o fitávamos, horrorizados.

Todos os Estados usam tortura, sem dúvida. As confissões extraídas vêm sem nenhuma garantia da verdade, portanto, o principal valor é incriminar pessoas — a vítima ou outras — e aterrorizar todos os demais. Estaria Domenico Chiari mesmo se contorcendo na corda com blocos de pedra amarrados aos pés? Na República, tais questões jamais se respondem e raras vezes sequer as fazem.

Agora os suspeitos começavam a chegar, todos decididos a não deixar o Conselho dos Dez esperando. Os homens de Tirali foram os primeiros — o embaixador Giovanni de manto escarlate, *sier* Pasqual de preto. Equilibravam Violetta entre si, enquanto a jovem oscilava escada acima naqueles sapatos de cortesã com vinte e cinco centímetros de plataforma. Um anjo, num longo de brocado prateado, que cintilava com pedras preciosas, os cabelos ouro-avermelhado empilhados em dois chifres, o decote cavado expondo inigualáveis seios acolchoados para suspendê-los bem alto. Arregalou os olhos quando me viu. Julguei reconhecer Aspásia por trás, calculando a importância política daquela requintada aparência. Se as roupas falavam, as minhas diziam coisas surpreendentes naquela noite. Beijei a manga do embaixador. O homem era muito gentil para querer saber, mas ficou sem a menor dúvida intrigado, perguntando-se por que seu serviço de informação sobre mim fora errôneo.

Pasqual apresentou-me Violetta como se jamais nos houvéssemos encontrado. Um brilho de sorriso de Medeia advertiu-me que tivesse cuidado, mas eu precisava viver à altura da atraente personagem.

— Ouvi histórias da senhora Vitale e achei que não passavam de mitos. Agora sei que são lendas.

A resposta de Aspásia veio na hora.

— Sua sutileza lisonjeia minha inteligência, *messer*!

— A sua é mais rápida que a minha, madame.

— Guardo a minha comigo e ela me apresenta a outros.

— À inteligência?

— A quem? A você, *messer*.

— Consegue acompanhar esse tipo de jogo, Pasqual? — perguntou o embaixador.
— Em geral, sim. — Pasqual encarava-me, pensativo.

As roupas falam, mas as minhas esgotaram as coisas divertidas a dizer. Pedi aos Tirali que esperassem no *salone*.

E já o contingente de Orseolo se aproximava, três figuras envoltas em luto. Eu esperava que Enrico escoltasse a filha, mas surpreendeu-me que trouxesse Benedetto. Este pusera mais uma vez a tipoia, portanto talvez apenas quisesse lembrar a todos do álibi. Desarmado, não parecia um bom candidato ao valete de espadas. Bianca vinha coberta de véu e manto. Apresentada como devia, competiria até mesmo com Violetta. Apresentei Imer aos homens, ambos beijamos a manga do ministro, e despachei todos para o *salone*.

O inebriante senso de poder que obtive por dar ordem a um poderoso ministro me provocou a abrir um largo sorriso quando me virei para a escada e percebi que Filiberto Vasco chegara a tempo de me ver fazê-lo. Ele acompanhava os bárbaros do norte.

Desejei-lhes boas-vindas.

— Todos conhecem o erudito advogado Ottone Imer, sem dúvida...

Vasco começou a traduzir, mas o senhor Bellamy não esperou.

— Isso me revolta! Enviei queixas ao embaixador inglês.

— Espero que termine muito rápido, *messer*.

O absurdo bigode em forma de chifre do estrangeiro tremeu. O homem se pôs a tagarelar e Vasco matraqueou uma tradução. Era bom.

— Devíamos partir hoje. Os barqueiros que havíamos contratado insistiram no pagamento. A carruagem à espera no continente cobrará um dia extra. Quem me compensará por essas perdas? Em certas ocasiões meu humor triunfa sobre a discrição. Apontei o *salone*.

— Ali dentro, *messer*, encontra-se *sier* Enrico Orseolo... o mais idoso dos dois de luto. É um dos seis grandes ministros da República. Mais até que o próprio doge, os grandes ministros dirigem o governo. Por que não lhe apresenta seu problema?

Isso, pensei, devia pôr as galinhas na casa da raposa. Quando *sier* Feather ofereceu o braço à esposa, a grandalhona desconcertou-me mais uma vez.

— Quanto pagou pela indumentária, Alfeo?

— Quer que eu cite como um conjunto completo ou peça por peça?

— Cada ponto. — Ou ela tinha a mais estranha maneira de flertar que eu já me fora dado conhecer ou um parafuso a menos. Eu sabia envolver-me em esgrimas verbais com Violetta, mas os sinais da estrangeira me confundiam.

— Quem sabe podemos conversar a respeito depois da reunião? — disse, meio à espera de que o marido sacasse a espada e se pusesse a berrar comigo. Ele apenas tomou o cotovelo da esposa e conduziu-a para longe.

Observei, divertido, que o zum-zum das conversas de *salone* cessou de repente quando eles entraram. Sorri para Vasco, que treinava para parecer intimidado, mas ainda tinha muito caminho a percorrer.

O APRENDIZ DE ALQUIMISTA

— Seja bem-vindo também, *vizio*. Os convidados se encontram reunidos ali, e *Missier Grande* aqui. — Virei-me para Imer. — *Lustrissimo*, acho que todos já chegaram. — Enganei-me. Imer não me olhava. Fitava horrorizado a escada. Majestoso de manto escarlate e barba branca patriarcal, o conselheiro ducal e inquisidor do Estado Marco Donà subia-a num passo cadenciado. Cerrei com força os dentes para não começarem a bater. Na última vez em que nos encontráramos, ele me enviara à câmara de tortura.

24

Em meu delírio demoníaco, o velho fora implacável e ameaçador. Presente, em carne e osso, paternal, condescendente. Balançou a cabeça com um ar benigno quando Imer se aproximou submisso do recém-chegado e baliu a honra que ele proporcionava à casa e como iria vangloriar-se dessa visita durante anos.

Donà quase lhe afagou a cabeça.

— Esse enigma é uma imposição, cidadão, e agradecemos a cooperação. — Mas depois o velho me dirigiu olhos cínicos, quando me curvei para beijar-lhe a manga. — E você deve ser o aprendiz do filósofo.

Eu o conhecera em pesadelos; nunca se encontrara comigo.

— Alfeo Zeno, Excelência, honrado por estar às ordens.

— Parece que o Conselho dos Dez devia investigar a liberal escala dos honorários médicos. O que acha, advogado?

— E as leis suntuárias também, Excelência — murmurou Imer.

— Por certo.

O Conselho dos Dez, com os três chefes, os três inquisidores do Estado, o doge... eu não tinha ideia de que correntes políticas fluíam e quem seguia ao lado de quem. Sem a menor dúvida, não era hora de criar ondas. Repus o chapéu num ângulo mais moderado. A humildade entrava em voga.

— Tomei emprestadas estas roupas para a ocasião, Excelência.

Ele fez que sim com a cabeça.

— De seu amigo Fulgentio Tron. — Dava-me um aviso de que me haviam posto sob vigilância e os Três sabiam de tudo. Talvez soubesse quem envenenara o procurador Orseolo e preferisse que ninguém mais tivesse a informação. — Vim apenas ver se seu Mestre cumpre o que alardeia. Prontos para começar?

— À conveniência de Vossa Excelência. Deseja conhecer os outros convidados?

— Acho que já conheço todos. Aqueles que não conheci, posso adivinhar. Onde anda *Missier Grande*?

Eu apostaria o salário de um mês que Gasparo Quazza parara logo na entrada da sala de jantar, para escutar às escondidas todas as chegadas. Se assim fosse, logo se deslocaria. Quando introduzi o inquisidor com uma reverência e o segui sala adentro, vi-o sentado numa cadeira a vários passos da porta.

Dois aposentos menores e contíguos formavam a sala de jantar e a tornavam longa e estreita de uma maneira incômoda, mas o anfitrião fora mais uma vez generoso com a iluminação, e enchera de velas os candelabros de Murano. Uma única mesa comprida ocupava a maior parte do espaço de circulação; parecia uma comprida mesa coberta de linho, mas devia de fato constituir-se de várias mesas encostadas.

Em cima, haviam-se espalhado alguns livros a intervalos, para representar os manuscritos de Karagounis; dezesseis cadeiras ficavam do lado oposto, numa das quais se sentava o Mestre, que nos olhou atravessado quando entramos. As outras dezesseis no lado de cá tinham sido recuadas contra a parede, e foi uma dessas que teve a honra de suportar o *Missier Grande*. Ele se levantou para reconhecer o inquisidor, sem revelar no rosto nenhum indício de surpresa por vê-lo ali.

Donà fez-lhe um rápido aceno com a cabeça.

— Não, não se levante, doutor — disse ao Mestre. — Espero que não faça acusações loucas sem provas.

O rosto do Mestre adquiriu uma expressão ressentida.

— Vossa Excelência proíbe-nos de prosseguir?

— De modo nenhum. — Donà escolheu a cadeira atrás da porta, onde não ficaria visível às pessoas que entrassem. Sentou-se com força, como se lhe doessem os pés ou tornozelos. — Não, desejo ver que se faça a justiça. A opinião oficial, posso revelar, é que o suposto grego, Karagounis, era agente do sultão e tramou uma complicada armadilha para matar o doge. O coitado do velho Bertucci de algum modo pegou a taça errada. — *E sugerir outra coisa talvez seja insensato.*

— Trata-se por certo de uma teoria que já analisei, Excelência.

O inquisidor ergueu as prateadas sobrancelhas.

— E descartou? Já me intriga. Não faz nenhuma objeção a esses procedimentos, *Missier Grande*?

— Nenhuma, Excelência. Já vi o Mestre surpreender-nos antes.

— Prossiga, então.

O APRENDIZ DE ALQUIMISTA

— Alfeo?
— Mestre?
— Como o doge não veio, você ou *sier* Benedetto vão ter de substituí-lo. — De onde se achava sentado, meu senhor via todos que passavam pela porta.
Donà deu uma risadinha... agourenta, óbvio. Um inquisidor do Estado não pode rir de outra forma.
— Não deveria ser este o meu papel? Não devemos elevar muito as esperanças do jovem Orseolo até que tenha ocupado a cadeira no Grande Conselho. Nem distrair *sier* Alfeo dos deveres de rei do carnaval.
Era visível o deleite que sentia como um dos temidos Três, e não gostei do jeito como se intrometia na produção de meu amo. Ter-lhe-ia o *Circospetto* Sciara contado o que ia acontecer nessa noite? Ou dito ao doge para que este informasse a Donà? Teriam os Dez designado o caso aos Três, ou Donà aparecera ali sem o conhecimento de Bartolomeo Morosini e dos outros chefes dos Dez? E quem poderia impedir um inquisidor de fazer quase tudo que quisesse, de qualquer modo?
— Vossa Excelência é gracioso — eu disse. — Com sua permissão, farei soar a trombeta. — Saí com gravidade e arrogância e entrei no *salone*.
Ali encontrei três grupos separados, sentados bem afastados uns dos outros e aos sussurros — os três Orseolo, os dois Tirali e Violetta, os Feather e Vasco. O infeliz Pulaki sentava-se sozinho, de olhos fechados e rosto contorcido de dor. Imer, que esperava no corredor, seguiu-me e entrou.
Desculpei-me pelo atraso.

— Tivemos uma chegada inesperada. Pulaki, por favor, vá ajudar Giuseppe com o vinho. Sei que só tem uma das mãos boa, mas gostaria que vigiasse e cuidasse para que tudo ocorra na mesma ordem da última vez. — Esperei até ele ter-se retirado. — Na visão original, os convidados entraram na sala de jantar na seguinte ordem: o embaixador Tirali primeiro, depois o procurador e a senhorita Bianca. Excelência, poderia representar seu pai para nós?

Camaleão Enrico balançou a cabeça com pouca boa-vontade. Bianca, alegrou-me ver, erguera o véu para expor o angelical rosto de menina-moça.

— Seguiram-se então *sier* Bellamy Feather e a senhora Hyacinth. Creio que vocês passaram algum tempo discutindo os livros com Mestre Nostradamus. *Vizio*, queira interpretar para eles, por favor? E o seguinte, como todos sabem, foi o doge, incógnito, que será representado esta noite pelo inquisidor do Estado Marco Donà.

Eu gostaria de poder observar todos os rostos ao mesmo tempo, para que uma repentina palidez identificasse o assassino. Não via um. Hyacinth exigiu uma tradução de Vasco.

Continuei:

— *Sier* Pasqual, o senhor e a dama foram os seguintes. Isso completa o grupo, a não ser por Alexius Karagounis, que não pôde vir aqui conosco esta noite por estar ocupado na Piazzetta. Pode representá-lo, por favor, *sier* Benedetto?

Ele deu de ombros, tipoia e tudo mais.

— Se me disser aonde ir.

— Este será o problema de cada um.

O APRENDIZ DE ALQUIMISTA

— Não vai dar certo, você sabe — disse Pasqual a Violetta. — Todos circulamos demais. Será o assassino quem demonstrar pior memória? Venha, minha querida, vamos festejar o carnaval.

Fiquei na porta da sala de jantar para dirigir a dança. Taça de vinho na mão e acompanhado pelo anfitrião, o embaixador Tirali deslizou por mim, o senador de vermelho e o advogado de preto.

— Apresentou-me ao Mestre Nostradamus, não foi, advogado? Mas o grego se encontrava aqui quando entrei. Convocaram Benedetto Orseolo e inseriram-no como Alexius Karagounis.

— Então o senhor se retirou, advogado — continuou Tirali. — Encaminhei-me até lá e voltei para cá. E o maldito grego continuou a seguir-me com mexericos.

Benedetto sorriu.

— Fuxique, Excelência. Fuxique, Excelência.

Tirali riu.

— Você se sairá bem no Senado, meu rapaz. Eu estava aqui...

Virou-se, e acenei para o ministro Orseolo. Quando ele entrou com Imer, observei que trazia a taça vazia. Talvez escarnecesse das histórias de assassinato, mas o Camaleão não corria riscos. Um momento depois, Bianca entrou atrás e disparou-me um sorriso que me aumentou muitíssimo as batidas cardíacas. Juntou-se ao pai-avô. Imer tornou a sair para receber outros recém-chegados imaginários.

Missier Grande desaparecera, o que pareceu estranho, já que tinha vindo supervisionar a encenação. Os atores no palco tiveram uma breve discussão sobre quem ficara em pé ali. Esperei até chegarem a um acordo e indiquei com a cabeça a Vasco que trouxesse os Feather. Bellamy passou arrogante por mim, sem um olhar. Hyacinth parou, examinou-me de cima a baixo e adejou os cílios antes de continuar a entrada na sala de jantar. Vasco, logo atrás, balançou a cabeça, descrente. Imaginei se ela andara flertando com ele também. Até onde seria louca?

— Os ingleses precisam de mais incentivo — expliquei, tranquilo.

Ele quase sorriu.

Agora, com oito pessoas na sala, começava a tornar-se óbvio que Pasqual tinha razão — o plano do Mestre não iria funcionar. Haviam-se passado quatro dias, e ninguém via motivo para memorizar a coreografia de um encontro social informal, nem quando quem dissera o quê a quem.

— Minha vez? — murmurou o inquisidor, que ficara sentado perto da porta o tempo todo.

— Acho que deve ser, Excelência... ou devo dirigir-me ao senhor como "Vossa Seriníssima"?

Donà levantou-se com esforço e aproximou-se da mesa. O Mestre encaminhou-o a um lugar.

Hyacinth rodopiou, deslocando-se muito rápido para uma mulher tão gorda. Gritou uma objeção, que Vasco traduziu:

— O grego estava aqui, eu não estava tão perto.

Benedetto instalou-se entre ela e o substituto do doge. Vi-o formar com os lábios: "Fuxico?", mas não o disse.

Voltei-me para o corredor ainda apinhado de gente e localizei o anfitrião.

— Advogado, o senhor reconheceu o doge quando ele chegou?

— Claro que sim. Acha que sou cego? Mas, antes que eu pudesse fazer-lhe uma mesura, disse-me que não queria nenhuma cerimônia. Viera apenas para uma segunda olhada em alguns dos livros e só ia permanecer alguns minutos.

— Obrigado. — Isso explicava por que o doge entrara sozinho na sala de jantar.

Os atores haviam concordado com o lugar onde deviam ficar. Violetta perturbava-me pela proximidade, exalando perfume em toda a volta, e sussurrava-me promessas. Disse alguma coisa ao patrono, apontando Benedetto.

Pasqual murmurou aquiescência e elevou a voz.

— Achamos que o grego se encontrava mais perto do doge quando entramos — disse, de braço dado com Violetta.

Embora assistisse aos atores dançarem na peça teatral, eu retornara à antiga opinião. Parecia bastante impossível alguém ter trocado taças com o procurador, ou com o doge, se fosse a vítima pretendida. Quando as discordâncias relaxaram, captei o aceno de cabeça do Mestre e procurei mais uma vez Imer.

— Agora, *lustrissimo*. Foi aqui que o senhor pôs os estrangeiros para fora?

Imer assentiu e passou adiante, em direção aos Feather.

— Agora peço que se retirem.

— Foi aqui que o senhor me *ordenou* sair — contestou Bellamy. — Onde me insultou. Mas partimos. Venha então, Hyacinth, meu amor. Já podemos ir embora? — perguntou a Vasco.

Vasco respondeu em inglês, mas me apontou como rei do carnaval.

— Não foi o que aconteceu em seguida — disse uma voz nova, Bianca, que falava pela primeira vez. — Sua Seréníssima partiu primeiro.

— Correto, *messer* — sussurrou alguém em meu ombro. Era Pulaki.

— Excelente — declarei, e acenei-lhe com a cabeça para adiantar-se. — Temos uma nova testemunha. Fale alto.

Pulaki avançou um passo e olhou a sala em volta, nervoso. Dirigiu-se ao inquisidor.

— Ouvi vozes exaltadas de raiva e examinei. Sua Seréníssima saiu e mandou-me ao *salone* trazer um cavalheiro que descreveu. Esqueci o nome, Excelência.

— Bom, bom! — disse Donà. — Então, como doge, retiro-me agora. E o restante dos presentes onde estava então?

Pulaki hesitou.

— Só vi... — Apontou Imer e Feather. — Não notei ninguém mais, Excelência.

— Bem, já ajuda. — O inquisidor retirou-se do grupo e rumou para uma cadeira de espectador. — Continue, fantoche de amo.

Agradeci a Pulaki, que saiu com óbvio alívio. A intrusão dele não fora característica de um criado, e menos ainda de um homem recém-saído das mãos dos torturadores. Mostrara-se desesperado por cooperar, ou apenas obedecia a ordens?

Imer conduziu os ingleses à saída para o corredor da entrada e Vasco os seguiu. Atrás, a reunião tornou-se confusa.

Talvez todos se houvessem perturbado com os ruidosos estrangeiros, mas ninguém parecia absolutamente certo sobre o lugar aonde qualquer um fora após isso. O Mestre interrogou Bianca, que não deixara o lado do avô, mas nem ela sabia muito bem quem mais falara com ele depois.

— Que desperdício de tempo! — queixou-se o grande ministro em voz alta. — Se quisesse comemorar o carnaval, eu o faria na Piazza ou no Lido. Marco?

— Raras vezes concordo com você no *Collegio*, Enrico — comentou o inquisidor —, mas sem dúvida concordo desta vez. Não vejo o que mais espera alcançar, doutor.

O Mestre estendeu as pequenas mãos, resignado. Talvez apenas eu, por conhecê-lo tão bem, adivinhasse o que ia acontecer.

— Nada mais, Excelência. Demonstrei o que pensei demonstrar. O senhor não viu quem cometeu o assassinato?

— Não há veneno nesta taça! — explodiu Orseolo, virando-a de cabeça para baixo. Então percebeu que fizera uma declaração muito idiota. — E não vi como nem quando alguém poderia ter posto algum coisa nela.

— Porque raras vezes a largou — retorquiu o Mestre. — Seu pai, examinando livros com uma das mãos estropiadas, não a deixou tão perto. Alfeo, queira trazer os outros, por favor?

Virando-me, quase colidi com o monolítico *Missier Grande*, que parara bem atrás e olhava por cima de meu ombro. Mas todos os demais fora da sala também escutavam, portanto só precisei afastar-me para o lado e deixá-los passar. Fiz um sinal a Benzon e Pulaki para se juntarem a nós, pois também se qualificavam como suspeitos. Ninguém se opôs à presença deles.

Missier Grande fechou a porta e ficou na frente, de braços cruzados. Imer e Benzon começaram a aproximar mais as cadeiras da mesa. Os quatro nobres terminaram defronte ao Mestre como crianças diante de um professor, mas o restante se satisfez em sentar-se de novo contra a parede. Sobretudo eu, pois me vi ao lado de Violetta. Por puro acaso, decerto. Ela ignorou-me, atenta ao odioso Pasqual do outro lado.

— Queiram me perdoar — disse o Mestre com uma ponta de malícia — se enfatizo que cada um dos presentes nesta sala naquela noite tinha de ser suspeito. Por exemplo, a pessoa que teve a melhor oportunidade de envenenar a taça do procurador foi a neta, que nunca...

— Ousa sugerir tal monstruosidade? — bramiu o pai.

— Não — respondeu o doutor em tom brando. — Não estou sugerindo que ela o fez. Apenas afirmo que, como ninguém testemunhou a terrível ação, precisamos afastar todas as ideias preconcebidas e continuar com uma cuidadosa análise dos indícios, independentemente de aonde isso talvez nos leve. Tenho certeza de que Sua Excelência o inquisidor, o advogado Imer, o *Missier Grande*... e o *vizio*... todos confirmarão que este é o único meio de comprovar um julgamento contra alguém. Eu poderia citar o imortal Aristóteles, reconhecido universalmente como o filósofo modelo, e o polímata Roger Bacon... mas faço uma digressão.

Juntou os dedos, e preparei-me para uma aula

25

— Os meios foram óbvios desde o início — recomeçou o Mestre. — Mesmo antes de deixar esta casa, eu soube que o procurador havia ingerido veneno. Soube o nome da substância. Não existe nenhum antídoto conhecido. Qualquer medicamento além de tempo e repouso teriam sido perigosos para um homem daquela idade, por isso não recomendei nada. Sabia pelos efeitos que a droga fora com quase toda a certeza administrada nesta sala, e a senhorita Bianca confirmou mais tarde ao meu aprendiz que o avô nada comera durante algum tempo antes. A maioria dos crimes tem motivação óbvia, mas este não. O procurador alcançara o pináculo da carreira política, o honrado filho agora supervisionava os negócios comerciais da família, e quase todos os antigos inimigos o tinham havia muito precedido num reino melhor. O ministro entenderá que me refiro a generalidades quando observo que em geral é mais provável os parentes terem motivos para violência que os estranhos, exceto se incluirmos os salteadores de estrada e os piratas, que não aparecem neste caso. Creio que o embaixador Tirali não se ofenderá com a observação de que o veneno parece um meio extremo para eliminar um concorrente na compra de um livro.

Vasco sussurrava uma tradução aos Feather. O Mestre parou para deixar que ele o alcançasse.

— Fico feliz em saber — comentou o embaixador Tirali, numa grosseira paródia do estilo do meu senhor — que meus aquisitivos instintos bibliófilos, de notória voracidade, não são suspeitos de levar-me ao pecado mortal. Como eu disse a *sier* Alfeo ontem, um motivo político parece igualmente improvável. Então por que assassinaram Bertucci?

O Mestre não ia desmanchar o próprio prazer dizendo-lhe, pelo menos ainda não.

— Não vejo nenhuma resposta pronta. Sir Bellamy e a esposa são estrangeiros, de visita à cidade para comprar obras de arte, não para matar heróis nacionais. O anfitrião e os criados parecem do mesmo modo assassinos improváveis. Fui forçado a perguntar-me se a vítima pretendida poderia ter sido alguma outra pessoa, como o Sereníssimo Doge Pietro Moro. Quando denunciaram o negociante de livros Karagounis como agente turco, essa explicação de repente se tornou meritória de séria consideração. O doge testemunhou a Alfeo que preferiu tomar retsina, na qual raras vezes toca, apenas por saber que o procurador estaria aqui e a escolheria. Portanto, deve-se pensar numa troca acidental de taças. Mas analisem as complicações necessárias! O doge não devia ter deixado o palácio sem os conselheiros. Nem associar-se com estrangeiros. Ele o fez, segundo disse ao aprendiz, porque na última hora

O APRENDIZ DE ALQUIMISTA

recebeu um bilhete do velho amigo com a advertência de que os livros de fato vendidos talvez não fossem aqueles que lhe haviam mostrado.
— Contesto! — gritou Ottone Imer.
Nostradamus ignorou a queixa com um aceno da mão.
— Não afirmo que foi o que ocorreu, advogado. Apenas relato o que o doge disse, citando um bilhete do falecido, que poderia, trata-se só de uma possibilidade, ter sido enganado por algum rumor plantado de propósito. Ou talvez forjado. Mas as chances de uma cilada tão demasiado complicada para atrair o doge em pessoa eram muito remotas, e, mesmo que ele decidisse vir e ver, por que passar por toda essa trapaça com veneno e retsina... um vinho grego de muito improvável escolha pelo doge, de qualquer modo, pois como alguém como Karagounis saberia?
— Eu disse a ele — grunhiu Imer. — Ninguém ia querer, mas Bertucci insistiu em trazer um pouco.
— Exato. Como eu dizia, para um agente turco, o veneno criaria uma complicação desnecessária. Uma emboscada numa entrada escura seria muito mais eficaz. Portanto, Excelência, entenda... — agora o Mestre se dirigia com todo o cuidado ao inquisidor —, embora não se possa refutar por completo a teoria oficial, esta requer muitas suposições improváveis. *Pluralitas non est ponenda sine neccesitate*,[1] como nos ensinou o santo Irmão William de Ockham.
Donà não fez nenhum comentário. Tampouco pareceu muito satisfeito, a julgar pelo que eu lhe via do rosto, no lu-

---
1 – Mantenha tudo simples (N. T.).

gar onde me encontrava sentado. Dei uma olhada à Violetta, que sorria tranquila para ninguém em particular. Então entendera a resposta! Perguntei-me se aplicara a sensibilidade de Aspásia ou a lógica de Minerva.

Após jogar fora o veredito oficial do governo, o Mestre seguiu em frente.

— *Vizio*, pergunte a Sir Bellamy por mim: Quando ele e a esposa visitaram Karagounis em casa para ver os livros à venda, lhes ofereceu vinho?

Tradução... Bellamy assentiu com a cabeça.

— Retsina?

Hyacinth fez uma careta e declarou o que policial traduziu como:

— A senhora respondeu que, fosse qual fosse, tinha um gosto terrível.

— Vejam — continuou o doutor com um sorriso —, supomos que o veneno não poderia ter sido escondido nos outros vinhos... embora isso não seja certo, pois nenhuma autoridade a quem consultei dá uma receita para isolar o veneno das folhas, e não tive tempo de realizar minhas próprias experiências. Mas muito poucas pessoas têm paladar para retsina. Então a pergunta passa a ser: quem mais tomou a bebida grega com o mesmo sabor naquela noite?

— Eu provei — respondeu Pasqual. — Mas juro jamais tornar a fazê-lo. E, enquanto tenho a palavra, salientarei que nunca fiquei perto do procurador Orseolo. Havia sempre pelo menos uma pessoa entre nós.

— Ah, mas que estúpida perda de tempo! — O ministro Orseolo fez que ia levantar-se. — Se o senhor tem uma acusação a fazer, que a faça agora. Do contrário, meus filhos e eu vamos embora.

— Mais dois minutos, por favor, Excelência. Acho que alguns de vocês sabem a quem vou acusar.

Violetta respondeu:

— Sim.

Orseolo tornou a sentar-se, fulminando-a com o olhar. Quase todos os demais fecharam o semblante, com exceção de Bianca e Benedetto, que pareciam horrorizados. Havia um assassino na sala?

— Muito bem — disse Nostradamus. — Mais uma digressão e termino. O veneno em questão não se encontra à venda na cidade. *Sier* Alfeo estabeleceu isso para mim no dia seguinte. O que significa que o assassino o obteve no continente ou até bem mais longe, e o crime foi planejado com muita antecedência. Lamentavelmente, essa informação não é tão útil quanto se gostaria. Parece que a senhorita Bianca, por exemplo, não teve nenhuma oportunidade de adquirir a erva em questão, mesmo que uma freira demente no convento lhe houvesse ensinado as propriedades. Mas o irmão frequenta a universidade de Pádua. Imagino que tenha regressado à casa para o Natal e... Não, não quero sugerir que os netos do procurador conspiraram para assassiná-lo! Apenas indico que o veneno podia ter sido adquirido, no devido tempo, por quase todos nesta sala. Isso nos revela apenas que o motivo não foi um impulso repentino. Ou o assassino planejou o crime com muita antecedência... — Interrompeu-se, para deleitar-se com a atenção como uma criança que se apresenta para amigos da família.

— Ou? — perguntou Orseolo.
— Ou é um homicida profissional, Excelência. — O Mestre repuxou os lábios num sorriso. — Senhorita Bianca, tem certeza de que ninguém pôs veneno na taça de seu avô?

Ela era de longe a pessoa mais jovem na sala, educada no abrigo do claustro, mas ergueu bem o queixo e não se intimidou.

— Eu não disse isso, doutor Nostradamus! Disse que não vi. Mas mantinha um olho na bebida, para o caso de ele esquecê-la. Veria se alguém a houvesse adulterado.

— Exceto uma vez. A senhorita observou a partida do doge, porque ele saiu quando o advogado e Sir Bellamy discutiam aos berros. Causaram tanto barulho que um criado fez uma rápida visita para ver o que acontecia. Foi o único momento em que todos se distraíram, e a substituição seria segura.

Examinei os rostos, tantos quantos pude. Vi compreensão e até alguns assentimentos com a cabeça. Imer mais uma vez se contorcia.

— Então quem — perguntou o Mestre — teria sabido que haveria um conveniente tumulto? Quem poderia ter obtido o veneno em algum lugar fora da cidade e o trazia pronto para entornar ou trocar de taças? Não o próprio Feather. Todos os olhares apontavam para ele. Mas a esposa corresponde a essas necessidades.

Hyacinth vociferou alguma coisa ao marido.

— Não! — Feather levantou-se de um salto e balbuciou uma crítica a Vasco.

O APRENDIZ DE ALQUIMISTA

O *vizio* traduziu:

— Sir Bellamy nega que a esposa tenha feito isso e exige que convoquemos o embaixador britânico.

Todos os olhos assentaram-se no inquisidor do Estado Donà, em esplêndido manto escarlate, que presidia como um juiz. Ele acariciou a barba algumas vezes. Dessa forma, tornava-se tão exibicionista quanto meu Mestre.

— Mande o estrangeiro sentar-se enquanto o senhor nos põe mais a par.

O Mestre curvou a cabeça em reconhecimento.

— Bondade de Vossa Excelência. Sem dúvida, preciso responder a algumas perguntas. Como soube a dama que ofereceriam retsina, ou algo também pungente, naquela noite? Como soube que o procurador estaria presente, e iria escolher o vinho grego, se jamais o conhecera? Que possível razão tem uma comerciante de arte visitante para assassinar um alto funcionário da República? E como ela e o marido chegaram a penetrar na festa?

— Eu não os convidei! — gritou Imer. Sentava-se numa cadeira contra a parede defronte a mim, e por isso eu não o via bem. Ouvi sem a menor dificuldade o pânico na voz do homem. — E tampouco Karagounis! Eu o acusei. O sujeito negou. Explicou que os dois o tinham visitado no apartamento dele e que mostrara ao casal alguns outros documentos. Não falara do leilão *nem* os convidara à minha casa! Eu o tinha avisado de que os nobres não viriam se houvesse estrangeiros presentes, e também lhe disse para não vir, mas ele veio.

O grego não acreditara no mercenário local.

O sussurro de Vasco zumbia em monótona tradução. Os dois Feather começaram a gritar negações antes que o intérprete tivesse sequer terminado. Ele os acalmou e traduziu.

— Monseigneur Bellamy insiste em que isso não é verdade. O grego lhes disse que seriam bem-vindos. Convidou-os a jantar, ver os livros, oferecer lances pelas obras e conhecer pessoas importantes.

O Mestre balançou a cabeça.

— Mas esse convite teria de ser feito por meio do intérprete, Domenico Chiari. O que entrou talvez não tenha sido o que saiu. Hoje Alfeo denunciou Chiari como charlatão. Creio, Excelência, que o levaram preso e interrogaram sobre esses fatos.

Apenas o Mestre teria a audácia de interrogar um inquisidor do Estado. Donà encarou-o com muita dureza, enquanto o resto de nós prendia a respiração. Por fim, disse:

— O tal Chiari confessou ter falsificado obras de arte e no momento dá o nome dos cúmplices.

Eu o enviara à câmara de tortura. Fiz uma apressada prece por nós dois.

— Mas — continuou Donà —, apesar de cuidadoso interrogatório, ele persiste em negar conhecimento do assassino. Afirma não ter sabido sequer da exposição planejada para esta casa e não poderia ter contado ao casal Feather.

O Mestre deu de ombros.

— É a palavra de *sier* Bellamy contra a dele. *Vizio*, por favor, pergunte ao estrangeiro se de fato se casou com...

Bellamy não esperou a tradução, e melhorou de forma drástica o francês.

— Não! Sou empregado. Não partilhamos a cama. Ela me pagou para fingir! — Levantou-se de um salto e afastou a cadeira bem para longe da de Hyacinth, que não era dessas de permanecer calada e irrompeu numa excitada tagarelice em francês, inglês e latim.

Quando parou para respirar, Vasco, com aparência muito infeliz, disse:

— Não consigo me lembrar tudo, Excelência. Mas a dama nega ter usado veneno. Diz que jamais se encontrou com o procurador antes e não o reconheceria se chegasse a encontrá-lo de novo. Veio à Itália comprar obras de arte e paga ao secretário para fantasiar-se de marido, porque as senhoras solteiras que viajam sozinhas podem ser molestadas. Domenico lhe disse que a exposição era aberta a todos. E pede mais uma vez para ver o embaixador inglês.

O inquisidor assentiu com a cabeça, mas tive certeza de que as acusações do Mestre não o haviam surpreendido. Ele ou alguém no Conselho dos Dez as concluíra. Duas pessoas que trabalham juntas são muito mais eficazes que apenas uma. Eu devia tê-lo percebido sozinho, sem precisar que me esfregassem o nariz nisso, e agora entendia os desajeitados esforços da estrangeira para flertar comigo como uma desesperada tentativa de encontrar qualquer aliado disponível para ajudá-la a escapar da armadilha.

O inquisidor afirmou:

— O senhor apresentou sérias acusações contra essas pessoas, doutor. Também pode fornecer-nos os motivos?

O Mestre pareceu ofendido.

— Decerto.

— Então, queira...

— Mentiras! — gritou Hyacinth, levantando-se e apequenando ao mesmo tempo o suposto marido e até Vasco. — Exijo o embaixador. — Avançara duas rápidas e largas passadas até o Mestre antes de o policial agarrá-la pelo braço e detê-la. Para meu pesar, ela não o derrubara no chão com um único golpe; nem mesmo tentara, na verdade. Ao perceber-me em pé de espada em punho, tornei a embainhá-la e sentei-me.

— Silêncio! — impôs Donà. — *Missier Grande*, mande levarem os estrangeiros para o palácio e alojá-los nos Chumbos como testemunhas num caso de assassinato. Podem ficar numa cela ou duas, como preferir a mulher. Diga-lhes que o embaixador será informado no devido curso.

Missier Grande abriu a porta e chamou dois *fanti*, rapazes enormes e armados de espadas. Acenou com a cabeça a Vasco. Ninguém disse uma palavra. Até os Feather pareciam silenciados pelo choque. Desapareceram porta afora com o *vizio* e os guardas.

Mas, pouco antes de fecharem-na, captei um vislumbre de outros *fanti* em pé no lado de fora. E também de dois jovens esguios aos quais conhecia muito bem, Christoforo e Corrado Angeli, com sorrisos combinados, como o Grande Canal. Meu tarô profetizara que a ajuda viria do dois de espadas — quem mais senão os filhos gêmeos do gondoleiro?

26

A sala aquietou-se. Apenas *Missier Grande* permanecia em pé. O clima mudara, as sombrias nuvens de preocupação recuaram e revelaram a perolada luz solar do Adriático. Haviam sido os estrangeiros o tempo todo.

— Agora — disse Nostradamus com um sorriso —, podemos esquecer Domenico Chiari e a visita dos Feather a Karagounis. Na certa não importa, apenas talvez explique como a mulher sabia... ou apostava... que ofereceriam um vinho de gosto forte, o grego retsina. Sem dúvida, Karagounis proclamou a excelência da bebida. Não posso provar os detalhes da conversa, por certo. Como é possível saber o que um espião mandou um ladrão dizer a uma assassina? Espero que o secretário-marido se revele uma testemunha colaboradora. Portanto, se me derem o benefício da dúvida neste ponto, passaremos à questão de que modo ela podia ter certeza de que a vítima escolheria o retsina, para que a trama funcionasse.

— E o motivo dela — acrescentou o inquisidor.

— Ah, sim, o motivo. — O Mestre esfregou as mãos. — E ainda resta um pequeno enigma a solucionar. Para uma reunião privada, é curioso que a existência de livros tenha sido infestada de intrusos. Não convidaram o doge, nem a tal Feather e o acompanhante. Tampouco o senhor, *sier* Pasqual. *Clarissimo*, por que se deu ao trabalho naquela noite de vir aqui e trazer sua encantadora dama?

Pasqual lançou a cabeça para trás e riu, ao que parecia bastante despreocupado.

— Mas fui convidado, doutor! Não pelo anfitrião, admito que tenha razão. Pelo meu pai.

O embaixador favoreceu-o com um lamentável olhar e depois dirigiu-se ao inquisidor.

— Logo a culpa é minha, sem dúvida! Mas meu filho de fato diz a verdade nesse caso, Marco. Conheço manuscritos antigos. Soube numa olhada que o suposto Eurípides fora copiado em fins do século XII ou início do XIII, com quase toda a certeza por um monge grego. A caligrafia é clara e o papel, típico. O documento tinha valor em si, portanto, como antiga cópia de cópias muito mais antigas, mas quando fora escrito o original? Pedi a Pasqual que viesse examiná-lo por ser um estudioso de grego clássico muito melhor que eu. Queria saber se transmitia alguma coisa que Eurípides pudesse de fato ter escrito.

— Ah! E o que concluiu? — perguntou Nostradamus.

Pasqual avaliou o grupo e olhou o pai.

O embaixador suspirou.

— Conte a eles.

— Sim, pai. Eu disse ter certeza de que era autêntico. A imagística, o vocabulário, o fluxo de linguagem... tudo clamava que se tratava de uma obra do gênio ateniense.

E outra coisa! Outros autores preservaram alguns versos da peça em outras obras, como é provável que saibam. Por acaso bati os olhos no famoso texto sobre os covardes não incluídos na batalha... e o fraseado não é bem o mesmo! Um falsificador sem a menor dúvida teria tido o cuidado de incluir a versão conhecida, para dar à falsificação aparência de autoridade.

— O que tem tudo isso que ver com o assassinato de Bertucci Orseolo? — ladrou o inquisidor.

Pasqual sorriu:

— Nada, pelo que vejo.

— Nada — concordou o Mestre. — Eu tentava apenas atar uma ponta solta. Já sabia que Sua Excelência, o embaixador, não era culpado, pois ofereceu de forma voluntária a informação de que vira o procurador fazer uma careta após esvaziar o vinho. O *sier* Pasqual perguntou à senhora Violetta se notara a mesma coisa, e o momento da indagação exigia que o senador fizesse a mesma pergunta *antes* que os rumores de envenenamento começassem a circular. Não é a ação de um culpado, e tampouco para fazer alguém suspeitar da culpa do filho.

— Motivo! — rugiu o inquisidor. — Por que aquela mulher pôs veneno no vinho de Bertucci?

— Motivo? — exclamou meu Mestre. — Ah, sim, o motivo. Exijo outra demonstração, muito breve desta vez. Querem todos os cavalheiros ter a bondade de ficar ao longo da mesa, voltados para a porta, por favor? *Missier Grande* trará algumas testemunhas das quais necessita para identificar o verdadeiro assassino. Obrigado.

Jogando limpo, o Mestre obedeceu às próprias ordens, levantou-se com esforço e apoiou-se na mesa à frente. Violetta tomou a mão de Bianca e, juntas, transferiram-se para a outra ponta, desobstruindo a passagem. Nós, os restantes, seguimos como escravos de galé — rápidos e em uníssono — até nos enfileirarmos como nos pediram. Todos, com exceção do inquisidor do Estado. Marco Donà transferiu-se para uma cadeira contra a parede, a fim de examinar os rostos em formação lado a lado. A maneira como aceitara a culpa de Hyacinth fora tão rápida que ele devia saber com exatidão o que aconteceria, porém agora parecia mais cauteloso. Se não sabia o que iam denunciar desta vez, o Mestre devia ter preparado a demonstração com *Missier Grande* após chegarmos, enquanto eu saudava os convidados. E Giorgio retornara à Casa Barbolano em busca dos gêmeos. Como os dois se encaixavam nisso?

Quem era o próximo? De quem suspeitava o inquisidor Donà? Metido no manto vermelho de conselheiro ducal, ele se sentava ereto diante de mim. A meu lado, o embaixador Tirali, de toga senatorial também vermelha. Apenas por coincidência nos havíamos enfileirado assim? Doná suspeitava de *Tirali*?

O demônio no delírio afirmara que o senador fora possuído, mas não se deve jamais confiar no que dizem esses seres. Podem mudar da água para o vinho, dizer a verdade, a fim de enganar, e a tentativa de subornar-me viera num momento muito conveniente. O homem sabia que o envenenamento devia ter ocorrido naquela sala e também que eu chegaria para convocá-lo. Teria o doge de fato revelado tudo aquilo a alguém que estivera presente na cena do crime? Teria sido Pietro Moro tão indiscreto?

Encantadora, Violetta chamara Tirali de experiente, mas também de grosseiro. Que motivo poderia ele ter para ordenar o assassinato do velho Bertucci Orseolo? Comprar o manuscrito de Eurípides e poder dá-lo ao papa para a Biblioteca do Vaticano? Um ridículo total.

Missier Grande continuava junto à porta.

— Se Vossa Excelência permite. Garantiram às duas pessoas ali fora que foram chamadas apenas para dizer a verdade e não serão punidas por isso de nenhuma forma.

Donà respondeu:

— Vamos acabar logo com isso.

Quazza abriu a porta, apareceu e depois afastou-se para o lado.

Não foi nenhum dos meninos Angeli que entrou, mas um homem na faixa dos vinte anos, com a melhor roupa de domingo, trabalhador e obviamente apavorado.

Missier Grande fechou a porta.

— Faça o que eu mandar. Não se apresse nem tenha medo.

Amassando o chapéu nas mãos, o homem percorreu toda a fila, virou-se e refez o caminho de volta. É impressionante o medo que gera esse tipo de inspeção. Vasculhei a alma até a puberdade. Não me preocupei em ir mais longe, pois as lembranças anteriores são menos interessantes.

— Então? — interpelou-o *Missier Grande*. — Se o reconhece, aponte.

O homem ergueu uma das mãos muito trêmula e apontou. Ninguém disse uma palavra, mas Bianca reprimiu um arquejo.

Dispensaram a primeira testemunha. A segunda tinha mais confiança, embora não passasse de um rapazola, pouco mais velho que os gêmeos. Rindo com descaramento e sem mesmo tirar o chapéu, passeou arrogante pela fila. Também parou diante de Enrico Orseolo.

— Este, *Missier Grande*.

— Tem certeza? Não olhou com atenção todos os outros.

— Sim, é ele, tenho certeza.

A porta fechou-se atrás do jovem. Retornamos aos assentos, a maioria aos mesmos lugares, mas eu continuei até o fim, de onde tinha uma visão melhor de todos.

O poderoso ministro esticou as pernas e cruzou os tornozelos, numa pose de bizarra informalidade para um magistrado veneziano.

— Então, *Missier Grande*? Quem eram aqueles homens e que devo supor haverem feito? — Tinha uma calma admirável. Os filhos, que o flanqueavam, pareciam muito mais assustados que ele.

O inquisidor Donà tomou a palavra:

— Mestre Nostradamus?

As pontas dos dedos tornaram a juntar-se.

— Ontem pela manhã, assassinos tentaram matar meu aprendiz. Tais coisas acontecem na República, mas raras vezes em plena luz do dia, e seria deturpar a verdade descartar uma relação entre esse ataque e as investigações do jovem sobre a morte do procurador. Naquela ocasião, poucas pessoas sabiam que Alfeo começara a fazer perguntas a respeito. O doge sabia, mas foi por sua sugestão que pus Alfeo para trabalhar no caso. Ele começou por consultar um médico que respeito, além de dois amigos pessoais. Todos em quem confiamos. Também visitou os Feather. Bellamy, seja este ou não o nome do inglês, expulsou-o a ponta de espada. — O Mestre deu uma risadinha. — Trata-se de uma questão interessante, embora na certa inconsistente, saber se o suposto inglês é por natureza tão irascível, ou se vinha agindo assim a cada oportunidade sob as ordens da mulher, a fim de justificar a explosão de raiva que encenou nesta sala quatro noites atrás. Eu já acreditava que os Feather como dupla haviam cometido o crime, mas não a razão. Sem motivo, não podíamos prendê-los, então por que ficar tão preocupados com as perguntas de um rapaz a ponto de tentar um segundo assassinato? Por admissão própria, Alfeo não tinha autoridade nenhuma e fugiu das ameaças de Bellamy. Eles são estranhos na cidade. Haviam-me conhecido, mas um senil doutor bibliófilo não devia parecer perigoso, mesmo com o conhecimento da espetacular clarividência que demonstrei nos almanaques e horóscopos. Como eles descobriram o assistente sanguinário a tempo? Agiram com extrema rapidez na preparação da armadilha da noite para o dia. Muitas mansões nobres empregam grandes equipes de trabalhadores braçais... barqueiros, almoxarifes... às vezes, para fins criminosos. Era mais que provável os atacantes de Alfeo terem essa origem, mas dois foram assassinados e por isso os colegas teriam notado o desaparecimento deles. Embora de vez em quando se acuse o Conselho dos Dez de fazer vista grossa ao mau comportamento da nobreza, esse caso tinha clara relação com a morte de um alto magistrado... o doge sabia, mesmo que nenhum outro dos Dez soubesse. Pude me sentir confiante de que se fariam investigações na Casa Orseolo e na Casa Tirali. O fato de Vossas Excelências se disporem a participar desta conferência prova que os malfeitores não vieram de qualquer de suas forças de trabalho. Apresso-me a acrescentar que não esperava que um de Vossas Excelências fosse tão tolo a ponto de envolver os próprios empregados num caso criminoso já sob investigação dos Dez. Assim, os prováveis assassinos, apesar da ausência de espadas, foram recrutados das fileiras de bandidos que espreitam nos cantos escuros de nossa bela cidade. Eu saberia aonde enviar Alfeo para empregar tal canalha e imagino que a maioria de vocês também. Mas saberiam os estrangeiros? Improvável! Portanto, devem ter recorrido a um morador, cúmplice, que se assustou e tomou providências para estorvar a investigação com a perda de meu assistente. Talvez esperassem afastar-me pelo medo com essas táticas de terror. Eu já sabia que a tal Hyacinth era a assassina. Como mulher casada, hospedada com o marido numa cidade estranha, passava informação à noite a... supus... outro homem? Deduzi que Feather não era o marido e o cúmplice local acabaria por revelar-se um amante."

O Mestre perscrutou em volta como à espera de algum comentário, mas ninguém falou.

— Então, como o malfeitor armou a emboscada? Entrem em qualquer paróquia na República, que não a dos senhores, e comecem a fazer perguntas sobre um morador, e logo descobrirão um bando de homens locais por perto fazendo contraperguntas. Alguém que já conhecia a vítima de vista teria de identificá-la para todo o bando ou um membro. Apenas um me dificultaria o problema, pois dois homens que fuxicam num canto ou num barco não chamam a atenção. Mas o ataque explodiu tão rapidamente que não houve tempo de preliminares sofisticadas. Toda a quadrilha deve ter ficado a postos perto, pronta para atacar tão logo se indicasse a provável vítima. Devem ter avisado um bando à espreita. Sem dúvida, os agentes dos Dez em nossa paróquia têm feito investigações, mas meu gondoleiro é pai de dois filhos com enorme energia juvenil. Como moradores, podem fazer perguntas, por isso os pus a trabalhar. Não obtiveram nenhum êxito na área, mas são desembaraçados e tiveram sorte. Em dias alternados, os meninos fazem biscates num sítio de construção bem defronte à minha residência, do outro lado do canal. Na manhã do ataque, como lembrarão, a cidade pusera luto. Os construtores não trabalharam, mas mantiveram um homem e um rapaz de vigia, sem quase nada a fazer. Ao amanhecer, notaram uma gôndola cheia de homens que navegava no canal pouco além da ponte perto da nossa represa. Por isso tantos ociosos pareceram tão incomuns que atraíram a atenção deles. O barco continuou no mesmo lugar por cerca de uma hora, disseram, e então de repente se aproximou da Casa Barbolano. Sem dúvida, esses predadores esperavam que a presa embarcasse em minha gôndola como sempre faz, e prepararam-se para persegui-la até um lugar distante, onde cometeriam o crime. O plano deu errado, pois Alfeo percorreu em vez disso a *calle* até o *campo*. Seis dos sujeitos desembarcaram e correram atrás dele...

um comportamento muito curioso! Não surpreende que as testemunhas tenham lembrado. O barco partiu, com o gondoleiro... e o senhor, Excelência."

Bianca gritou e colou as mãos na boca.

Benedetto exclamou:

— Não! Isso é...

— Quieto, os dois! — ordenou o pai. — É uma total asneira. Meus deveres governamentais me mantêm ocupado demais para sair vagando por aí ao acaso. Não chego sequer perto da Casa Barbolano há meses, e jamais vi aquela mulher antes da noite em que meu pai adoeceu. Quanto pagou a esses imbecis para me identificar? Explicou a pena por perjúrio? — O político já se dispunha a barganhar.

A sala ficou muito silenciosa. Esperei o inquisidor comentar, mas ele não o fez.

— O senhor serviu dois mandatos como reitor de Verona — disse o Mestre. — E a mulher falou de Verona com Alfeo. Vossa Excelência convocou-a ou ela o seguiu até aqui, em Veneza. Sabia que seu pai ia escolher a retsina se lhe oferecessem. O velho caminhava com uma bengala, tinha uma das mãos aleijada... fácil descrevê-lo a alguém que jamais o vira. Matou-o sem nem mesmo estar na sala! E conhecia Alfeo de vista, porque o enxotou de casa várias vezes, para não pagar uma dívida banal. Quando ele foi à casa dela e começou a perguntar...

Orseolo levantou-se.

— Difamar um membro do *Collegio* é sedição criminosa. Marco, você me conhece há anos. Não pode acreditar nisso. Por que eu mataria meu próprio pai?

O APRENDIZ DE ALQUIMISTA

O inquisidor tinha de fato uma expressão de repugnância no rosto.

— A lei não se preocupa com o motivo, mas espero que o doutor Nostradamus possa nos dizer por quê. Precisamos ouvir o resto do que ele tem a dizer.

O Mestre franziu as faces num antiquado e feérico sorriso.

— Porque o pai descobriu que ele estava jogando fora a carreira política por uma mulher. Talvez encontrem testemunhas que o viram em visita à Casa della Naves. Coisa semelhante aconteceu alguns anos atrás, quando o velho o obrigou a demitir uma cortesã a quem o filho sustentava, conhecida pelo nome de Alessa. Admito que seja de esperar com toda a razão que Sua Excelência, agora viúvo, arranje uma amante; mas a tal Hyacinth é estrangeira e ele, um alto ministro do governo.

O que tornaria traição a intriga dos dois, sob a lei veneziana. Tal amor é inconcebível, como dissera a quadrinha. A mínima penalidade que Orseolo podia esperar seria a demissão do cargo político e a perda do lugar no Livro de Ouro. Não se afastava a possibilidade de exílio ou forca.

Bianca e Benedetto já se haviam levantado e diziam:

— Pai! Pai, você... — mas Enrico berrou, pedindo silêncio.

— O senhor é um diabo inteligente, Filippo Nostradamus. Que arda no inferno por toda a eternidade! — Passou os braços ao redor dos filhos. — Sinto muito, meus queridos. Sim, o que ele diz é verdade.

— Pai!

— Admite a acusação? — perguntou o velho Donà, horrorizado.

— Admito. Meu pai era um tirano, e jamais pude resistir. Numa determinada época conseguia trazê-lo à razão, mas nos últimos tempos ele tinha chegado próximo ao irracional. Sim, conheci Hyacinth em Verona e nos apaixonamos desesperada e loucamente, como adolescentes. A duração do meu mandato lá terminou e tivemos de nos separar, mas descobrimos que não podíamos viver um sem o outro. Alguns meses atrás, escrevi e incitei-a a vir para Veneza. Passamos a ser mais uma vez felizes, por um breve período, até que meu pai soube e jurou nos denunciar. Tornou-se imune a toda argumentação. O assassinato foi minha ideia. Persuadi-a a participar. Mostrem misericórdia, se puderem.

Bianca chorava e Benedetto tinha a tez branco-marfim de choque.

— Leve sua irmã para casa, Bene. Cuide dela. Seja um irmão melhor do que o pai que fui.

Em lugar de *fogo*, leia-se *paixão*, a torre destruída, o homem e a queda da mulher.

Missier Grande abriu a porta. Enrico Orseolo liberou os filhos e saiu. O Camaleão não pôde negociar um acordo desta vez, numa acusação de parricídio. Quazza acompanhou-o. Não é todo dia que um poderoso ministro precisa ser escoltado para a prisão.

Terminou. Brilhante! O Mestre ainda consegue me surpreender

— Isso conclui minha acusação, Excelência — ele disse.

Donà permanecia curvado de infelicidade. Esperara Hyacinth, mas nunca Enrico. Como membros do círculo interno do governo, os dois deviam conhecer-se e trabalhar juntos ha-

via décadas. Fora qualquer perda pessoal, o escândalo da confissão do assassinato do pai ilustre de um poderoso ministro ia abalar a cidade com mais força que o terremoto de 1511.
Caminhei ao lado do inquisidor. Após um momento, ele me viu em pé ali e ergueu o olhar com uma expressão de raiva.
— Vossa Excelência, pode soltar agora o tal Pulaki Guarana? É óbvio que ele não tomou parte no assassinato. A julgar pela aparência, contou-lhe tudo que sabe sobre Karagounis, e poderia precisar de cuidados médicos.
Ele deu de ombros.
— Parecemos de fato ter concluído o negócio da noite.
— Não exatamente, Excelência — disse Filiberto Vasco.
Eu não havia percebido a volta dele. Ele sorria. Na verdade, sorria para mim.
O inquisidor perguntou:
— Como?
— Ainda temos de resolver o problema dos livros.
Minhas entranhas reagiram como se eu tivesse engolido uma âncora. Esquecera o valete de espadas, mas decerto nenhuma carta no baralho de tarô se encaixava melhor em alguém que no *vizio*. Vasco, não Benedetto, era a armadilha a ser evitada. As celas do palácio talvez tivessem de receber um quarto novo convidado essa noite.
Donà franziu o cenho.
— Quais livros?
O *vizio* curvou-se.
— Vossa Excelência há de lembrar que na reunião dos Dez, na qual tive a honra de informar o suicídio de Alexius Karagounis, Sua Sereníssima perguntou o que acontecera

com os livros exibidos neste endereço na noite do dia treze. Agindo segundo instruções de *Missier Grande*, examinei o material literário que tinha retirado da residência do falecido. Identifiquei todos os documentos antigos e apresentei-os para inspeção por Sua Sereníssima. Ele ordenou que os mantivesse em depósito seguro até o Conselho dos Dez determinar a quem pertenciam, mas também confirmou que faltava um, uma cópia única da obra perdida de Eurípides. Sua Sereníssima descreveu-a como inestimável.

— Malditos livros — resmungou Sua Excelência em voz baixa. — Continue.

Vasco continuou, e sorria-me o tempo todo.

— Fui ao andar de cima, Vossa Excelência, aos Chumbos, onde interrogavam o criado Guarana. Acrescentei o livro desaparecido à lista de perguntas que ele era obrigado a responder.

— E que disse o rapaz?

Pulaki arrastara-se mais para perto e agora caía de joelhos, humilhando-se diante do inquisidor.

— Eu disse tudo, Vossa Excelência, tudo que sei! Acha que não teria falado de um livro idiota quando me faziam tais coisas?

— O que ele afirmou — Vasco tomou a palavra, sorridente — foi que o falecido Alexius Karagounis trabalhava com aquele próprio manuscrito na ocasião em que o visitei em companhia do *sier* Alfeo Zeno. Lembro com toda a clareza que vi papéis espalhados na escrivaninha. Quando o espião saltou da janela, corri ao andar de baixo com meus homens. De forma lamentável, deixei Zeno sem supervisão.

— Eu não podia fugir — protestei. — Tinha uma perna ferida.

Todos ignoraram minhas palavras.

— Quando retornei — continuou Vasco —, ele e os papéis haviam desaparecido. — Acuso *NH* Alfeo Zeno de roubar um documento que o próprio doge descreve como inestimável.

Era, por certo, a deixa para eu começar a falar rápido, mas me senti como num nevoeiro.

— Ora, vamos, Filiberto, você não pode me enforcar por alguma coisa inestimável do que por outra apenas cara.

— Admite a culpa?

— Jamais! O que Sua Sereníssima me disse foi que não tinha valor. Ele cancelou o lance pelo documento.

— Mas você o roubou?

— Não, não roubei. — Pura verdade. Enfeitiçado, peguei-o. Mas o lamentável era que isso não seria uma promissora linha de defesa. — Sugiro que drague o canal à procura do documento. Toda a janela se fora e soprava um vento forte. Estávamos muito em cima, lembra? Papéis rodopiavam quando saí. Além disso, se torturar um homem, ele dirá qualquer coisa que acha que o fará parar. Sabe ler e escrever, Pulaki?

Olhos arregalados, o criado respondeu:

— Não, *messer*.

— Mas identifica um antigo documento grego numa escrivaninha, visto por acaso do outro lado de uma sala, quando em pé atrás de quatro outros homens?

— *Messer*, eles estavam esmagando meus dedos com o instrumento de tortura! Osso por osso...

— Não tenho mais perguntas — declarei. — Se fizessem isso comigo, eu confessaria ter incendiado a Biblioteca de Alexandria.

Vasco intensificou a expressão perversa em quatro dentes.

— Não retirou nada da escrivaninha antes de sair da sala?

— Não — eu disse. Os jesuítas perderam em mim um grande sofista. *Não* retirara *nada*.

Mas não era bastante mentiroso para enganar o *vizio*. Ele me encurralara e sabia disso. Ninguém jamais acreditaria que queimei o livro. Nem o Mestre poderia depor sob juramento que tinha certeza de ter-me visto jogá-lo no fogo. Eu lhe dissera que fora o *Meleager*, mas podia estar mentindo. Seria amaldiçoado, e, se o velho tentasse me apoiar, também.

O *vizio* olhou em volta.

— Onde está nosso anfitrião? *Lustrissimo*, queira, por favor, trazer uma Bíblia ou alguma relíquia santa para *sier* Alfeo nos prestar um juramento sagrado?

Mesmo que eu cometesse perjúrio e condenasse minha alma imortal, ele ainda poderia me prender.

O Mestre perguntou:

— Tem uma casa para ir esta noite, Pulaki?

O lacaio ficara quase enlouquecido de terror. Levou um momento para encontrar quem falava e entender a pergunta, mas depois fez que não com a cabeça.

— Sou do Mestre, *lustrissimo*. Não tenho dinheiro para uma gôndola.

— Excelência — disse o Mestre —, este homem precisa de assistência médica. Poderia liberá-lo sob minha custódia esta noite, por favor? Como um favor pessoal?

O velho maroto corria um sério risco por vir em meu socorro, o que fazia, pois Marco Donà era outro político e sabia como se fechavam acordos. Vasco olhou do Mestre para mim e mais uma vez de um para o outro. Adivinhou aonde fora o livro e sabia quem os colecionava. E também que Pulaki não passava de uma isca e eu o verdadeiro objeto do favor solicitado. Se me submetessem a interrogatório, pela manhã talvez fosse obrigado a confessar ter *comido* a Biblioteca de Alexandria, além de envolver o amo e todos os conhecidos. Diria qualquer coisa para fazer parar a dor. Se o inquisidor quisesse, poderia aproveitar essa oportunidade para retaliar contra o homem que o obrigou a destruir o amigo Enrico Orseolo.

Tenho certeza de que ele pensou, mas não o fez.

— E depois, suponho que enviará à República uma conta pelos serviços médicos?

O Mestre estremeceu.

— Conta não, Excelência.

Donà balançou a cabeça, satisfeito. Quem se importava com um bolorento manuscrito antigo? Seria uma forma de recompensar o Mestre pelo serviço ao Estado sem despesa nem o constrangimento de precisar admitir do que se tratava.

— Leve-o. Mande alguém ao palácio amanhã e emitiremos uma soltura. *Vizio*, não pode acusar o *sier* Alfeo com provas tão frágeis.

Um rubor escarlate coloriu a tez de Filiberto Vasco e o fez exibir cada último dente. Bonitos e fortes. Achei que o homem ia afundá-los em minha garganta.

— Podemos interrogá-lo!

Donà olhou-o de cara feia.

— Está me dizendo como fazer meu trabalho, rapaz?

Vasco eriçou-se.

— Claro que não, Excelência!

Salvei-me. Christoforo e Corrado continuavam em pé no vão da porta, de olhos e ouvidos escancarados. Não são tão idiotas como muitas vezes fingem.

— Diga a Bruno que é hora de ir para casa — informei-os.

— E avisem a seu pai que temos um passageiro extra.

27

Quando chegamos à Casa Barbolano, outra tempestuosa ventania devastava a cidade, atirando pingos nos rostos. Pulaki sucumbira a uma tremedeira febril, reação ao fim da provação. Precisei ajudá-lo a subir a escada. Giorgio e os filhos permaneceram atrás para acondicionar os remos, almofadas e lampiões no *androne*. Bruno subiu correndo a escada com o Mestre atrás dele, e teve de esperar-me chegar com a chave, pois todos os demais já se haviam deitado.

Levamos o doente ao ateliê e o pusemos no divã de exame. Acendi lampiões enquanto o Mestre lhe dava doses de láudano e em seguida desenrolava a atadura na mão mutilada. Dois dedos haviam sido esmagados e inchado de forma tão horrível que a única coisa a fazer foi aplicar sanguessugas e esperar para ver se se reduzia o inchaço.

— Eles fizeram algo a mais com você? — perguntei.

O rapaz queixou-se das costas, num resmungo, por isso ajudei-o a tirar o gibão e a camisa, e surgiu uma bandagem colada em três queimaduras circulares, onde os torturadores o haviam marcado a ferro quente. Apenas o tempo ia curá-las, mas o Mestre fez o melhor que pôde com unguento e uma atadura nova. Por fim, conseguiu retirar alguns fragmentos de osso dos dedos esmagados e entalou a mão toda. A essa altura, o láudano pusera o criado quase em coma, e achei que ia ter de acordar Bruno para movê-lo. Os dois conseguimos, porém, atravessar cambaleantes o *salone* como uma cobra embriagada.

Quando o acomodei o mais confortável possível no quarto de hóspedes, fui verificar o Mestre, próximo também de ter uma reação. Fora uma noite extenuante para o sábio mais sedentário do mundo.

Ao ajudá-lo a deitar-se, disse:

— Uma admirável apresentação, amo.

— Correu bem.

— Tanto quanto esperava?

— Muito próximo — ele murmurou. — Água, por favor.

Peguei um jarro de nossa melhor água do continente, importada de Brenta.

— Sem sua clarividência eu jamais acreditaria que um homem como Orseolo, com tanto poder e riqueza, jogasse tudo fora por uma vaca como a tal Hyacinth.

O Mestre deu um forte bocejo.

— A previsão ajudou, mas a simples lógica o levaria à resposta correta.

— É — respondi, rindo comigo mesmo. — Ficou bastante óbvio depois que o senhor a indicou. — Na porta, acrescentei em voz baixa: — Deus o abençoe — mas não ouvi resposta. Na certa já adormecera.

Rumei para meu quarto com um suspiro de contentamento. Tornei a pôr o florete e a adaga em cima do guarda-roupa, despi toda a roupa refinada de Fulgentio e dobrei-a com o devido respeito. Já me encontrava na cama, e ia apagar com um sopro a vela, quando ouvi bater a aldrava da porta de acesso à água.

A noite ainda não acabara.

Descalço e envolto na capa, saí para investigar. Do alto da escada, avistei a lanterna do velho Luigi bem abaixo, e ouvi-o falar pela vigia. Ele ergueu os olhos e viu minha luz.

— Uma dama — gritou — quer ver o Mestre.

— Alguém junto dela?

— Não.

Eu sabia quem devia ser.

— Admita-a e diga-lhe que já desço. — Tornei a entrar mancando em busca de roupas próprias para vestir... e da espada, por certo. Ao sair, tranquei a porta.

Coberta com um véu e encapotada contra a tempestade, a visitante vinha ao lado de Luigi e remexia as mãos em movimentos nervosos. Reagiu com desânimo ao ver-me descer sozinho.

— Vim à procura do doutor Nostradamus!

Quando cheguei ao nível do piso, curvei-me para ela.

— Reluto em acordar o bom doutor, senhorita. Além de ser muito velho, submeteu-se a uma grande tensão esta noite. Podemos conversar no barco.

— Não, preciso vê-lo. É urgente.

— Se sua preocupação é um problema de saúde — protestei —, não deveria ter mandado uma gôndola buscar o médico da família? — Graças aos ensinamentos do Mestre, sou tão competente em primeiros socorros quanto a maioria dos físicos, mas o departamento de saúde da cidade, a *Sanità*, faz coisas asquerosas com leigos que praticam medicina. — Se se trata de uma questão de identificação incorreta, posso ajudá-la tanto quanto ele, e sem dúvida muito antes.

— É de extrema urgência! — A moça contorcia as mãos.

— Então vamos logo. — Olhei exasperado o mexeriqueiro Luigi, que gravava cada palavra. — Sei por que veio, senhorita. Deseja dizer ao Mestre que ele retirou a cédula errada da urna esta noite.

Ela assentiu com a cabeça em chocado silêncio.

— Não houve erro — afirmei. — Ninguém foi enganado. Veio aqui sozinha?

— Só com o barqueiro.

— Então precisamos andar depressa. Luigi, tranque a porta. — Empurrei o ferrolho. — Posso explicar exatamente o que aconteceu.

— É muita bondade sua, *sier* Alfeo.

Em circunstâncias mais felizes eu teria dado uma réplica galante. Naquelas, apenas ofereci o braço e acompanhei-a porta afora para uma ventania encharcada que nos fez vacilar até a galeria. O gondoleiro esperava ali e ajudou-nos a subir a bordo do agitado barco. O tempo ficara no mínimo tão ruim quanto na noite em que Sciara me rebocou para os Chumbos, como se o caso Orseolo devesse terminar como começara.

Aconcheguei-me na *felze* ao lado dela. O gondoleiro, óbvio, nada ouviria da conversa em tal ventania, mas decidi esperar, para não ter de repetir tudo quando chegássemos à Casa Orseolo.

— Você e seu irmão terão de ser muito valentes — disse apenas. Abracei-a. A moça não protestou. Na verdade, chegou-se mais para perto, e logo percebi que chorava em meu ombro, na certa a melhor coisa a fazer, por isso apenas fiquei ali sentado em pesaroso silêncio por todo o resto do caminho. O mundo às vezes é muito cruel.

A Casa Orseolo tinha tantas trevas e ecos fantasmagóricos quanto a Casa Barbolano, porém um vigia noturno mais moço e mais impressionante que Luigi. O homem evitava olhar-me direto, embora devesse ter sido torturado por mostrar-se curioso. Tiramos a capa; Bianca suspendeu o véu. Após dizer ao porteiro que permanecesse no posto, quando ele queria brincar de menino do archote e iluminar o caminho, ela tomou-lhe a lanterna e me entregou. Subimos juntos até o *piano nobile*. Experiência estranha e arrepiante, aquela jornada silenciosa por um magnífico palácio, com uma garota desconhecida a quem eu mal encontrara. A jovem sobrecarregada de dor e eu meio instável nos pés de fadiga.

Chegamos a uma porta que devia ser nosso destino e abri-a para uma intensa luz de velas, um clima de repente mudado. Bianca gritou de horror e correu até a lareira. Fechei a porta apressado e segui-a, mas uma olhada me disse que o sangue não justificava preocupação. O aposento, um pequeno *salotto* luxuoso, tinha uma intimidade confortável, cheirava a vinho e fumaça de lenha. Sentado no chão diante da lareira, cercado por garrafas, Benedetto segurava uma adaga na mão direita. No antebraço esquerdo exposto, o pulso sangrara o bastante para arruinar o rico tapete turco de seda, mas não para destruir o rapaz.

Tomei o ombro de Bianca e afastei-a de mim.
— Não estrague o vestido. Já vi hemorragias nasais piores. Arranje um lenço, que o enfaixarei.

Ajoelhei-me para examinar os olhos embaçados e injetados de Bene, que me encarou cheio de ressentimento, não muito inconsciente, mas próximo. Senti-me tentado a oferecer-lhe uma lição de anatomia... os vasos sanguíneos correm ao comprido, e ele os cortara na transversal, a forma errada de fazê-lo se desejamos mesmo correr para a vida após a morte.

— Consegue mover a mão assim? Os dedos?

O rapaz conseguia e o fez, tão logo entendeu o significado das perguntas.

— Não causou nenhum dano grave, apenas um arranhão.

— Aceitei o lenço que a jovem trouxera. — Uma pena de escrever e um balde seriam boa ideia — disse a ela. — E um jarro d'água, por favor. — Assim que terminei de enfaixar a atadura, peguei uma garrafa de vinho e quebrei-a na lareira.

— Você cortou o braço no vidro — expliquei-lhe, mas ele se embebedara demais para entender.

Com toda a eficiência, Bianca trouxe o balde e a pena. Erguendo Benedetto pelos cabelos, empurrei-lhe o rosto sobre o primeiro e enfiei a última goela abaixo. Firmei a cabeça do rapaz enquanto vomitava. Após algumas repetições, quando ele parecia já ter posto para fora tanto vinho quanto era possível que tivesse ingerido, soltei-o e dei-lhe água para lavar a boca e tomar. Depois que o fez, afastei o balde para uma distância mais agradável. Despejei o resto da água sobre as manchas de sangue no tapete. Embora já arruinado para a Casa Orseolo, alguma família mais humilde o apreciaria.

Então escolhi uma cadeira. Benedetto recostou-se em outra, sem fazer nenhum esforço para levantar-se. Bianca sentou-se entre nós. Olhou-me e sorriu, lânguida.

— Obrigada, *sier* Alfeo. Sou muito grata.

— O prazer é todo meu. Gostaria de poder ajudar mais aos dois. Vai tentar de novo, *messer*? Precisamos pôr criados para vigiá-lo?

— Os Dez vão me aplicar o garrote — resmungou o rapaz.

Surpreendeu-me que ainda continuasse capaz de entender tais problemas.

— Não, não vão. Os Dez delegaram a questão aos Três, ou o inquisidor não teria vindo. E os Três parecem dispostos a liberá-lo. Lamento sinceramente pelo seu pai, mas você não deve desperdiçar o sacrifício dele.

— Ele não fez aquilo.

— Por certo que não, mas mandou, sim, o assassino de aluguel me matar, e a pena para isso é a morte. Os dois vigias falaram a verdade. Conheço o Mestre Nostradamus muito bem, e ele jamais subornaria testemunhas. — Ética à parte, seria um crime de insana burrice.

Embora eu dirigisse as palavras ao jovem, destinava-as à irmã, que pela manhã lembraria o que ouvira. Ela assentiu com a cabeça; continuei.

— O Mestre sabia que a tal Hyacinth assassinou seu avô. Ele estava lá, reconheceu o veneno, e a lógica lhe disse que ela devia ter feito isso, enquanto o companheiro criava uma distração gritando com o anfitrião. Eu devia ter concluído isso sozinho. Assim que ele explicou, ficou muito óbvio.

Mas os Feather não tinham motivo conhecido e a mulher contava com uma toxina muito potente e obscura, não um grosseiro veneno de rato. A conclusão lógica consistia em que se tratava de assassinos contratados, agindo em nome de outra pessoa. *Motivo pelo qual o verdadeiro assassino não se encontrava lá naquela noite!*
Isso exigiu mais tempo, mas Bianca entendeu e arregalou os olhos, horrorizada.

— Em outras palavras — continuei —, os demais presentes eram inocentes. Quem não estava presente e tinha motivo? Uma sinistra imaginação talvez pensasse em culpar o Conselho dos Dez ou até o papado, que goza da reputação de usar veneno desde os tempos dos Bórgia. Não me dei ao trabalho de seguir por essas *calli* cegas. Nunca perguntei a seu pai por onde andara naquela noite, e tenho certeza de que poderia recorrer aos deveres de poderoso ministro para proporcionar-lhe um excelente álibi, se soubesse que ia precisar. Além disso, se quisesse matar seu avô, teria corrido muito menos risco dando a ele o veneno em casa. Mas você, *sier* Benedetto, se encontrava não apenas em Pádua, a quilômetros, mas na prisão naquela noite. Tinha um álibi, *clarissimo*, bom demais! Mas que se poderia arranjar com muita facilidade, embora ao custo de uma gota de sangue e uma dorzinha. Por isso se tornou o suspeito óbvio.

Ele piscou os olhos como uma coruja.

A irmã protestou:

— Mas isso é um absurdo! Bene não estava na cidade. Por que precisava de defesa melhor?

— Porque não sabia como os assassinos contratados iam atacar. Sabia o dia provável, mas não o meio que escolheriam. Na certa esperava que o *sier* Bellamy saltasse das sombras e atacasse o velho com uma espada. Um barco rápido no rio Brenta pode levar um homem de Pádua à lagoa de Veneza em duas horas. Esse sujeito pode matar um homem aqui e estar de volta ao lar em Pádua pela manhã. Então o inteligente *sier* Benedetto tomou providências para passar a noite numa cadeia de Pádua, bem fora do caminho suspeito. Imagino que criou um álibi imutável toda vez que o procurador devia deixar a Procuradoria. Quando concluí, fiquei convencido, mas tal lógica não resistiria no tribunal. Após demonstrar que seu pai tentou me matar, o Mestre acusou-o do assassinato que de fato teve êxito. Sem a menor dúvida, esperava que os Três assumissem o caso àquela altura e descobrissem a verdade real interrogando os Feather. Mas seu pai aceitou a culpa pelos dois crimes. Por certo mentia, e protegia um de vocês. Talvez os dois, mas, se quisesse matar o velho, senhorita, poderia tê-lo feito a qualquer hora. Como tropeçar na escada e dar-lhe uma rasteira.

Os olhos dela brilharam.

— Agora eu desejava tê-lo feito.

Eu também.

— Mas não fez. E abandonou seu irmão.

— Por que diz que a confissão de meu pai foi uma mentira óbvia?

— Porque foi ridícula. Um poderoso ministro decerto sabe tudo sobre o Conselho dos Dez, e o Conselho com toda a certeza mantém um olho vigilante sobre os ministros. Ele jamais poderia esperar ter um caso com uma estrangeira e mantê-lo secreto. Jamais! Na melhor das hipóteses, teria sido arrancado do escritório e mandado para o exílio. Na pior, morreria como traidor. Não creio que algum dia tenha posto os olhos em Hyacinth Feather antes daquela noite.

Também me era muito difícil imaginar Enrico Orseolo perdendo a cabeça por uma mulher como a inglesa, mas o amor é cego e minhas opiniões não constituíam provas. Não importa... por eliminação, o responsável pelo assassinato fora o embriagado confuso no tapete a nossos pés.

— Fui eu — ele disse com calma, fitando o fogo. — Encontrei os estrangeiros na cadeia em Pádua, acusados de conspiração para matar uma velha rica. Paguei a defesa deles com a venda de algumas joias que nossa mãe me deixou no ano passado. Não as deixou para Bianca, destinada ao convento. Soltei os estrangeiros e lhes prometi mais dinheiro se nosso avô morresse antes da Páscoa. Contei-lhes tudo sobre o velho, tudo que pude pensar.

Eu adivinhara isso.

— Até o gosto dele por vinho?

O jovem fez que sim com a cabeça.

— Mas ele quase nunca saía. Nem mais ia ao Senado, apenas a vendas de livros ou pinturas. Sugeri que se fizessem passar por compradores para conhecê-lo. Bianca não sabia nada sobre os Feather, juro!

— Mas não parei de lhe escrever cartas úteis — disse a irmã, ressentida. — Dia após dia. Contei-lhe toda chance que eu tinha de sair, cada ida ao mercado ou aos vendedores de livros. Contei tudo que se planejava. Não tinha nada melhor a fazer que escrever cartas a você e sonhar com a próxima vez que o avô me levaria a um leilão de arte. Foi assim que aquela mulher terrível soube de tudo, *messer*... eu contava a Bene e ele contava a ela.

— Quando seu pai descobriu? — perguntei.

Por um breve momento Benedetto continuou a fitar o fogo, como se não me tivesse ouvido. Depois resmungou:

— Na noite em que você procurou os Feather e começou a fazer perguntas... Apavorou-os. Bellamy veio me ver e disse que eu tinha de pagar logo para eles partirem de Veneza. Não me restava mais dinheiro. Acordei meu pai. Confessei. Ele me derrubou com um soco, muito furioso. Levantei-me e tornei a ser derrubado. Ele disse que àquela altura já saberia se os Dez suspeitassem de assassinato, mas também que precisávamos deter Nostradamus. O velho era muito inteligente, explicou. Bastava eliminar você, o homem ficaria impotente e nós, seguros. Pagou alguma coisa a Feather para se livrar dele. Então saímos juntos, para procurar alguns sujeitos que ele conhecia. Não era uma área para alguém ir sozinho.

— Mas por que matar o velho Bertucci, de qualquer modo? — perguntei. — Só por envelhecer e se tornar irascível?

Benedetto virou-se para olhar-me pela primeira vez. Ainda tinha os olhos injetados, mas uma súbita raiva pareceu deixá-lo sóbrio.

— Não por mim. Por Bianca. Porque era um tirano! Um déspota. Eu podia aguentar o controle do velho por mais um ou dois anos. Mas, se ele a obrigasse a receber os votos, seria uma sentença de prisão perpétua! Sabe o que fariam com ela? Teria de se deitar no chão e ser coberta com um pano preto, enquanto as outras cantariam e rezariam... três vezes por dia. E tiram qualquer coisa bonita, como bordados. Depois cortam os cabelos, sob o olhar de toda a congregação. Cada freira no convento chega e corta uma mecha de cabelos da noviça e joga no chão. Corte. Corte. Corte... Embrulham-na num saco de aniagem e põem-lhe uma coroa de espinhos na cabeça... — Bene começou a chorar. — E isso é para sempre! Trancam-na até morrer. Você se espanta que ela estivesse apavorada? O velho era louco. Devia ser trancafiado, não ela. Meu pai jamais o enfrentaria, por pior que ele ficasse.

Então a irmã tivera toda a culpa? Que lixo patético aquele rapaz! Não sabia nem se matar direito. Bianca também soluçava, lágrimas silenciosas escorriam-lhe pelo rosto. No lugar de Bianca, eu teria agarrado os acessórios de ferro da lareira e feito uma limpeza completa dos homens Orseolo.

Eis o impossível amor da quadrinha. Tenho certeza de que nada havia de carnal, apenas amor fraterno levado à loucura.

Chegara a hora de ir, ou eu adormeceria na cadeira.

— O pai de vocês está tentando salvá-los. Ele só pode morrer uma vez, por isso assumiu toda a culpa. Eu sabia que ele mentia. O Mestre sabia, e o inquisidor Donà também... mas ele aceitou a confissão. Você ganhou a vida de volta, Benedetto Orseolo. Tente dar um uso melhor ao que lhe resta.

— É sério o que disse? — sussurrou Bianca. — Os Três não vão mandar *Missier Grande* prendê-lo?

O APRENDIZ DE ALQUIMISTA

— Acho que não. Donà terá de persuadir os outros dois inquisidores a concordarem, mas acho que concordarão.
— O Camaleão fecharia o último acordo.
— Você se engana — disse o rapaz. — Não enforcarão meu pai por tentar assassiná-lo. Os Dez vão tirar-lhe o dinheiro primeiro.
Bianca encarou-me, à espera de comentários. Esse era o âmago do problema. Vergonhosamente há precedentes. Mais de um nobre condenado por assassinato ofereceu pagar enorme multa em vez da condenação, e o Conselho dos Dez aceitou.
— Isso é impossível agora — respondi, esgotado. — Ele confessou traição e parricídio. Não podem ignorar esses crimes. Se você interferir agora, na certa fará que enforquem os dois. Espere ansioso, garoto. A penitência começa agora. — Levantei-me com esforço. — Se seu gondoleiro ainda está acordado, senhorita, eu agradeceria uma carona para casa.

28

Por mais grossas que sejam as cortinas ou a que horrível hora da noite me deite, não consigo dormir após o amanhecer. Trata-se de uma maldição sobre os Zeno — meu pai também a tinha, ou assim me dizia minha mãe. Era quase meio-dia quando o Mestre chegou ao ateliê bufando de raiva e pisando forte. Eu já vinha trabalhando havia horas, e papéis com exemplos de minha inigualável caligrafia em itálico cobriam a escrivaninha, ao lado dele. Achei muita graça quando Mama Angeli chegou quase em seguida com uma fumegante caneca de fluido escuro. O Mestre recusa-se a admitir que o *khave* faz bem ou mesmo não é tóxico, mas se satisfaz quando tem de tomá-lo, e esse dia era um deles.

Fiquei tentado a desejar-lhe uma animada boa tarde, mas era tão óbvio que ele não entrara num clima para brincadeira que resolvi não falar até que me dirigisse a palavra. Retornei ao trabalho. Após algum tempo, ele pegou algumas das páginas do almanaque, as legíveis que eu fazia para os tipógrafos imprimirem.

— Isso está errado — disse. — Você deixou de fora uma linha nesta tabela, até o pé da página. — Ele retornara à identidade habitual.

— Bom dia, amo.

— É mesmo? Vou precisar de todas estas folhas refeitas antes da interrupção do jantar.

— Sim, amo. Tivemos uma visitante ontem à noite depois que o senhor foi para a cama... uma dama que discordava de como distribuiu a culpa.

Ele lançou-me aquele olhar que associo às aranhas, apenas as caras de aranhas são pequenas demais para mostrar detalhes.

— Espero que a tenha mandado para casa contar os ganhos.

Relatei o que ocorrera. Ele esperava ansioso a oportunidade de explicar-me por que o álibi de Bene contara contra ele, e irritou-se ao ver que concluí sozinho. Repugnava-lhe o fato de não terem prendido o rapaz.

— Acusei o pai para tentar envergonhar o filho e arrancar-lhe uma confissão. Nunca esperei que o inquisidor Donà aceitasse tal absurdo! Acha mesmo que o Conselho dos Três vai deixar o jovem escapar impune do assassinato?

— Sim. Acho que o pouparão para que viva com a culpa.

O Mestre sacudiu a cabeça.

— Não entendo por que seriam coniventes com tão grande engano.

— A família — comentei, entristecido. — Os Orseolo forneceram alguns dos primeiros doges, séculos atrás, e Bene é o último da linhagem. O pai deve ter previsto a possibilidade de as coisas saírem como saíram e advertiu-o para não interferir se ele assumisse a culpa toda. O inquisidor Donà entendeu. A penitência de Benedetto é deixar o pai morrer e viver para continuar o nome da família.

— Nunca entenderei a nobreza veneziana!

— Nem eu, amo. Por isso trabalho para o senhor.

Nostradamus fez uma careta.

— Quase terminou a serviço do inferno. Devia procurar o padre Farsetti de novo, só para ficar no lado seguro. Pense como seria valioso para os demônios um jovem com tais talentos!

Foi minha vez de irritar-me.

— Em que sentido?

— Ah, muitos. Poderia ter sido o homem do inferno no Vaticano. Ou lançado a República no caos, depondo que forneceu ao doge livros hereges.

— Se o senhor se refere ao *Apologeticus Archeteles*... — Decerto se referia.

O Mestre enfeixou as faces em regozijo.

— Por que acha que me pediu para cuidar do documento? E, como o mandei registrá-lo como meu, julgou que eu tentava roubá-lo?

Sem a menor dúvida voltara à forma.

— Claro que não, amo. — Peguei a pena. — Essas folhas que tem nas mãos estão corretas. Sempre confiro duas vezes seus cálculos. Encontrei dois erros em maio e um em junho. Por isso faltava uma linha nos rascunhos. Corrigi.

Quando termina uma história, exatamente? Algumas se estendem por um tempo muito longo, como os prédios.

O APRENDIZ DE ALQUIMISTA

A saga Orseolo ocorria há séculos. Eu apenas a visitei por alguns dias, e foi aí que a deixei. De agora em diante, eles precisam dar um jeito de viver sem mim.

Alguns olhares para trás pela janela, talvez...

Antes do meio-dia, Giorgio conduziu Pulaki de barco até o continente e deixou-o em segurança na casa dos pais na cidade do Mestre. O Mestre confiava em que a perda de dois dedos não o limitasse demais.

Dois dias depois, o tal sino *Malefício* badalou triste no campanário de San Marco para anunciar uma execução. Corrado e Christoforo desceram ao térreo e saíram porta afora no mesmo instante. Retornaram mais ou menos uma hora depois e descreveram os procedimentos com mais detalhes chocantes do que qualquer um gostaria de ouvir. Após testemunharem a prisão dos Feather na casa de Imer, viram os dois serem decapitados entre as colunas da Piazzetta.

A gente pensaria, ao ouvi-los, que tinham solucionado o assassinato e levado os vilões sozinhos à justiça.

Os Feather haviam sido julgados em segredo, mas chamo a atenção para o curioso comportamento do embaixador britânico nesse meio-tempo. Nada fez. Sequer um protesto — nenhum apelo ao *Collegio*, nem ao Senado, nada —, portanto, deve ter ficado satisfeito por eles merecerem aquela sina.

O amanhecer seguinte revelou uma forca entre os pilares, e um corpo pendurado. Giorgio e Mama ouviram as notícias na feira de Rialto, e o fiz levar-me de barco à Piazzetta para confirmar que se tratava mesmo do cadáver de Enrico Orseolo. Vi pelas manchas nas roupas e as marcas no pescoço que o condenado fora estrangulado sentado — amarraram-no a uma cadeira de ferro, puseram-lhe uma corda sedosa no pescoço e giraram uma manivela. Só então o retiraram e penduraram em exibição. Essa forma de execução, típica dos sigilosos costumes dos Dez, pelo menos é privada, e a vítima não acaba exposta ao escárnio da plebe. Orseolo fora suspenso de cabeça para cima, logo não condenado por traição, como poderia. O tarô previra o Traidor invertido, ou seja, o mundo virado de cabeça para baixo, ou talvez o enforcado merecera a auréola.

Acho que é tudo.
Não, tudo, não. Um último olhar...
Na hora da sesta uma semana ou duas depois, Violetta cutucou-me e perguntou:
— Está dormindo?
— Não, apenas planejo o próximo movimento. Peão mata rainha?
— Xeque-mate em dois lances contra qualquer defesa.
— Ela aninhou-se mais perto. — Já lhe falei de Pasqual?
— Você jamais me disse uma palavra sobre aquele homem nojento e odioso.
— Desta vez eu posso, porque não é confidencial. Vai se casar com Bianca Orseolo.
Despertei com um sobressalto.
— Sempre admirei o gosto dele por mulheres. Sério?
— Muito. Viu-a duas vezes na casa do advogado e apaixonou-se. Aceitou um dote muito modesto, em vista da situação dela. Todos os demais fingiram desconhecer a família quando

enforcaram Enrico, e o coitado do Bene não tem experiência para administrar um negócio. Pasqual vai ajudá-lo.

— E a si mesmo também? — Pasqual Tirali tinha inteligência para entender a importância do excessivo álibi de Bene e depois sangrá-lo de tudo quanto possuía para o resto da vida. Mesmo na cama sei ser cínico. Basta pôr-ome à prova.

— Acho que ele será justo — disse Helena —, e casamento era o que Bianca queria, menina tola. Se eu fosse casada, não podia estar aqui com você, podia?

— Por que não?

— Ah, você sabe — respondeu ela num tom vago. — O casamento só será daqui a dois anos, depois que o embaixador voltar para casa. Pasqual continua a ser meu benfeitor.

— Vou matá-lo.

— Mas a Quaresma acabou e ele tem de ir a uma reunião esta noite. Sabe como fico entediada sem um homem por perto para me divertir.

Sem dúvida. Eu andara tentando a clarividência com o cristal de novo naquela manhã. Ainda não conseguia criar profecias de importância épica como o Mestre, mas previ-me no gozo de uma noite bastante memorável.

GLOSSÁRIO

androne, salão no andar térreo usado para negócios no palácio de um mercador

barnabotti, nobres empobrecidos, nomeados para a paróquia de San Barnabà

Basílica de San Marco, a grande igreja ao longo do Palácio dos Doges

calle (pl. *calli*), viela, beco

campo, espaço aberto diante da igreja paroquial

cavaliere servente, acompanhante masculino de mulher casada (possível gigolô)

chaush, escudeiro do sultão turco

Chumbos, celas de prisão no sótão do Palácio dos Doges

Circospetto, apelido popular do principal secretário do Conselho dos Dez

Clarissimo, o mais ilustre, forma de tratar um nobre

Collegio, o executivo, equivalente *grosso modo* de um gabinete ministerial moderno — o doge, seis conselheiros e dezesseis ministros

Constantinopla, capital do Império Otomano (turco), agora Istambul

Conselho dos Dez, braço de informações secretas e segurança do governo, composto pelo doge, os seis conselheiros e dez nobres eleitos
   corno, o típico chapéu usado pelo doge
   Dez, ver *Conselho dos Dez*
   doge ("duque" em *veneziano*), chefe de Estado, eleito para o resto da vida
   ducado, moeda de prata, no valor de oito liras ou 160 *soldi*, e mais ou menos o salário semanal de um trabalhador diarista com filhos. (Os não casados recebiam menos.)
   fante (pl. *fanti*), infante, subordinado dos Dez
   felze, dossel numa gôndola (não mais usado)
   fondamenta, calçada ao longo de um canal
   Grande Conselho, nobres de Veneza em assembleia, autoridade suprema no Estado
   kapikulu (pl. *kapikullari*), criado (de fato, escravo) do sultão
   khave, café (inovação recente)
   lustrissimo, "ilustríssimo", título de honra dado a cidadãos ricos ou notáveis
   messer (pl. *messere*), meu senhor
   Missier Grande, chefe de polícia, que cumpre as ordens dos Dez
   Molo, a terra à margem d'água da Piazzetta, no Grande Canal
   Piazza, praça da cidade diante da Basílica de San Marco
   Piazzetta, uma extensão da Piazza, em volta do palácio
   porões, celas de prisão no andar térreo do Palácio dos Doges
   Porta della Carte, o principal portão do Palácio dos Doges
   salone, salão de recepção

salotto, sala de estar
sbirri, esbirros, guardas das casas reais
soldo (pl. *soldi*), ver *ducado*
toscano, dialeto da região da Toscana que acabou por se tornar o italiano moderno
Três, os inquisidores do Estado, subcomitê do *Conselho dos Dez*
veneziano, dialeto de Veneza semelhante ao italiano
vizio, o vice do *Missier Grande*

Este livro foi impresso pela Prol Editora Gráfica
para a Editora Prumo Ltda.